Christian Humberg
Mord kennt keine Feiertage

CHRISTIAN HUMBERG

Mord
kennt keine
FEIERTAGE

Ein
Weihnachtskrimi

Lübbe

MIX
Papier | Fördert
gute Waldnutzung
FSC® C014496

Originalausgabe

Dieses Werk wurde vermittelt durch die
Literarische Agentur Thomas Schlück GmbH, 30161 Hannover.

Copyright © 2023 by
Bastei Lübbe AG, Schanzenstraße 6–20, 51063 Köln

Textredaktion: Dorothee Cabras, Grevenbroich
Umschlaggestaltung: Christin Wilhelm, www.grafic4u.de
Einband-/Umschlagmotiv: © shutterstock: PixMarket | Niko28 | avh_vectors |
ArtBackground | SERHII_TRYHUBA
Satz: GGP Media GmbH, Pößneck
Gesetzt aus der Minion
Druck und Verarbeitung: GGP Media GmbH, Pößneck

Printed in Germany
ISBN 978-3-7857-2860-4

3   5   4   2

Sie finden uns im Internet unter luebbe.de
Bitte beachten Sie auch: lesejury.de

TEIL 1

Zu Weihnachten scheint ein Zauberstab über die Welt zu schweifen, durch den plötzlich alles viel sanfter und schöner wirkt.

Norman Vincent Peale, Pfarrer

Mord kennt keine Feiertage, alter Knabe. So leid es mir auch tut.

Timothy Smart, Chief Inspector

KAPITEL 1

Verbrechen zahlten sich nicht aus, niemand wusste das besser als der fähigste Mann von Scotland Yard. Dennoch gab es Momente, in denen Timothy Smart einfach nicht anders konnte. Da tat sogar er Dinge, die ihm eigentlich nicht zustanden.

Ein kleines Plätzchen wird schon niemandem auffallen, dachte der Chief Inspector. *Es ist ja auch nur für den ärgsten Hunger.*

Die Schale mit den selbst gebackenen Köstlichkeiten stand auf dem festlich geschmückten Tisch in der Küche. Smart war in den vergangenen Stunden mehrfach an ihr vorbeigekommen, während er im Haus der Ermordeten nach Fingerabdrücken und anderen verräterischen Hinweisen gesucht hatte, und jedes Mal hatte er ihr sehnsüchtige Blicke zugeworfen. Nun fand er sich abermals in dem kleinen Raum im Erdgeschoss des Hauses wieder, und die Versuchung wurde einfach zu groß.

Mabel Ashton war eine hervorragende Köchin gewesen. Das hatten ihre Nachbarn bei der Befragung bereits bestätigt, aber das konnte Smart ihrer Küche auch ohne die Aussagen anderer ansehen. Alles in diesem Raum schien es ihm geradezu zuzurufen – von den geblümten Topflappen über den auf Hochglanz polierten Herd bis hin zum Inhalt des Vorrats- und auch des Kühlschrankes, in dessen Gefrierfach schon der Weihnachtsbraten wartete. Dieses Zimmer war das Herzstück des gesamten Hauses gewesen, solange die Witwe Ashton in ihm gelebt hatte.

Den Braten würde sie nun nicht mehr zubereiten, dafür hatte ihr unbekannter Mörder gesorgt. Aber zu den Adventsplätzchen war die Verstorbene immerhin noch gekommen.

Und ich noch nicht zu meinem Lunch, dachte Smart und spürte, wie sein Magen tadelnd grummelte. *Von daher …*

Smart war Anfang sechzig und das, was man mit Fug und Recht »vollschlank« nennen durfte. Er hatte schwarzes Haar, das an den Schläfen längst grau geworden war, und ein Gesicht, das seine Freunde aus dem Pub nach ein, zwei Pints gern mit »ebenso harmlos wie füllig« beschrieben. Das hellblaue Hemd spannte am Bauch recht bedrohlich, und Smarts Hausarzt Mortimer Gillicuddy lag ihm schon so lange mit Vorträgen über Cholesterin und Blutfettwerte in den Ohren, dass er selbige auf Durchzug stellen musste, wann immer er die Praxis des schnauzbärtigen Mittvierzigers betrat. Er aß halt gerne, na und? Wer hart arbeitete, *brauchte* viel Nahrung. Und überhaupt. Der Mensch war ja nicht auf der Welt, um sich ihre Segnungen vorzuenthalten. Hätte Gott gewollt, dass seine Kinder am Hungertuch nagten, dann hätte er ihnen wohl kaum das Talent mitgegeben, köstliche Mehlspeisen, saftige Steaks und goldbraun frittierte Leckereien zu kreieren. Oder eben Adventsplätzchen.

Ein letztes Mal sah Smart sich um. Die Küche war leer bis auf ihn selbst, aber im Haus der Ermordeten, das in einer ruhigen Seitenstraße am Ortsrand von Bristol lag, tummelten sich nach wie vor die Kolleginnen und Kollegen der lokalen Dienststelle. Die Spurensicherung war nicht abgeschlossen, auch wenn man die Leiche bereits abtransportiert und alle Nachbarn verhört hatte, und Smart wollte nicht von unliebsamen Gästen dabei erwischt werden, wie er seinem Magen eine kleine Durchhalte-Belohnung gönnte.

Mrs Ashton hätte sicher nichts dagegen, sagte er sich, als er die Hand nach der Plätzchenschale ausstreckte. *Im Gegenteil.*

Sie wäre bestimmt froh zu sehen, dass die guten Stückchen noch einen Nutzen finden.

Abermals knurrte sein Magen. Das Wasser der freudigen Erwartung lief ihm im Mund zusammen, und seine Fingerkuppen verharrten kribbelnd über der Auswahl. Welche Köstlichkeit sollte er sich nehmen? Eins von den kreisrunden Dingern mit Marmeladenfüllung? Oder lieber von den Marzipanstückchen, die so schön im Licht der Deckenlampe glänzten? Auch die Zimtsterne sahen buchstäblich zum Reinbeißen aus. Und irrte er sich, oder waren die winzigen Mürbeteig-Weihnachtsmänner, die die Verstorbene allem Anschein nach per Hand geformt hatte, mit dunkler Schokolade überzogen?

Colin Carmichael, Mrs Ashtons Nachbar zur rechten Seite, hatte Smart vorhin ausführlich beschreiben können, wie die Witwe beim Backen vorgegangen war, denn Carmichael war ihr dabei zur Hand gegangen. Außerdem, so erinnerte sich der Chief Inspector, hatte Colin Carmichael die Weihnachtsmänner *besonders* gelobt. Sie seien ihnen so gut geraten wie in keinem Jahr zuvor, das waren seine genauen Worte gewesen.

Smart leckte sich über die Lippen. »Wer wäre ich«, murmelte er dann, »einem sachdienlichen Hinweis nicht nachzugehen?«

Er nahm einen der Weihnachtsmänner, dankte der Verstorbenen im Stillen … und biss dem kleinen Gesellen mit Genuss den bemützten Kopf ab.

Dann riss er die Augen auf.

»Ist alles in Ordnung, Chief Inspector?«, fragte Nigel Paddington.

Der Enddreißiger war von der ortsansässigen Polizeidienststelle und betrat just in diesem Augenblick die Küche. Er hatte eine käsig blasse Stirn, die erst an seinem Hinterkopf endete, und ein Gesicht wie ein liebenswerter Schoßhund. Sein schlanker Körper steckte in einem dunklen Anzug, der ihm zwei Nummern zu groß zu sein schien, und an seinem Kinn klebte noch immer ein winziger Fetzen Toilettenpapier. Dort hatte er sich allem Anschein nach an diesem Morgen beim Rasieren geschnitten.

Smart kannte den stets etwas ungelenk wirkenden Mann erst seit wenigen Stunden, ahnte jedoch, dass Missgeschicke dieser Art in Paddingtons Leben eine stolze Tradition hatten.

»Smart?«, fragte Nigel Paddington, als der Inspector noch immer nicht antwortete. »Stimmt etwas nicht, Sir? Sie sehen aus, als hätten Sie ein Gespenst gesehen. Und Sie rühren dabei keinen Muskel. Brauchen Sie einen Arzt oder …«

Er kam nicht dazu, den Satz zu beenden. Denn Timothy Smart konnte nicht länger an sich halten und spuckte auf den Küchenboden.

»Nüsse!«, rief Smart dann. Fassungslos – und entschuldigend – starrte er Paddington an. »Nigel, das sind Nüsse!«

»S… Sir?«

»Kommen Sie, Junge«, sagte Smart. Er klopfte Nigel Paddington auf die knochige Schulter und drängte dann in Richtung Ausgang. »Vielleicht ist es noch nicht zu spät!«

Draußen vor dem Reihenhaus aus rotem Backstein warteten die Dienstwagen der Polizei. Smart sah zu den Fenstern der Nachbarhäuser, von wo aus der Rest der Marple Road nach wie vor dem tragischen Geschehen zusah, und lief schnurstracks auf den vordersten Wagen zu.

»Sir«, kam Paddington ihm nach. Er hatte sich seinen Hut von der Garderobe im Hausflur genommen, und hielt ihn mit einer Hand auf dem Kopf fest. »Was ist denn los? Geht es Ihnen gut? Ich fürchte, ich kann Ihnen nicht ganz folgen.«

»Aber können Sie *fahren*, Nigel?«, fragte Smart keuchend. Er hatte die Beifahrertür erreicht und riss sie schwunghaft auf. »Können Sie fahren, so schnell wie der Wind? So, als hinge Ihr Leben davon ab, Mann?«

Paddington schluckte hörbar. »I… Ich werde es versuchen.«

Anderthalb hektische Herzschläge später startete er den Motor, und der mattschwarze Vauxhall Astra setzte sich in Bewegung. Der Wagen war schon älteren Baujahrs, aber gut in Schuss. Paddingtons Knöchel traten hervor, so fest umklammerte der jüngere Mann das mit dünnem Kunstleder überzogene Lenkrad, während er zur Kreuzung raste, die die Seitengasse mit der breiteren Straße des Wohnviertels verband. »Wo soll's hingehen, Sir?«, fragte er.

Smart zog sich den Anschnallgurt über den Bauch und arretierte ihn. »Zum Bahnhof, Nigel. Temple Meads Station. Und, bei Gott, drücken Sie auf die Tube!«

Das genügte. Paddington biss sichtlich die Zähne zusammen, doch sein Fuß drückte dabei das Gaspedal durch, und sein Arm schaltete den Vauxhall in einen höheren Gang.

Die Stadt Bristol lag am Ufer des Flusses Avon und gehörte mit ihren knapp fünfhunderttausend Einwohnern zu den größten Siedlungen im britischen Südwesten. Menschen aller Art und Klassen lebten hier, gingen ihrer Arbeit nach und vertrieben sich ihre Freizeit auf den Einkaufsstraßen, in den Pubs und Restaurants oder bei Wanderungen durch die Cotswolds, einer bezaubernd ursprünglich gebliebenen Wald- und Hügellandschaft, deren südliche Ausläufer nur einen besseren Katzensprung weit entfernt waren.

Smart war zum ersten Mal in der Stadt, kannte die Cotswolds aber von gemeinsamen Urlauben mit seiner geliebten Mildred und wusste daher aus erster Hand, wie schön die Gegend war, in der die Witwe Ashton gelebt und auch ihr bedauernswertes Ende gefunden hatte. Es stimmte, was er seinem Freund Robin Chandler stets sagte, wenn sie auf der Spur eines Mörders waren: Das Böse, so es denn existierte, machte vor nichts und niemandem halt. Erst recht nicht vor Schönheit und Idylle.

Die Straßen von Bristol waren bereits vorweihnachtlich geschmückt, und hartnäckige Reste von Schneematsch klebten auf ihrem Pflaster. Durch die Fenster des Vauxhall sah Smart schmucke Lichterketten an den Dachrinnen der Häuser, Weihnachtselfen aus Plastik, die hier und da an den Hauswänden befestigt waren und gen Schornstein zu klettern schienen, und gelegentlich sogar aufblasbare Schneemänner hinter hüfthohen Gartenmauern. Alles kündete vom Fest, das nur noch wenige Tage entfernt war. Selbst die kleinen Bushaltestellen, deren Zahl zunahm, je tiefer Paddington in den Stadtkern vordrang, waren geschmückt worden und wiesen leuchtende Sterne an den Dächern auf.

Es war noch nicht spät, gerade mal Nachmittag. Doch das Wetter ließ leider zu wünschen übrig. Zwar hatten sich die argen Schneefälle der vergangenen Woche verzogen, doch die Wolken, aus denen sie über das wehrlose England hergefallen waren, hingen noch immer am Himmel. Dort sorgten sie mühelos dafür, dass vierzehn Uhr aussah wie neunzehn Uhr mit schlechter Laune. Hinzu kam ein unangenehm kalter Nieselregen, der einem in den Kragen kroch und tat, als wollte er sich da bis Neujahr einnisten.

Paddington ließ sich davon nicht beirren. Angenehm zielsicher steuerte er den Wagen durch das Gewirr der Straßen in der Innenstadt, nahm die Brock's Bridge über den Fluss und zögerte nicht, das Blaulicht auf dem Wagendach einzuschalten, als sich vor ihnen ein kleiner Stau zu bilden schien. Sofort machten die übrigen Verkehrsteilnehmer ihnen Platz.

Nach knapp zwanzig Minuten erreichten sie Temple Meads. Der Bahnhof war der größte der gesamten Stadt und stammte aus dem neunzehnten Jahrhundert. Mit seinen vielen Türmchen, Zinnen und der Fassade aus altem Sandstein wirkte er fast wie eine mittelalterliche Burg oder wie ein Adelssitz aus Queen Victorias Tagen. Doch es war kein Adliger, nach dem Smart hier Ausschau zu halten gedachte.

»Der Zug nach London, Nigel«, sagte der Inspector. Schnaufend stieg er aus dem Wagen, den sein Begleiter neben dem Haupteingang des Bahnhofsgebäudes abgestellt hatte. »Finden Sie heraus, wann der Zug nach London abfährt. Und wo, hören Sie? Wir müssen ihn unbedingt noch erreichen!«

Sofort lief der Untergebene los. Kaum eine Minute später kehrte er zurück auf den Bahnhofsvorplatz, keuchend vor Anstrengung. »G… Gleis zwölf, Sir. Abfahrt in vier Minuten.«

»Grundgütiger, wir haben noch eine Chance!«

Smart zögerte nicht. So schnell seine Beine ihn trugen, lief er durch die Wartehalle des Bahnhofs, vorbei an Kiosken, Essensständen und blinkenden Automaten. Auf langen Holzbänken, die in Reihen angeordnet waren, saßen Reisende und sahen mit missmutigen Mienen zu der großen Anzeigetafel über dem Durchgang zu den Bahnsteigen. Eine der beiden zur U-Bahn führenden Rolltreppen streikte, und an der Ecke, die zu den Toiletten führte, saß ein Teenager-Mädchen mit glattem langen Haar und sang zu Gitarrenklängen kaum weniger unmelodisch klingende Lieder.

Alldem schenkte Smart nur wenig Beachtung. Auch nach seinem Begleiter drehte er sich nicht mehr um. Sein Ziel war eindeutig – Gleis zwölf. Für nichts anderes gab es in diesen Momenten noch Platz in seinem Kopf.

So war es immer, wenn er die Lösung eines Falles fest vor Augen hatte. Dann legten sich gewissermaßen Scheuklappen über ihn, zumindest beschrieb Mildred es auf diese Weise. »Wenn du weißt, wo du hinmusst«, sagte sie in diesen Momenten stets, »dann guckst du nicht mehr nach rechts und links. Dann könnte man dir den Hut vom Kopf oder die Taschenuhr aus der Westentasche stehlen, und du würdest es nicht merken. Ich schätze, das ist bei dir ganz normal.«

Doch hatte er das wirklich? Die Lösung des Falles vor Augen?

Nicht, wenn ich zu spät komme, dachte er. *Dann nicht.*

Auf Gleis zwölf herrschte ein ähnlich dichter Betrieb wie auf dem übrigen Bahnhofsgelände. Der Zug nach London fuhr gerade ein, und die Wartenden tummelten sich vor den langsam werdenden Waggons. Viele von ihnen hatten schwere Koffer bei sich, manche sogar Fahrräder. Eine vierköpfige Familie schien ihren halben Hausstand mit auf die Reise nehmen zu wollen, und ein ältlicher Mann mit Priesterkragen, unter dessen Arm ebenfalls ein Ticket klemmte, war auf einer der Wartebänke eingeschlafen, die in regelmäßigen Abständen auf dem Gleis zu finden waren.

Das ist es!, dachte Smart.

Grunzend vor Anstrengung sprang er neben den Priester, der prompt erschrocken aufwachte, auf die Bank. Smart war beileibe kein sportlicher Mensch, aber manchmal ging es eben nicht anders.

»He!«, staunte der Mann mit dem Priesterkragen. »Was in aller Welt machen Sie denn da? Was stehen Sie hier auf der Bank?«

»Scotland Yard«, erwiderte Smart, ohne den Blick von der Masse der Passagiere zu nehmen. »Ich suche jemanden.«

»Da oben?«

Nigel Paddington kam näher. Der jüngere Mann war schweißgebadet, und sein Atem ging laut und schnaufend. »Inspector. Wen in aller Welt suchen wir denn?«

Da sah Smart ihn. Drüben am Eingang von Waggon 23. »Dort, Nigel!«, rief er. »Dort ist er. Schnappen wir ihn uns, schnell!«

Auch Colin Carmichael hatte Koffer bei sich. Außerdem führte er eine gut aussehende Brünette am Arm, die einen modischen Mantel trug.

Smart bahnte sich einen Weg durch die Menge und bekam den Ärmel des Mantels zu fassen. »Halt!«, rief er. »Keinen Schritt weiter, Mr Carmichael.«

Die Dame mit dem brünetten Haar erschrak zutiefst.

Ihr Begleiter blinzelte nur ungläubig. »Inspector Smart?«

Carmichael sah aus, als könnte er kein Wässerchen trüben. Er war Anfang vierzig, hatte ein markantes Kinn und dunkles, volles Haar. Seine Brille mit dem schwarzen Gestell und die breiten Schultern ließen ihn beinahe wie Clark Kent wirken, das Alter Ego von Superman aus den Comics.

»Mr Carmichael«, sagte Smart. »Ich fürchte, ich muss Sie auffordern, von der Waggontür wegzutreten.«

Carmichael runzelte die Stirn. »Wie bitte?«

Die Dame an seiner Seite sah ihn fragend an. »Was meint er damit, Colin?«

Smart erkannte sie nun. Ihr Haar war nicht länger zu einem Pferdeschwanz gebunden, und die zivile Kleidung ließ sie älter – und mondäner – wirken, als sie war. Aber das Gesicht ließ keine Fragen offen. Das war Sharon Fulton, die junge Frau vom Pflegedienst. Ihr Foto hatte auf Mrs Ashtons Kommode gestanden. Offenbar hatte die alte Dame die Pflegerin sehr lieb gewonnen.

»›Er‹ meint«, antwortete Smart an Stelle des Gefragten, »dass wir mit unserer Unterredung von heute Vormittag leider noch nicht fertig sind. Es gibt neue Informationen, die eine Fortsetzung dringend erforderlich machen.«

Carmichael schüttelte den Kopf. »In dem Fall werden Sie mich telefonisch kontaktieren müssen, Inspector. *Nach* unserer Ankunft.«

»Darf ich erfahren, wohin die Reise geht?«, schaltete sich Paddington ein. Er musterte Carmichael streng. »Heute früh meinten Sie noch, Sie seien über die Feiertage zu Hause.«

Und doch sah ich eine gepackte Reisetasche auf dem Rücksitz des Autos in seiner Einfahrt, dachte Smart. *Schon da hätte ich eigentlich stutzig werden müssen.*

»Sie dürfen nicht«, meinte Carmichael schroff. »Pläne ändern sich, Gentlemen. So einfach ist das. Und jetzt entschuldigen Sie uns bitte.«

Die meisten Fahrgäste waren inzwischen im wartenden Zug. Nur die Tür, die Carmichael aufhielt, stand noch immer offen. Der Schaffner ließ seine Pfeife erklingen, und sie klang ungeduldig.

»Mr Carmichael«, sagte Smart streng, »ich fürchte, Sie missverstehen uns. Das war keine Bitte. Wir *werden* unser Gespräch fortsetzen – jetzt.«

Fulton sah ihren Begleiter fragend an. »Colin? Was passiert hier?«

»Miss Fulton, wir haben berechtigten Grund zur Annahme, dass Ihr Begleiter uns angelogen hat.« Smart sprach zu ihr, ließ Carmichael dabei aber nicht aus den Augen. »Wissentlich angelogen.«

»Warum sollte er das tun?«, wunderte sie sich. Ihr Arm, den sie bisher bei Carmichael untergehakt hatte, löste sich von ihm. »Colin?«

»Ja«, fand Paddington. Er lächelte siegessicher. »Eine *wirklich* gute Frage.« Dann stutzte er und sah ratlos zu Smart. »Inspector?«

Der Schaffner hatte genug. Sichtlich wütend trat er zu der kleinen Gruppe vor Waggon 23. »Bedaure, aber Sie müssen diesen Zug jetzt freigeben. Steigen Sie ein, oder bleiben Sie hier, mir ist es vollkommen gleich. Aber entscheiden Sie sich!«

»Wir fahren mit«, sagte Carmichael.

»Wir bleiben hier«, sagte Smart zeitgleich und fügte dann noch ein nicht minder entschiedenes »Wir alle!« hinzu.

Dem Schaffner genügte das als Antwort. Er grunzte ungehalten und nahm Carmichael den Griff der Waggontür aus der ausgestreckten Hand. Dann stieg er selbst in den Zug und signalisierte dem Lokführer, dass sie endlich abfahrbereit waren.

»Inspector Smart!«, echauffierte sich Carmichael. »Wie können Sie es wagen …«

Smart ließ ihn gar nicht erst ausreden. Die Zeit für Höflichkeiten war vorbei. »Nüsse«, sagte er. »Die Nüsse haben Sie verraten, Carmichael.«

Der Angesprochene runzelte die Stirn. »Was reden Sie denn da, Mann?«

»In Mrs Ashtons Weihnachtsplätzchen sind Nüsse«, erklärte Smart. »Ich habe sie selbst probiert, daher weiß ich das mit absoluter Sicherheit. Und Sie, Sir, erzählten mir erst heute Morgen, wie gern Sie mit Ihrer geliebten Nachbarin gebacken hätten. Wie viel Spaß Sie stets dabei hatten, und wie viel Sie während des Backens immer genascht hätten. Besonders an den Weihnachtsmannplätzchen, die in diesem Jahr angeblich so gut gelungen waren.«

Der Zug nach London setzte sich in Bewegung. Nur noch Sharon Fulton sah ihm traurig nach. Carmichaels Aufmerksamkeit ruhte ganz allein auf Timothy Smart.

»Und?«, fuhr der jüngere Mann den Inspector an. »Was soll das beweisen, Sie alter Narr? Ich mochte Mabel sehr, und sie mochte mich.«

»Es beweist, dass Sie *unter keinen Umständen* so eng mit Mrs Ashton waren, wie Sie behauptet haben«, meinte Smart. »Denn genascht haben Sie definitiv nie an ihren Plätzchen. Sie nicht, Mr Carmichael!«

»N… Nüsse?« Nun sah Miss Fulton wieder zu ihrem Begleiter. Ein Hauch von Erkenntnis zog über ihre Züge, und ihr Gesicht wurde blass. »Aber Colin, du bist doch allergisch gegen Nüsse.«

Smart kniff die Lider enger zusammen und studierte den anderen Mann genau, achtete auf jede Regung. »Bei welchen Details haben Sie mich noch angelogen, Sir? Welche weiteren Teile Ihrer Aussage von heute früh erweisen sich bei näherer Betrachtung als unwahr? Und vor allem, Carmichael: Was haben Sie sonst noch zu verbergen?«

Fulton wich gleich mehrere Schritte von Carmichael zurück.

Ihr Mund stand offen vor Entsetzen, und sie hob instinktiv die Hand an ihre Lippen. Kein Laut drang mehr aus ihrer Kehle, und in ihren weit aufgerissenen Augen glitzerte es feucht – erste Vorboten nahender Tränen.

»Und warum«, betonte Paddington, der von alldem wenig zu bemerken schien. Dabei nickte er so eifrig, als wäre ihm die Lösung des Falles schon die ganze Zeit klar gewesen. »Vor allem warum.« Wieder stutzte er und warf Smart einen Hilfe suchenden Seitenblick zu. »Äh ... Warum, Sir?«

»Gute Frage, Nigel«, bestätigte Smart. Er sah Carmichael dabei streng ins Gesicht. »Eine wirklich sehr gute Frage ...«

Einen Moment später ließ der abgefahrene Zug ein lautes Pfeifen hören. Er schien damit die Welt jenseits von Temple Meads zu begrüßen, doch Chief Inspector Timothy Smart kam es vor, als besiegele er nur Carmichaels Schicksal.

Zwei Stunden später war alles vorbei. Unter der trüben Neonlampe in Nigel Paddingtons Bristoler Verhörzelle war Colin Carmichaels Unschuldsfassade eingestürzt wie ein zu wackeliges Kartenhaus. Der junge Nachbar der Toten hatte alles gestanden, und seine Liebschaft Sharon Fulton hatte den Beamten den nötigen Kontext geliefert.

Miss Fulton selbst traf keine Schuld, natürlich. Sie hatte nur ihren Job gemacht und sich aufopferungsvoll um die alte Mrs Ashton gekümmert. Deshalb konnte sie auch nichts dafür, dass der Mann von nebenan dunkle Absichten gehegt und sie dafür ausgenutzt hatte. Fulton hatte geglaubt, für Colin Carmichael sei sie die wahre Liebe. Doch in Wahrheit war sie für ihn nur ein Spielzeug gewesen, fürs Schlafzimmer und für seine heimliche Vendetta.

Timothy Smart schüttelte den Kopf, als könnte er die unschönen Bilder so aus ihm vertreiben. Er stand auf dem Dach der Bristoler Polizei-Hauptwache, die Stadt und den breiten

Fluss unter sich, und hielt seine alte Parker-Halfbent-Pfeife in der Hand. Sie brannte nicht, noch nicht, aber schon allein das Gefühl des glatten Holzes an seinen Fingern gab ihm seine innere Ruhe zurück.

Im selben Moment flog die Tür zum Treppenhaus hinter ihm auf. So viel zum Thema Ruhe …

»Ach, *hier* stecken Sie!«, staunte Paddington. »Na, da kann ich unten ja lange suchen.«

»Hallo, Nigel«, murmelte Smart. Er drehte sich nicht um, sondern ließ den Blick einfach auf den Straßenschluchten und dem Band des Avon ruhen, der im Licht einiger weniger Sonnenstrahlen glitzerte.

Paddington trat neben ihn. »Wir haben sie, Sir«, berichtete er eifrig. »Die Unterschrift, meine ich. Carmichael hat sein Geständnis unterzeichnet und …« Nun stutzte er und deutete fragend auf die Albert. »Eine Pfeife, Inspector? Sagten Sie nicht, Ihre Gattin hätte Ihnen diese Gewohnheit ausgeredet?«

Ach, dachte Smart. *Ausgerechnet daran erinnert er sich!* »Das hat sie«, bestätigte er gelassener, als er sich fühlte. »Und wie Ihnen Ihr scharfer Blick sicher bestätigen wird, ist die Pfeife kalt. Ich halte sie nur, Nigel. Nichts weiter.«

Paddington schien zu spüren, dass er eine Grenze zu überschreiten drohte, und wich hörbar zurück. »N… Natürlich, Sir.«

Autos hupten unten auf den Straßen. Der Nieselregen hatte sich lange verzogen, doch neuer Wind kam nun auf. Dem altehrwürdigen Bristol schien ein eher ungemütlicher Abend ins Haus zu stehen. Smart war froh, ihn nicht mehr miterleben zu müssen.

»War sonst noch etwas, Nigel?«, fragte er seinen jüngeren Kollegen.

Paddington klang bewundernd. »Sir, wie … wie in aller Welt haben Sie das nur gemacht? Ich meine … Jeder hier kennt selbstredend die Geschichten. Wir wissen, dass Sie ein brillanter Beobachter sind und Fälle lösen, an denen sich ganze Heerscharen von klugen Köpfen die Zähne ausbeißen würden. Wir können es ja lesen, schwarz auf weiß, so wie alle anderen.«

Smart schloss die Augen, für den Moment peinlich berührt. Diese elenden Geschichten … Er würde sie wohl nie loswerden. »Glauben Sie nicht alles, was in Büchern steht, Nigel«, bat er. »Autoren neigen zur Übertreibung. Sie nennen das dann zwar ›dramatischer Effekt‹, aber unterm Strich ist es schlichte Übertreibung.«

»Das mag sein, Sir«, beharrte Paddington. »Doch heute durfte ich es ja aus nächster Nähe miterleben. Sie sind so beeindruckend wie alle sagen. Das ist keine Fiktion, Sir, das ist die Wahrheit.«

Mein lieber Chandler, dachte der Inspector und schickte einen stummen Gruß in die Ferne. *Wir müssen reden. Ein eher ernstes Wörtchen, wie ich finde.*

Robin Chandler war ein langjähriger Kamerad und gelegentlicher Weggefährte des Chief Inspectors. Der jüngere Mann stammte aus dem, was man die bessere Gesellschaft nannte, und genoss diesen sozialen Status in vollen Zügen. Frühere Generationen hätten einen wie ihn vermutlich als Dandy oder Lebemann bezeichnet, der Sorgen nicht kannte und sich auch um Geld keine selbigen machen musste. Smart hingegen bezeichnete ihn schlicht als Freund – und das trotz des eher anstrengenden Hobbys, das Chandler pflegte.

Seit Jahren schon brachte der Enddreißiger mit den aristokratischen Zügen ausgewählte Fälle des Inspectors in Prosaform zu Papier. Anfangs hatte Chandler dies als reinen Zeitvertreib verstanden und Smart erst gar nicht eingeweiht. Doch als er einen kleinen Stapel Geschichten fertig gehabt hatte – darunter eine novellenlange Version der Devonshire-Morde aus dem vorvorletzten Winter –, war er zu Smart gekommen, um ihm reinen Wein einzuschenken. Smart erinnerte sich noch heute an diesen Tag, als wäre er gestern gewesen.

»Sie haben es aufgeschrieben?«, hatte er gesagt, die dicht bedruckten Seiten fassungslos in den Händen. »Die gesamten Ermittlungen?«

»Ich habe sie fiktionalisiert, Smart«, hatte Chandler entgegengehalten, als wäre das ein Widerspruch. »Das ist nicht das Gleiche. Ich habe die Abläufe und die Wendungen Ihrer Fälle beibehalten, denn sie zeigen Ihre ermittlerische Genialität. Aber die Details? Die Namen der handelnden Personen, die Orte, die wir gemeinsam bereist haben, und all das? Davon werden Sie in meinen Storys nicht eine oder einen wiederfinden, das versichere ich Ihnen.«

»Hier steht *mein* Name«, hatte Smart protestiert. »Und der Ihre, Chandler.«

»Äh«, so sein Freund merklich perplex. »Ja, nun. Selbstverständlich. Es *sind* die Fälle des Timothy Smart. Wem nützt es, Ihre Brillanz zu verdeutlichen, wenn Sie dabei gar nicht vorkommen? Und was meine Wenigkeit angeht ... Betrachten Sie mich in diesen Texten doch einfach als das, was ich auch im realen Leben war und bin, Smart: Ihr ehrlicher Bewunderer und, wenn ich so sagen darf, willfähriger Begleiter. Der Watson zu Ihrem Holmes, wenn man so möchte. Der Hastings zu Ihrem Poirot. Der Horowitz zu Ihrem Hawthorne und der Hutchinson Hatch zu Ihrem Professor von Du...«

»Schon gut, schon gut«, hatte Smart abgewunken. »Ich hab's verstanden. Und auch wenn ich Ihre Art des Zeitvertreibs ein wenig exzentrisch finde, steht es Ihnen selbstverständlich frei, Buch über unsere Erlebnisse zu führen.« An dieser Stelle des Gesprächs hatte er skeptisch auf den Stapel dicht beschriebener Manuskriptseiten gedeutet. »Die Frage ist nur, warum Sie mir das alles *jetzt* zeigen? Immerhin schreiben Sie die Texte offenkundig nicht erst seit gestern.«

»In der Tat, nein«, lautete Chandlers kleinlaute Erwiderung. »Seit gestern habe ich allerdings einen Verlagsvertrag für sie ...«

Seit jenem Gespräch war viel Zeit verstrichen. Neue Fälle waren gekommen und gegangen, und aus manchen waren – buchstäblich unter Robin Chandlers Federführung – neue Texte geworden. Smart hatte keinen einzigen von ihnen gelesen, doch allem Anschein nach schlugen sie sich recht erfolgreich am Markt. Was ihm nicht zuletzt die Menschen bestätigten, denen er auf seinen Einsätzen begegnete. Menschen wie eben Nigel Paddington.

»Es freut mich«, wandte sich der Chief Inspector nun an seinen Kollegen aus Bristol, »dass wir gemeinsam erfolgreich waren. Richten Sie Ihrem Team bitte meinen Dank und mein Lob aus. Aber ich versichere Ihnen, mein lieber Nigel: Nicht alles, was gedruckt wird, ist auch wahr.«

Smart wusste, dass Chandler nicht log, wenn er ihre gemeinsamen Abenteuer schilderte. Doch Smart war viel zu bescheiden – und viel zu wenig interessiert an Ruhm und Prominenz –, um sich für selbige feiern zu lassen, weder von Polizeikollegen noch von der Öffentlichkeit. Er war ein gemütlicher Mensch, zumindest sah er sich selbst so, und mochte es ruhig und übersichtlich. Wie daheim in dem kleinen Reihenendhaus, das er mit seiner Mildred bewohnte und in dessen Garten er gerne saß, um den Vögeln zuzuschauen. Ob auch dort heute Schnee gefallen war? Er wusste es nicht, aber er freute sich auf nichts mehr als darauf, es herauszufinden.

Bald, dachte er und sah ein letztes Mal zu Bristols Straßenschluchten. *Bald bin ich wieder zu Hause. Und dann ist endlich Weihnachten.*

Jetzt würde ihn nichts mehr aufhalten, da war er sich absolut sicher. Der Fall Ashton war abgeschlossen, der Täter auf dem Weg ins Gefängnis. Niemand stand mehr zwischen dem Chief Inspector und dem wohlverdienten Feiertagsurlaub auf dem heimischen Sofa.

Smart dankte Paddington erneut für die gute Zusammenarbeit, wandte sich dann ab und ging zurück über das Dach in Richtung Treppenhaus. Er kam drei Schritte weit, bevor sein Handy klingelte.

»Ist das etwa Mr Chandler?«, hoffte Paddington. Er war stehen geblieben, genau wie Smart selbst, und starrte nun ebenfalls staunend auf das Display von dessen Mobiltelefon, auf dem eine Smart unbekannte Festnetznummer prangte. »Mit einem neuen Fall?«

»Das will ich nicht hoffen«, antwortete Smart leise. Dann nahm er den Anruf entgegen und hob das Telefon ans Ohr. »Chief Inspector Smart hier. Ich grüße Sie.«

»Smart!« Die Stimme des Mannes am anderen Ende der Verbindung klang vertraut. Doch es lag etwas in ihr, das Smart nur sehr selten an Robin Chandler hörte: Unsicherheit. »Gott sei Dank, ich erreiche Sie noch! Ich hatte schon Angst, Sie wären im Weihnachtsurlaub.«

»Die Angst ist nicht ganz unbegründet«, sagte Smart mit einem bestätigenden Blick in Richtung Paddington. »Ich bin nämlich gerade im Begriff, mich in selbigen zu verabschieden. Mein Zug nach London geht in weniger als zwei Stu...«

»Smart!«, fiel Chandler ihm ins Wort. »Bevor Sie weitersprechen ... Wäre es Ihnen möglich, vorher einen kleinen Abstecher an die Küste einzuplanen?«

Smart runzelte die Stirn.

»Ist er das?«, hauchte Paddington neben ihm. »Wirklich? Da ist Robin Chandler dran? Wie aufregend!«

»An die Küste?«, wiederholte der Inspector. »Ich verstehe nicht ganz, Chandler. Ist alles in Ordnung?«

»Das frage ich mich ebenfalls«, gestand sein Freund am Telefon. »Und ich gebe offen zu: Die Antwort lautet vermutlich ›Nein‹. Also, können Sie kommen, Smart? Ginge das? Ich fürchte nämlich, andernfalls gibt es bald Tote ...«

KAPITEL 2

»Crannock Hall?«, fragte der Bärtige ungläubig. Sein Küstenakzent war dicker als der Londoner Nebel. »Was in aller Welt woll'n Se denn *da*? Noch dazu jetzt um die Zeit?«

Smart schlug den Kragen seines Mantels höher und erklärte sich erneut. »Ich komme von Scotland Yard. Ein alter Freund hat mich vorhin inständig gebeten, auf die Insel zu kommen. Es geht angeblich um Leben und Tod.«

Der Bärtige schnaubte. Einen schlechteren Scherz schien er noch nie gehört zu haben.

Seit Robin Chandlers mysteriösem Anruf waren mehrere Stunden vergangen. Smart hatte den Großteil der Zeit auf dem Motorway verbracht und seinen spontan organisierten Leihwagen von Bristol aus weiter südwestlich gesteuert. So schnell er nur konnte, war er gefahren – bis hierhin, an den wohl äußersten Zipfel von Cornwall. Und an einen Hafen, der den Namen kaum verdiente.

Der von nur wenigen alten Lampen beleuchtete Platz oberhalb des schmalen Sandstreifens war klein und nur noch fleckenweise geteert. Gras und Unkraut wucherten aus breiten Rissen in seinem Belag, und kleine Nagetiere verkrochen sich in den Schatten. Mehrere Lagerhallen säumten die ebene Fläche und wirkten mit ihren schmutzigen Fassaden, den trüben Fenstern und den windschiefen Toren allesamt, als hätte sie schon seit den Jugendjahren der verstorbenen Queen Elizabeth II. kein Mensch mehr betreten.

Eine Handvoll Fischerboote lag schräg gegenüber an nicht minder alt aussehenden Stegen vertäut, und kaltes, dunkles Wasser leckte im Takt, den die Wellen vorgaben, über die groben Steine am Ufer. Der Mann mit dem Bart war die einzige Person weit und breit, abgesehen von Smart selbst. Alle anderen Bewohner des kleinen Ortes waren wohl vernünftig genug, sich im Warmen aufzuhalten.

Der Mann von der Fährgesellschaft war von undefinierbarem Alter. Er hatte rotes Haar, das ihm unter der Kapuze zottelig ins Gesicht fiel, und einen nicht minder wild wuchernden Bewuchs an Kinn, Wangen und Mundpartie. Er trug gelbes Ölzeug zu grünen Gummistiefeln, und die Träger seiner Hose lagen so straff gespannt auf den knochigen Schultern, dass sie dort Striemen hinterlassen mussten. Ein aufgenähtes Schild an der Brustpartie seiner Latzhose wies ihn als S. *Bigsby* aus.

Als Smart vorhin angekommen war, hatte Bigsby schon wie selbstverständlich am Fähranleger gestanden, einem etwas breiteren Steg mit einem Schild der Fährgesellschaft. Und auch jetzt noch sah er den Chief Inspector an, als bewiese dieser schon allein durch seine bloße Anwesenheit, wie schlecht es um seinen Verstand bestellt sein musste.

»Leben und Tod«, wiederholte Bigsby und brummte spöttisch. »Auf Crannock Hall. Nee, is' klar.« Ein Lachen schloss sich an, kehlig und rau wie der Wind. »Das Einzige, was da draußen verreckt, Meister, das ist Ihr Geduldsfaden. Vor Langeweile, verstehen Se? Da ist doch nix und niemand außer dem ollen Bainbridge.«

Smart musste zugeben, dass seine Ortskenntnis minimal war. Alles, was er über das Ziel seiner Reise wusste, war das, was Chandler ihm vorhin am Telefon beschrieben hatte. Eigentlich hatte er längst auf dem Heimweg sein wollen. Ein Abstecher ans Meer war in seinem ursprünglichen Reiseplan nicht vorgekommen. Auch das bisschen Reisegepäck, das er nach Bristol mitgenommen hatte, bewies es.

Doch ein wenig hatte er seit Chandlers Anruf bereits recherchiert. Crannock Hall war ein altes Anwesen, das mutterseelenallein vor der Küste Cornwalls lag – auf einer Insel, die so unbedeutend schien, dass sie nicht einmal über einen Namen verfügte. Aus Gründen, über die sein Freund am Telefon nicht hatte sprechen wollen, hielt Chandler sich aktuell dort auf. Und wie er Smart deutlich gemacht hatte, brauchte er Unterstützung.

Smart nahm die kleine Reisetasche von einer Hand in die andere und wandte sich erneut an Bigsby. »Können Sie sich vorstellen, was auf Crannock Hall vielleicht sonst noch gefährlich sein mag? Außer der Langeweile?«

»Pff.« Der Rothaarige sah ihn kritisch an. »Vielleicht das Wetter?«

Das kam tatsächlich hin, fand Smart. Die Laune der Natur hatte sich seit seiner Abfahrt aus Bristol jedenfalls deutlich verschlechtert. Der Nieselregen von vorhin war von dicken, eisigen Tropfen abgelöst worden, die, von kurzen Unterbrechungen wie dieser abgesehen, nahezu ununterbrochen fielen. Auch der Wind hatte gehörig an Kraft gewonnen und schlug Smart nun vom offenen Wasser her entgegen wie ein Preisboxer, der sich langsam für den Kampf warm machte.

Am Himmel war kein Platz mehr für Sonnenstrahlen. Stattdessen türmten sich Unwetterwolken übereinander, eine dunkler als die andere. Sturm lag in der Luft, das spürte Smart genau. Oder wenigstens gewaltiger Schneefall.

Deswegen ruft Chandler mich aber sicher nicht her. Nicht wegen des Winters. Die Toten, von denen er gesprochen hat, können damit nichts zu tun haben.

Er wusste nicht, was seinen Freund umtrieb. Smart hatte ihn nie zuvor von einem Anwesen namens Crannock Hall sprechen hören, und auch vorhin am Telefon hatte er sich nicht lange darüber auslassen können. Selbst der Grund für seine Anwesenheit an der Küste war dem Chief Inspector unbekannt, hätte er Chandler dieser Tage doch weit eher in irgendwelchen Londoner Gentlemen's Clubs, auf den VIP-Tribünen von Polo-Turnieren oder auf den Dinnerpartys der High Society vermutet.

Doch Smart kannte den jüngeren Mann gut. Mehrfach schon hatten sie einander in brenzligen Situationen zur Seite gestanden, Gefahren ins Auge geblickt und Rätsel gelöst, die ebenso perfide wie abscheulich gewesen waren. Sie konnten einander vertrauen, zur Not sogar blind. Chandler würde ihn nie um einen Gefallen wie diesen bitten, wenn die Lage nicht ernst wäre.

Erst recht nicht so kurz vor den Feiertagen, dachte Smart. *Es muss ihm wichtig sein, was immer es ist. Wichtig … und todernst.*

»Die Fähre kommt aber noch, ja?«, fragte er den Bärtigen.

Sie warteten nun schon seit zwanzig Minuten. Der Mann hatte ihm versprochen, dass man ihn problemlos auf die Insel ohne Namen bringen konnte. Die kleine Fähre, zu dessen Team er gehörte, kutschierte ja schließlich tagtäglich Pendler und Touristen zu den Inseln vor der Küste und zurück. Doch allmählich spürte Smart die Kälte in den Knochen. Es wurde allerhöchste Zeit, dass er ins Warme kam.

»Na sicher«, antwortete Bigsby. Er zog eine Taschenuhr aus den Untiefen seines Ölzeugs, was regelrecht bizarr wirkte, und studierte deren Zifferblatt. »Die sollten Se sehen in genau … Jetzt!«

Smart hob den Blick und dann verblüfft die Brauen. Draußen auf dem Wasser war tatsächlich exakt in diesem Moment ein Schiff erschienen. Noch war es wenig mehr als ein Schemen in der diesigen Ferne, doch Smart war, als könnte er den dazugehörigen Motor bereits tuckern hören.

Als das schwimmende Gefährt näher kam, folgten weitere

Details ins Feld seiner Wahrnehmung. Die Fähre war weiß und länglich, kaum breiter als ein Londoner Linienbus. Sie hatte ein Ober- und ein Unterdeck, eine winzige Kommandobrücke und einen schief aussehenden Schornstein, aus dem in dicken Wolken dunkler Qualm aufstieg. Der Union Jack flackerte an ihrem Heck, und zwei Männer standen an der Reling, beide in ähnlicher Kluft wie Bigsby. Neben ihnen hingen ein roter Rettungsring und eine Art Planke aus ockerfarbenem Material. Plastik?

»Na also«, freute sich Bigsby und steckte die Uhr wieder in die Tasche. »Unsere alte Lissy ist pünktlicher als jeder Steuereintreiber. Machen Se sich da mal keine Sorgen, Meister. Die hat noch jeden ans Ziel gebracht, ohne die geringste Verspätung.«

Smart sah zu, wie die Fähre anlegte. Tatsächlich prangte der schmutzig-weiße Schriftzug LISSY an ihrer Seite. Die beiden Männer an Bord warfen Bigsby ein Tau zu, das dieser an einem Poller befestigte. Dann öffneten sie eine Art Gatter in der Reling und fixierten die Plastikplanke dazwischen. Das Boarding konnte beginnen.

Während die Männer arbeiteten, zog Smart das Handy aus der Manteltasche. Schon in Bristol hatte er versucht, seine geliebte Mildred zu erreichen, und die Gelegenheit schien günstig für einen zweiten Anlauf. Er wollte seiner Frau wenigstens mitteilen, dass sich seine Heimkehr noch ein wenig verzögerte. Vorhin war sie leider nicht zu Hause gewesen – sondern unterwegs zum Supermarkt, wie er vermutet hatte. Nun wagte er einen neuen Vorstoß und wählte die vertraute Nummer.

»Geh'n Se ruhig schon an Bord, Meister«, meinte Bigsby. »Sie sind ja eh der einzige Passagier heute Abend. Wir brauchen zwar noch 'nen Moment, bis Lissy wieder ablegt. Aber ich bezweifle, dass bei dem Wetter sonst noch jemand kommt.«

Smart umfasste den Griff seiner Reisetasche fester und setzte vorsichtig einen Fuß auf die Planke, dann einen zweiten. Zu seiner eigenen Überraschung trug das Plastikkonstrukt ihn mühelos; dabei war er bei Weitem kein Schmalhans. Im Gegenteil: Gillicuddy klagte schon seit vielen Jahren über sein Gewicht und seinen Leibesumfang, der zwar nicht nennenswert wuchs, aber leider konstant zu groß war – zumindest aus Sicht eines Mediziners. Was Gillicuddy dabei aber außer Acht ließ, war eine Wahrheit, die dem erfahrenen Kriminalermittler Smart jedoch lieb und teuer war: Die Welt konnte ein grässlicher Ort sein, und süße, salzige und vor allem sämig-sahnige Köstlichkeiten machten sie automatisch schöner. Erst recht in der Vorweihnachtszeit.

Es tutete in der Leitung. Smart hielt sich das Handy dicht ans Ohr, um den Wind abzuschirmen, und bezog am Bug der *LISSY* Station. Von hier aus konnte er die Brücke sehen, hinter deren kleiner Fensterfront eine desinteressiert wirkende Kapitänin ihrer Arbeit nachging, Steuerkonsolen kontrollierte und aus einer dampfenden Thermoskanne trank. Die Frau schien in seinem Alter zu sein – und *mindestens* in seiner Gewichtsklasse.

Wieder ein Tuten. Smart kniff die Lider enger zusammen, als der Wind auffrischte und ihm salzige Kälte ins Gesicht blies. Draußen auf dem Meer war der Himmel inzwischen nahezu schwarz.

Wo steckst du nur wieder, Liebes?, dachte der Chief Inspector.

Hatte Mildred vielleicht eine Freundin getroffen und sich festgeplaudert? So etwas passierte häufig, denn in dem Vorort, in dem sie seit Jahrzehnten lebten und in dem Mildred auch aufgewachsen war, kannte sie nahezu jeden. Smart konnte sich nur zu gut vorstellen, wie sie mit Marion Pearson oder der verwitweten Lydia Sinclair im Bäckercafé des Supermarktes stand und die Zeit vergaß. Andererseits: Würde das wirklich *Stunden* dauern?

Er wollte schon wieder auflegen, als es plötzlich in der Leitung klickte. Einen Herzschlag später hörte er eine angenehm vertraute, wenngleich atemlos klingende Stimme.

»Timmy, bist du das?«

»Mildred«, freute sich Smart. »Wo steckst du denn schon wieder? Hab ich dich aus dem Keller geholt, oder kommst du gerade erst nach Hause?«

»Ich war tatsächlich unterwegs«, antwortete sie lachend. »Beim Fleischer, den Braten fürs Fest bestellen, und dann noch auf dem Markt für die letzten Kleinigkeiten. Ich weiß ja, wie gern du deinen Plumpudding magst, und ich dachte, wir gönnen uns dieses Jahr auch mal wieder Klöße.«

Smart lief das Wasser im Mund zusammen. Seine Gattin zählte zu den besten Köchinnen des gesamten Königreichs, zumindest in seinen Augen, und auch das war Gillicuddys Sache gewiss nicht zuträglich. Er konnte sie sich regelrecht vorstellen, allein in der heimischen Küche, umgeben von prall gefüllten Einkaufstaschen, die sie gleich ausräumen würde, und den Hörer des alten Telefons am Ohr.

»Klöße klingen absolut wundervoll«, sagte er.

»Weißt du schon, wann … kommst?« Die Verbindung wurde schlechter. »Du meintest ja, der Fall sei au… …nem guten Weg.«

Smart runzelte die Stirn und sprach instinktiv lauter. »Deswegen rufe ich an, Liebes. Ich muss noch einen kurzen Umweg einlegen, von daher wird das vermutlich erst morgen etwas mit mir und dem Weihnachtsurlaub. Chandler braucht hier draußen meine Hilfe.«

»Was sag… du?«, erwiderte sie. »Ich verste… so schlecht. Was ist mit Robin?«

»Er erwartet mich auf Crannock Hall«, sagte Smart. »Hörst du? Ich schaue nur kurz nach dem Rechten, ja? Danach mache ich mich sofort auf den Weg.«

»Cranno…?« Mildred klang verwirrt. Jedenfalls vermutete er das, denn allzu viel hörte er leider nicht mehr von ihr. »Was in aller Welt ist …nock Hall?«

»Ein potenzielles Problem in Cornwall«, antwortete Smart. Inzwischen schrie er beinahe ins Telefon und ahnte dennoch, dass Mildred so wenig von ihm verstand wie er von ihr. »Befürchtet er zumindest. Wie gesagt: Ich schaue nach, und dann bin ich im Nullkommanichts unterwegs nach Hause.«

Schweigen. Im ersten Moment dachte er, sie sei beleidigt. Dann aber begriff er, dass sie schlicht nicht mehr in der Leitung war.

»Mildred?«, fragte er laut. »Hörst du?«

Statt einer Erwiderung erklang plötzlich ein Besetztzeichen. Frustriert nahm Smart das Handy vom Ohr.

»Das mit den Mobiltelefonen können Se sich sparen, Meister«, rief Bigsby ihm zu. Der Rothaarige stand auf dem Landungssteg, nicht mehr als eine bessere Armlänge von Smarts Position an der Reling entfernt. »Die Dinger haben hier nur arg sporadisch Empfang. Je weiter Sie rausfahren, desto schlechter wird's sogar.«

Danke für die Warnung, dachte Smart und winkte dem anderen Mann bestätigend zu. Mildred hatte genug verstanden, um zu wissen, dass er sich ein wenig verspäten würde. Das genügte für den Moment völlig, zumal sie das von seinen Einsätzen kannte. Auch wenn er, wie üblich, natürlich gern länger mit ihr gesprochen hätte.

Die Crew der *LISSY* fuhr die Planke ein und schloss das Tor in der rostigen Reling. Die Kapitänin schien den Motor hochzufahren, denn das rhythmische Tuckern wurde plötzlich wieder lauter.

»Auf zum Lord, hm?«, meinte einer der Ölzeug-Männer. Er grinste Smart zu. »Einer ist immer der Letzte.«

Smart hatte keinen blassen Schimmer, was er meinte, nickte

aber freundlich. Dann suchte er unter dem Vordach der Kommandobrücke Schutz vor dem Regen, der wieder neu einsetzte. Bigsby winkte zum Abschied.

Die Fähre verließ den Hafen. Smart spürte den Antrieb unter seinen Schuhsohlen, roch die würzige Seeluft ebenso wie den Diesel des Schiffsmotors. Zwei Möwen kreisten in der Nähe, nur wenige Handbreit über unruhigem Wasser. Es waren die ersten Möwen, die ihm überhaupt auffielen. Auch die Tiere schienen keine große Lust auf das ungemütliche Wetter zu haben, zumal es minütlich dunkler wurde.

»Entschuldigung«, sagte Smart. Dabei drehte er sich zur Seite und klopfte an eines der Brückenfenster, das einen schmalen Spalt offen stand. »Dürfte ich Sie vielleicht etwas fragen?«

Die Kapitänin hatte eine Hand am Steuer. In der anderen hielt sie ihre Thermoskanne. »Was'n?«

»Wie lange dauert die Fahrt bis Crannock Hall?«

»Bei dem Mistwetter?« Sie lachte. »Viel zu lange. Aber netto sind's trotzdem nur etwa dreißig Minuten, Sir. Wenn Sie wollen, können Sie sich gern zu mir gesellen. Hier drin ist es wenigstens nicht *ganz* so kalt.«

Er dankte für die Einladung und folgte ihr nur zu gern. Denn auch das gehörte zu den Wahrheiten seines Lebens: Ein kriminalistischer Geist arbeitete nur dann gut, wenn sich der dazugehörige Körper wohlfühlte.

Eine halbe Stunde wilden Seegangs später erreichte die *LISSY* die namenlose Insel.

Die Wellen schlugen gegen die Klippen, als wollten sie sie zum Einsturz bringen. Beißender Wind kam über das aufgepeitschte Meer herein, und aus dem Regen, der dicht vom sturmfinsteren Himmel fiel, wurde allmählich Eis.

Timothy Smart stand am Ufer des Eilands und vergrub die Hände tief in den Manteltaschen. Was für ein grässliches Wetter!

Tauschen möchte ich mit den Menschen hier nicht, das ist sicher, dachte er.

Dabei sah er der LISSY nach, einem immer kleiner werdenden Licht in der Weite der Dunkelheit. Die Fähre hatte ihn und seine kleine Tasche am Strand der Insel abgesetzt und dann sofort die Rückfahrt zum Festland angetreten. Die Witterungsbedingungen wurden immer schlechter, und Kapitänin McGovern hatte dem Chief Inspector erklärt, dass sie kein unnötiges Risiko eingehen wolle.

»Wir helfen niemandem, wenn wir auf See verschüttgehen, Sir«, so ihre pragmatischen Worte. »Da warte ich lieber im sicheren Hafen, bis es aufklart.«

Er konnte es ihr nicht verdenken. Schließlich gab es auch für ihn Schöneres als einen Abend im Sturm. Smart schlug den Mantelkragen höher, sah ein letztes Mal zur sich entfernenden Fähre – nur noch ein leuchtender Punkt zwischen Wellen und Felsen –, dann machte er sich an den Aufstieg.

Die Crew der Fähre hatte ihm den Weg genau erklärt. Um Crannock Hall zu erreichen, musste er den schmalen, teilweise stufenförmigen Weg in den Kreidefelsen finden. Dieser sei schon vor Generationen angelegt worden und führe direkt zu dem herrschaftlichen Anwesen, das das Ziel seiner Reise darstellte. Zum Glück hatte die Kapitänin ihm eine Taschenlampe aus den Beständen der LISSY mitgegeben, andernfalls hätte er den Weg wohl nie gefunden.

Das Licht der Lampe erhellte die regennassen Steinstufen. Smart keuchte, während er sie hinaufging – immer darauf bedacht, nicht auszurutschen oder sich die Kleidung am schroffen Fels aufzuscheuern, der die Stufen säumte. Die Gegend hier ist gewiss atemberaubend schön, dachte er, allerdings bei Tage und ohne Eisregen-Dauerbeschuss. Es gab nicht mehr viele dieser schroffen Einöden vor Cornwalls Küste, und die hiesigen Bewohner schienen die ihre zu schätzen zu wissen.

33

Immerhin ließen sie Besucher weitestgehend in Ruhe. Nicht einmal ein Empfangskomitee hatten sie hergeschickt, um Smart zu begrüßen.

Vermutlich weiß niemand, dass ich unterwegs bin, dachte Smart, während der Wind ihm am Haar zog und ihm der kalte Regen fast die Sicht raubte. *Niemand außer Chandler.*

Wer waren eigentlich die Bewohner dieses Eilands? Vom Wasser aus hatte Smart keinerlei Häuser oder gar Siedlungen erkennen können. Die Insel selbst schien winzig klein zu sein – und größtenteils bewaldet. Auf die steilen Kreidefels-Wände folgte ein ebenes Plateau, das von dichtem Baumbestand und weiteren groben Felsen geprägt wurde. Nirgends war Smarts fragender Blick auf Spuren menschlichen Lebens gestoßen, doch das mochte auch der Entfernung geschuldet gewesen sein. Es *gab* hier Leben, das wusste er ja. Es gab Crannock Hall.

Und wenn ich es nicht sehr bald finde, seufzte er innerlich, *dann mutiere ich zum Eisblock.*

Er hielt kurz inne, schnappte nach Luft. Die Stufen waren einem beinahe ebenso steil nach oben führenden Trampelpfad gewichen, einem unbefestigten Weg, der direkt an der Felswand entlangging und dabei kaum breiter war als die Treppe daheim in Smarts kleinem Haus.

Abermals sah er zum Meer. Von der Fähre war nichts mehr zu erkennen, doch auch den Anleger unten am Wasser konnte er nur noch mit Mühe sehen. Es war Abendbrotzeit, und die Nacht schlug bereits mit voller Wucht zu. Sie verschluckte alles in ihrem dunklen Schlund. Smart hörte das Tosen des Wassers an den Felsen genau, roch seine herbe Note, und dennoch vermochte er es selbst mithilfe der Taschenlampe nicht mehr zu erkennen. Wenige Meter, aus mehr schien seine Welt nicht länger zu bestehen. Alles darüber hinaus blieb schwarz.

Und eisig, ergänzte er in Gedanken.

Dann brummte er ungehalten – ein Chief Inspector war

doch kein Bergsteiger! – und setzte seinen beschwerlichen Gang entlang der Felswand fort.

Allmählich spürte er seine Zehen nicht mehr. Sein Atem ging schnaufend, und das Hemd klebte ihm trotz der Kälte feucht am Körper. Kies knirschte bei jedem Schritt unter seinen Sohlen, und wann immer er daran dachte, dass schon der kleinste unachtsame Moment auf diesem Terrain seinen sicheren Absturz bedeuten konnte, wurde ihm ganz anders. Der Mensch, fand er, war nicht dafür gemacht, Klippen hinaufzukraxeln. Nicht einmal, wenn es dort Wege gab. Denn der Mensch war der Mensch … und nicht die Gemse.

Ein Königreich für ein Dach über dem Kopf, dachte er. *Und für ein prasselndes Kaminfeuer, an dem ich meine armen Zehen wieder auftauen kann.*

Nach mehreren Minuten erreichte er das obere Ende des Abhangs, das ebene Plateau. Smart blieb erneut stehen, schnappte nach Luft und wischte sich das nasse Haar aus der Stirn. Geschafft! Die Klippen waren gut und gern zwanzig Meter hoch, wenn nicht noch deutlich mehr. Zumindest hatten sie sich bei seinem Aufstieg so angefühlt – endlos und steil. Einmal mehr dachte er daran, wie toll die Aussicht von hier oben sein musste.

Ich kann ja wiederkommen, wenn es hell ist, sagte er sich, *und trocken. Denn eins ist klar: Heute Abend komme ich nicht mehr von hier weg …*

Die Befürchtung trieb ihn schon eine ganze Weile um: Er würde die Nacht auf Crannock Hall verbringen müssen. Nicht zuletzt, weil eine erneute Fahrt mit der Fähre an dem grässlichen Wetter scheiterte. Smart schlief sehr ungern außer Haus, denn sein Verstand arbeitete am besten, wenn er es vertraut und gemütlich hatte. Doch das brachte der Beruf nun einmal mit sich. Außerdem durfte er sich nicht beschweren, denn im Gegensatz zum Bösen, das bekanntermaßen niemals schlief, fand er auch in engen Hotelbetten immerhin stets noch ein paar Stunden Ruhe und Erholung. Zu wenig war besser als nichts.

Smart wandte sich ab und ging landeinwärts. Auf einen schmalen Streifen, der zum Großteil aus kniehohem Gras, Unkraut und Felsbrocken bestand, folgte ein dunkler Waldrand. Eine Art Straße führte dort hinein, zwei Fahrrinnen im schneefeuchten Erdreich, der er sich einfach überantwortete. Im Licht seiner Lampe wirkten die überwiegend nadeligen Bäume rechts und links der Spur wie verwunschene Riesen, deren knochige Arme nach ihm greifen wollten. Moos glänzte regenfeucht, wann immer der Lichtkegel darüberglitt. Kleine Nagetiere, die zu neugierig auf den Störenfried gewesen waren, um den Temperaturen noch länger zu weichen, huschten schnell zurück in den Schutz der Schatten, als sie merkten, dass Smart sie ebenfalls registrierte.

Der Chief Inspector war inzwischen durchgefroren. Sein Körper schien auf Autopilot geschaltet zu haben, denn er ging einfach weiter, trotz der Situation. Oder war das purer Pragmatismus?

Überlebenswille, beantwortete er sich die Frage selbst. *Irgendwo da vorne muss ja das Anwesen kommen. Und erst da bin ich wieder im Trockenen.*

Nach einer kleinen Ewigkeit, die vermutlich weit weniger lang gewesen war, als sie sich angefühlt hatte, sah Smart ein Licht vor sich. Dann trat er aus dem Dunkel des Waldes und auf eine breite Lichtung. Crannock Hall stand in ihrer Mitte.

Das Haus bestand aus mehreren Gebäuden. Ein rechtwinkliges Hauptgebäude mit drei Etagen und zwei lang gezogenen Flügeln dominierte die Szenerie, graue Mauern und hohe, größtenteils hell erleuchtete Fenster. Der Eingang wurde von zwei Säulen flankiert, und auf dem spitz zulaufenden Satteldach qualmten gleich mehrere Schornsteine. Smart schätzte den Bau auf das frühe zwanzigste Jahrhundert, war sich aufgrund der Dunkelheit aber nicht sicher.

Neben dem Haupthaus befanden sich mehrere kleine, einge-schossige Bauten. Rechts des Westflügels lagen alte Ställe und Garagen, still und mit gewaltigen Toren verschlossen. Links am Haus schien es eine Art Lager zu geben, ein quadratischer Klotz mit schiefem Giebel und mit Fenstern, die von schwer aus-sehenden Holzplatten verdeckt wurden. Ein breiter Kiesweg führte an alldem vorbei und bildete dabei eine Art Halbkreis.

Hinter dem Haupthaus schien zudem ein Garten angelegt zu sein, von dem der Chief Inspector allerdings wenig mehr als ein paar Zierhecken und Statuen ausmachen konnte, reglose Schemen vor der stürmischen Winternacht.

So müssen sie sich damals vor Bethlehem gefühlt haben, dachte Smart, während er zitternd und bibbernd auf den Ein-gang des Haupthauses zuhielt. *Halb erfroren und froh über die kleinste Hütte …*

Klein war Crannock Hall allerdings nicht. Das Anwesen musste Dutzende von Zimmern pro Etage haben. Es erinnerte Smart an einen alten Adelssitz im Lake District, den er vor Jah-ren im Zuge eines Falles besucht hatte. Robin Chandler hatte das damalige Geschehen unter dem ein wenig zu reißerischen Titel *Schatten über Ashbrook Manor* verewigt, und Smart wusste noch gut, wie Mildred ihn deswegen aufgezogen hatte. Mildred *liebte* Chandlers Geschichten und stellte jede einzelne seiner Veröffentlichungen stolz ins Wohnzimmerregal. Letzteres pri-mär, um Smart damit zu necken, wie der Chief Inspector insge-heim vermutete.

Er näherte sich dem Eingang von Crannock Hall wie ein Verschollener einer Wüstenoase. Mit jedem Schritt wurde er schneller, und als er endlich an der Kordel der Glocke zog, die neben der Pforte aus der Wand hing, strömte immense Erleich-terung durch seine fröstelnden Glieder.

Es dauerte keine Minute, bis ein Mann in schwarzer Livree ihm öffnete. Er schien in Smarts Alter zu sein, vielleicht ein paar Jährchen darüber, und sein Blick schwankte zwischen Verwunderung und unverhohlener Skepsis. Seine Kleidung saß so tadellos, als wäre er in ihr geboren worden – von den makellos sauberen Halbschuhen bis hin zur weißen Fliege. Er war glatt rasiert, hatte buschige Augenbrauen und hellbraunes Haar, das seitlich gescheitelt war und durch das sich nur wenige silberne Fäden zogen. »Sie wünschen?«, fragte er.

»Guten Abend«, grüßte Smart. Es war das Erste, was er seit dem Verlassen der *LISSY* überhaupt laut aussprach, und er staunte selbst, wie sehr seine Stimme dabei zitterte. »Mein Name ist Timothy Smart. Robin Chandler erwartet mich. Er ist doch bei Ihnen, oder?«

Die linke Augenbraue des Butlers zuckte kurz. Das war das einzige Anzeichen seiner Überraschung. »Mr Chandler gehört zu unseren Gästen, korrekt. Wenn Sie eintreten wollen, Sir?«

Er trat zur Seite und ließ Smart ins Haus. Sofort wurde dem Chief Inspector wärmer.

Jenseits der Schwelle wartete ein Foyer, das sich sehen lassen konnte. Ein Kronleuchter hing von der Decke des mehrgeschossigen Raumes, der an seinem hinteren Ende in einer breiten Freitreppe mündete. Die Wände waren mit weinroten Tapeten behangen – und mit allerlei Gemälden in kostbaren Rahmen. Wertvolle Teppiche lagen auf dem Marmorboden, und in gusseisernen Ständern brannten Kerzen. Rechts und links des Raumes ging es in beleuchtete Korridore, die zumindest auf den ersten Blick kein bisschen weniger mondän wirkten.

»Wäre es Ihnen recht, im kleinen Kaminzimmer zu warten?«, fragte der Butler. »Ich schicke dann nach Mr Chandler.«

Smart schlang die Arme um den Oberkörper und lächelte dankbar. »Ein Kaminzimmer wäre mir *ausgesprochen* recht, Mr …«

»Branson, Sir.« Der andere Mann nickte knapp. Dann deutete er nach links. »Mein Name ist Branson. Ich bin der Hausdiener seiner Lordschaft. Hier entlang, bitte.«

Smart folgte Branson in den Korridor, vorbei an Türen aus dickem Eichenholz und einer stattlichen Schar von Geweihen, die als Jagdtrophäen an den Wänden prangten. Menschen sah und hörte er nirgendwo.

»Sie sprachen von ›Gästen‹, Mr Branson«, erkundigte er sich. Die Frage lag ihm schon auf der Zunge, seit der Butler ihm geöffnet hatte. Das Bedürfnis, den Dingen auf den Grund zu gehen, war wohl eine Art Berufskrankheit. »Im Plural. Sind denn viele Personen auf Crannock Hall zugegen?«

»Neben Lord Bainbridge und dem Personal, Sir?«, gab Branson über die Schulter zurück. Sein Tonfall war sonor und angenehm. »Fünf. Sechs mit Ihnen. Mein Herr liebt die Einsamkeit und wählt seine Besucher stets mit Bedacht. Wir haben selten Gäste.«

Sie erreichten ein Zimmer, das in den Maßstäben von Crannock Hall durchaus klein sein mochte. Trotzdem war es größer als Smarts heimisches Wohnzimmer – und urgemütlich. Der Raum wurde von deckenhohen Bücherregalen und kostbarer Wandvertäfelung dominiert. Mehrere Chesterfield-Möbel gruppierten sich vor einem prasselnden Kamin, und ein hölzerner Globus in der rechten Ecke versprach Spirituosen.

Branson deutete auf einen der Sessel, der besonders nah am Feuer stand. »Bitte, Sir. Ich lasse Ihnen sofort ein paar Handtücher bringen. Und ein Glas Sherry?«

»Sie sind ein wahrer Lebensretter, Branson«, erwiderte Smart erfreut.

»Sehr wohl.«

Der Butler deutete abermals ein Nicken an und verschwand dann wieder im Gang.

Smart seufzte, als er sich in den Sessel sinken ließ, und

streckte die kalten Beine aus. Das Feuer war eine Wohltat, und er spürte schon, wie die Lebensgeister in ihn zurückkehrten. Draußen vor den beiden Fenstern, die seitlich des Kamins lagen, herrschte völlige Finsternis, hier jedoch ließ es sich aushalten.

Nach wenigen Augenblicken betrat ein Dienstmädchen den Raum. Sie war Anfang zwanzig, hatte streng zurückgebundenes blondes Haar und einen blassen Teint. Auf den ausgestreckten Armen trug sie einen kleinen Stapel Frotteetücher, zwei bequem wirkende Hausschuhe und einen gefalteten Morgenmantel – roter Stoff, flauschiger Kragen.

»Mr Smart?«, fragte sie zaghaft. »Ich bin Ginny Braddock, Sir. Mr Branson schickt mich.«

»Und zwar keine Sekunde zu spät.« Dankbar nahm Smart die trockenen Gaben entgegen. »Ich werde Sie in meinem Testament erwähnen, meine Liebe. Sie alle beide.«

Ginny kicherte und trat zum Globus. »Bis zum Dinner dauert es noch ein wenig. Aber Mr Branson lässt fragen, ob Sie ein Glas Sherry wünschen, Sir. Oder lieber etwas Stärkeres, um sich aufzuwärmen?«

Sie öffnete die Abdeckung des innen hohlen Erdballs und präsentierte dort, wo gerade noch die Nordhalbkugel gewesen war, ein stattliches Sortiment an Flaschen und Tumblern. Smarts entzückter Blick fiel auf gleich mehrere Whiskys, die ihm ausgesprochen zusagten.

»Ein Schluck von diesem dort, sofern ich darf?«, fragte er und deutete auf einen achtzehnjährigen Single Malt, der noch zu den jüngsten Exemplaren des Bestands zählte.

Er durfte. Ginny goss großzügig ein, während Smart sich den Kopf mit dem Frotteehandtuch abrubbelte. Danach tauschte er seinen nassen Mantel gegen den Drink, den sie ihm reichte. Die bernsteinfarbene Flüssigkeit schien im Licht des Kaminfeuers regelrecht zu glühen.

»Sláinte«, sagte Ginny leise. Dann kicherte sie gleich wieder. Smart merkte, dass sie ihm sympathisch war, und zwinkerte ihr prostend zu. »Auf das Ihre, Teuerste.«

Eine Sekunde später flog die Tür wieder auf. Robin Chandler erschien auf der Schwelle. »Smart!«, rief der jüngere Mann. »Dass ich das noch erleben darf! Sie hier?«

»Na, also bitte«, gab Smart zurück. »Sie haben mich doch hergebeten. Und jetzt so überrascht?«

Chandler hatte sich seit ihrer letzten Begegnung, die mehrere Wochen zurücklag, kein bisschen verändert. Er trug einen maßgeschneiderten Anzug, der ihn gleichzeitig elitär und modern wirken ließ. Sein kurzes, dunkelbraunes Haar war makellos frisiert und kaschierte die leicht abstehenden Ohren, das Gesicht mit den ewig jungenhaften Zügen wirkte aufgeweckt und offen. Krawatte und Einstecktuch waren farblich perfekt aufeinander abgestimmt, und wie inzwischen üblich prangte der Siegelring seiner altehrwürdigen Studentenverbindung an seiner linken Hand. Früher hatte Chandler ihn rechts getragen, doch ein besonders riskanter Kriminalfall in den schottischen Highlands hatte ihn vor einigen Jahren den rechten Ringfinger gekostet – und beinahe das Leben. Seitdem war der Ring umgezogen.

»Schon«, gestand Chandler. Mit völliger Selbstverständlichkeit bediente er sich am Globus. »Bei dem Wetterumschwung dachte ich nicht, dass Sie es noch schaffen.«

»Mit der letzten Fähre, fürchte ich«, sagte Smart. Er sah zum Fenster, gegen das der Wind dicke Regentropfen fegte. »Die gute LISSY bleibt für den Rest des Abends zu Hause.«

»Und das sollten wir auch tun, Smart«, fand Chandler. Er hielt nun ein Sherry-Glas in der Rechten und hob es dem Chief Inspector entgegen. »Willkommen auf Crannock Hall!«

Sie stießen an, tranken. Smart genoss die Wärme des Alkohols in seinem Hals und die Wärme des prasselnden Kaminfeuers an seinen Beinen. Außerdem war es schön, Chandler wiederzusehen. Es machte diesen stürmischen Abend in der Fremde gleich weniger fremd.

»Nun, mein Lieber?«, fragte Smart schließlich. »Sie sprachen am Telefon von ›Leben und Tod‹. Ich muss gestehen, bislang über keine Leiche gestolpert zu sein.«

»Sie wären da draußen weit eher zu einer *geworden*, hm?«, gab Chandler schmunzelnd zurück. Dann wurde er ernst. »Aber Sie haben recht, Smart. Wir sollten zum Thema kommen. Kennen Sie einen Lord Rufus M. Bainbridge?«

Der beste Mann von Scotland Yard runzelte die Stirn. »Den Namen Bainbridge höre ich heute Abend nicht zum ersten Mal. Dennoch ist er mir leider kein Begriff. Der Hausherr, vermute ich?«

Chandler nickte. »Ein äußerst exzentrischer Hausherr. Bainbridge – das M. steht übrigens für Mortimer – war lange Zeit in Londoner Regierungskreisen aktiv, hat sich aber schon vor Jahrzehnten aus dem täglichen Geschäft und vor allem dem Trubel in Westminster zurückgezogen.«

»Hierher?«

»Hierher«, bestätigte sein alter Gefährte. »Auf den Landsitz seiner Ahnen, Crannock Hall. Ich glaube, mehr Rückzug geht gar nicht.«

Smart rieb sich das Kinn. »Gehe ich recht in der Annahme, dass wir allein auf der Insel sind? Nur das Haus und seine Bewohner?«

»Meines Wissens verirrt sich höchstens noch der gelegentliche Ornithologe oder Pflanzenkundler an diesen Allerwertesten der Welt. Von daher: Ja, Smart. Das sind wir.«

Ein weiterer Schluck Whisky half dem Inspector, seine Gedanken zu sortieren. »Und doch sind *Sie* hier, mein Lieber. Gemeinsam mit vier weiteren Gästen, wie Branson mir mitgeteilt hat. Wie kommt das?«

»Ehrlich gesagt, wüsste ich das auch gern.« Der jüngere Mann lachte. »So, wie wir alle. Smart, die Sache ist die: Vor einigen Tagen erhielt ich ein mysteriöses Schreiben mit der Post. Eine Einladung, verfasst von seiner Lordschaft, zum Dinner nach Crannock Hall.«

Smart hob eine Braue. »Kennen Sie den Lord denn näher?«

»Bis zu dem Schreiben hatte ich seinen Namen noch nie gehört.«

Nun wanderte auch Smarts zweite Augenbraue nach oben. »Und trotzdem hat er Sie zu sich eingeladen?«

»Mich und den Rest der seltsamen Versammlung.« Chandler deutete ein Nicken an. »Ich dachte zuerst an einen Fehler des Zustellers, versteht sich. Aber nein, mein Name und meine Anschrift prangten unverkennbar auf dem Kuvert. Also begann ich zu recherchieren.«

Holz knackte im Feuer. Smart lehnte sich in seinem Sessel zurück. Er hatte noch immer nichts von »Leben und Tod« gehört, doch allmählich zeichneten sich die ersten Spuren eines Rätsels in Chandlers Schilderungen ab. Und Rätsel elektrisierten den besten Mann des Yards wie wenig sonst. »Was ergab Ihre Recherche?«

Chandler setzte sich nun ebenfalls. Er schlug die Beine übereinander, setzte den Sherry erneut an und leerte das kleine Glas mit einem genüsslichen Seufzen. Erst dann antwortete er. »In Westminster kursieren gleich mehrere Gerüchte über unseren Gastgeber, Smart. Auch Aussagen, die einander grundlegend widersprechen. Manche Leute glauben, er sei eines Skandals wegen ins Private verschwunden. Andere unterstellen ihm, er sei hinter den Kulissen noch immer aktiv und quasi der Schattenkanzler der beiden letzten Premierminister gewesen – der Strippenzieher hinter der Marionette, wenn man so will.«

»Unhaltbare Unterstellungen, wie ich vermute«, sagte Smart.

»Zumal ich diese Premiers nun wirklich *niemandem* zuschreiben möchte ...«

»In der Tat.« Chandler schmunzelte. »Und doch ... Nicht alle diese Gerüchte sind unglaublich. Aus gleich mehreren Quellen, für die ich meine Hand ins Feuer legen würde, hörte ich, Lord Bainbridge ringe mit dem Tode. Seit Jahren schon, nun aber immer mehr. Es heißt, es geht mit ihm zu Ende, Smart. Rapide.«

»Was uns, falls es denn überhaupt zutrifft, auch nur zur Ausgangsfrage zurückführt«, sagte der Chief Inspector. »Was hat das alles mit Ihnen zu tun?«

Chandler hob amüsiert den Blick. »Was? Na, ich dachte, der Teil des Puzzles sei offenkundig: Ich bin natürlich hier, weil seine Lordschaft einen Erben sucht!«

Im ersten Moment dachte Smart, er habe sich verhört. Erst als Chandlers Lächeln partout nicht verschwand, hakte er nach. »Verzeihung, aber ... Einen Erben?«

»Selbstredend«, beharrte der jüngere Mann. Er stand auf, trat zum Globus und gönnte sich einen zweiten Sherry. »Es ist die einzig Sinn ergebende Theorie, finden Sie nicht? Ein alter, einsamer Mann auf einer alten, einsamen Insel. Ein Mann mit stattlichem Vermögen, wie man so hört, und ohne die geringsten Blutsverwandten. Ist es so schwer vorstellbar, dass sich solch ein Mann seinen Erben aus dem besten Pool herausfischen will, den das britische Empire zu bieten hat? Einen würdigen Nachfolger für Crannock Hall ... und für das viele Geld, das auf zahlreichen Konten wartet und auch in Zukunft klug verwaltet werden will? Ich sagte ja: Bainbridge gilt als exzentrisch.«

»Chandler, ich bitte Sie.« Smart kämpfte sich aus dem Sessel und stellte sein fast geleertes Glas auf den Kaminsims. Ein böser Verdacht stieg in ihm auf. »Das klingt wie einer Ihrer Romane und nicht wie Realität. Sie bauen da eine Räuberpistole, nichts weiter. Was genau malen Sie sich da aus in Ihrem romantischen

Verstand, hm? Dass auf Crannock Hall ein mordlüsterner Wettstreit um das Erbe eines alten Mannes entbrennt? Dass sich die Gäste seiner Lordschaft vor lauter Geldgier gegenseitig an die Kehlen gehen werden, bis nur einer übrig bleibt? Das ist doch pure Fiktion, mein Lieber!«

»Dann erklären *Sie* mir doch, was der heutige Abend soll«, gab Chandler gelassen zurück. »Sehen Sie sich die übrigen geladenen Gäste an, Smart. Gleich beim Dinner werden Sie die Gelegenheit dazu erhalten. Sehen Sie sich die Gruppe an, und dann sagen Sie *mir*, was wir alle hier sollen – ausgerechnet wir?«

»Nun«, meinte Smart. Seine Kleidung war allmählich trocken, und die Kälte war restlos aus seinen Knochen gewichen. »Vor allem werde ich Lord Bainbridge diese Frage stellen. Das wird den Vorgang deutlich abkürzen, da bin ich mir sicher.«

Einen Moment später erschien ein weiteres Mädchen im Kaminzimmer. Es hatte dunkle Haare, schien in Alter und Statur jedoch nahezu eine Kopie der liebenswerten Ginny Braddock zu sein. »Guten Abend«, grüßte sie. »Verzeihen Sie die Störung, Gentlemen, aber Mr Branson bat mich, Ihnen mitzuteilen, dass das Dinner angerichtet ist.«

»Vortrefflich, Eleanor«, freute sich Chandler. »Eine schönere Kunde habe ich selten gehört. Sie etwa, Smart?«

Der Inspector zwinkerte der jungen Eleanor schelmisch zu. »Sehe ich etwa so aus?« Dabei strich er sich wohlig über den beleibten Bauch.

Das Mädchen lachte leise ... und bremste sich sofort. Der kurze Ausbruch schien ihr peinlich zu sein, obwohl er in Smarts Augen nur menschlich war.

»Keine Sorge«, sagte Chandler zu Eleanor. »Uns gegenüber dürfen Sie allzeit offen und ehrlich sein. Smart und ich sind da entspannt. Richtig?«

»Wer mich zum Essen ruft«, antwortete Smart, »*kann* es sich gar nicht mit mir verscherzen.«

Wieder lachte das Mädchen. »Dann bin ich beruhigt. Ich bin übrigens Eleanor Jones, Sir. Willkommen auf Crannock Hall! Lassen Sie es mich gerne wissen, wenn ich Ihnen oder Mr Chandler helfen kann, ja?«

»Mit dem größten Vergnügen, Miss Jones«, versprach der Inspector. Dann folgten Chandler und er der jungen Frau aus dem Zimmer.

KAPITEL 3

Serviert wurde im Ostflügel des Gebäudes, in einem länglichen Raum, dessen Kernstück ein nicht minder länglicher Esstisch darstellte. Zwei Frauen saßen bereits an ihren gedeckten Plätzen, als Smart und Chandler eintrafen, und hoben erstaunt den Blick.

»Oh«, bemerkte die Ältere von ihnen. Es klang unwirsch. »Noch ein Gesicht mehr. Na, das wird ja immer besser ...«

Der Speisesaal, vor dessen Fenster der Sturm nun immer wilder wurde, glich im Stil dem Kaminzimmer. Die Wände waren holzvertäfelt, die daran platzierten Kunstwerke in goldene Rahmen gefasst. In der hinteren Ecke, gleich neben dem von Vorhängen flankierten Fenster, stand ein prächtiger Weihnachtsbaum, dessen Kerzenschein sich auf rotem und silbernem Kugelschmuck spiegelte.

Der Fußboden bestand aus kostbar wirkendem Parkett, und das Porzellangeschirr auf der langen Tafel wirkte nicht minder wertvoll. Selbst die Gabeln und Löffel sahen aus, als wären sie aus den Beständen des Buckingham Palastes entliehen. Es war für sieben Personen gedeckt worden, wie Smart erkannte. Der illustre Gastgeber, dessen ebenso strenges wie faltiges Antlitz er auf einem in Öl gehaltenen Wandgemälde hinter dem Tisch zu erkennen ahnte, würde also ebenfalls zum Essen erscheinen, ganz wie vermutet. Bainbridge – zumindest dessen gemaltes Ebenbild – hatte weißes Haar und eine ausgesprochen kritische Miene. Die reale Person würde vermutlich recht ähnlich aussehen: streng und nicht gerade jovial.

»Meine Damen«, grüßte Robin Chandler, einmal mehr der Gentleman. »Guten Abend.«

»Ist er das, ja?«, parierte die ältere Frau trocken.

Irgendwie kam sie Smart bekannt vor. Sie hatte weißblondes Haar, das ihr kaum bis zum Kinn reichte und tadellos frisiert war. Ihr schmaler Körper steckte in einer dunkelblauen Bluse, über die sie eine Strickweste gezogen hatte. Eine Lesebrille hing ihr an einer goldenen Kette auf die Brust, und an ihren Ohren prangten goldene Clips.

Die jüngere Frau auf ihrem Nebenplatz war das komplette Gegenteil. Wo die weißblonde Dame mondän und zugleich abweisend wirkte, kam ihre brünette Begleiterin dem Chief Inspector vor wie ein verirrtes Reh aus der Provinz. Sie musste Ende zwanzig sein, hatte große fragende Augen und ein Gesicht, das von Schüchternheit kündete. Man hätte sie mit Fug und Recht als »Schönheit« bezeichnen können, doch das schien ihr selbst nicht bewusst zu sein. Ihre Kleidung und die gesamte Körperhaltung vermittelten dem geschulten Beobachter Smart jedenfalls den Eindruck, dass die Frau wenig auf schönen Schein achtete und von Komplimenten oder gar romantischen Avancen eher überfordert als geschmeichelt war. Sie wirkte aus der Zeit gefallen, irgendwie, und falsch an diesem Ort.

»Aber, aber, Mrs Tandy«, tadelte Chandler scherzhaft. »Nicht immer so negativ. Wir wollen uns doch amüsieren.«

Beim letzten Satz nahm er gegenüber der Brünetten Platz und lächelte ihr zu. Die Frau senkte sofort den Blick, vermutlich rein instinktiv.

Dann stutzte Smart. »Moment mal. Tandy? Doch nicht etwa …« Mit einem Mal riss er die Augen auf. Tatsächlich: *Jetzt* war ihm klar, warum die ältere Dame ihm so vertraut vorkam.

»Chief Inspector Timothy Smart«, stellte Chandler vor. »Diese reizenden Damen sind Miss Jemma Fitzpatrick aus Plymouth und in der Tat Mrs Jessica C. Tandy. *Die* Mrs Jessica C. Tandy wohlgemerkt. Die und keine andere.«

Vor lauter Verblüffung klappte Smart die Kinnlade runter. Jessica C. Tandy zählte zu Großbritanniens erfolgreichsten Schriftstellerinnen. Selbst er, der viel zu selten zum Lesen kam, liebte ihre Romane, die sich meist um clever konstruierte Kriminalfälle drehten – um *fiktive* Fälle wohlgemerkt, anders als bei Robin Chandlers literarischen Versuchen. Tandy galt als »zweite Queen of Crime« und wurde inzwischen vermutlich auf der ganzen Welt verlegt. Eines ihrer Frühwerke war erst kürzlich von Hollywood verfilmt worden, und die Presse hatte den prominent besetzten Streifen mit Lobeshymnen nur so überschüttet.

»Was in aller Welt machen *Sie* denn hier?«, hörte Smart sich staunend sagen. Dann schämte er sich dafür.

Tandys Schnauben troff vor Sarkasmus. »Das frage ich mich inzwischen ebenfalls, Chief Inspector. Und, bitte, was führt Scotland Yard ans Ende der Welt?«

»Scotland Yard?« Die Augen der jüngeren Frau wurden noch größer. Erschrocken sah sie Smart an. »Grundgütiger, ist etwas passiert?«

»Keine Sorge, Miss Fitzpatrick«, beruhigte Chandler sie. Den Beschützer gab er stets gern, vor allem in Gegenwart attraktiver junger Frauen. »Der gute Smart ist nicht dienstlich hier, sondern als mein Gast und Begleiter.«

»Je mehr, desto besser«, murmelte die Schriftstellerin.

Smart setzte sich neben Chandler. »Jessica Tandy. Dass ich das noch erleben darf! Meine Gattin glaubt mir das nie und nimmer.«

Die Dame schüttelte den Kopf. Die Begegnung schien ihr weit weniger zu bedeuten als ihm. »Über Glaubensfragen lässt sich schlecht streiten, Inspector.«

Smart verscheuchte den Gedanken, sie um ein Autogramm

zu bitten, schnell wieder. Ihre Laune war auch so schon bedenklich. Auf die Frage nach einer Unterschrift würde sie vermutlich nur gereizt reagieren.

»Zurücktreten, bitte«, erklang nun eine Männerstimme aus dem Korridor. Einen halben Herzschlag später erschien der dazugehörige Mann im noch immer offenen Türrahmen des Speisesaals. »Denn jetzt ist Mystery-Time!«

Ihn erkannte Smart auf den ersten Blick, auch wegen seines unverwechselbaren Zitats. Das war Simon Marlowe, der aktuelle Darsteller des beliebten Fernsehhelden Mister Mystery! Marlowe verkörperte seit ein paar Jahren die Rolle, die eine britische Institution war, und prangte in regelmäßigen Abständen auf den Titelblättern diverser Unterhaltungsmagazine.

Mister Mystery, ein raumfahrender Abenteurer, gehörte zum Kinderprogramm der alten Tante BBC und war bereits seit über sechzig Jahren in Produktion. Letzteres gelang der Science-Fiction-Serie auch, weil sie immer mal wieder den Hauptdarsteller austauschte. Vor allem dann, wie Smart vermutete, wenn dessen Honorarvorstellungen zu hoch wurden.

»Sie und Ihre Mystery-Time.« Fitzpatrick strahlte vor Begeisterung. »Das klingt wirklich exakt wie im Fernsehen, wenn Sie das sagen.«

Marlowe zwinkerte ihr zu. »Exakt das war meine Absicht, teuerste Jemma.«

Er war ein sportlicher Typ von gut vierzig Jahren, wirkte aber verspielt wie ein Lausbub. Das rotblonde, lockige Haar stand ihm als betont störrische Künstlermähne vom Kopf ab. Rotblond war auch der kurze Bart, der über die ungewöhnliche Blässe seines Gesichtes hinwegtäuschte. Marlowe trug einen dunklen Pullover zu einer Cordhose und hatte sich einen bunt gestreiften Schal um den Hals geschlungen, der locker saß und reines Accessoire war.

»Das Böse schläft nämlich nie«, fuhr er fort, theatralisch bis in die letzte Silbe, »und ein guter Held ist allzeit bereit für den Einsatz. Merken Sie sich das, Penforth. Ihr Leben könnte eines Tages davon abhängen – und das meine ebenso.«

Fitzpatrick kicherte vor Begeisterung und spendete Applaus.

»Penforth?«, fragte Chandler.

»Der momentane Begleiter von Mister Mystery«, wusste Smart. Die zwei Protagonisten der Serie kannte er, da die Kinder seines Nachbarn stets von ihnen sprachen. »Penforth ist ahnungslos, aber mutig und edelmütig.«

»Und exakt das macht ihn so unentbehrlich«, bestätigte Marlowe. Er setzte sich neben Fitzpatrick, deren Bewunderung er merklich genoss. »Ein Held ist nichts ohne seinen Sidekick. Was mich zu der Frage führt, Chandler, wer der Ihre wohl sein mag?«

»Scotland Yard«, raunte Fitzpatrick verschwörerisch.

Marlowe hob die Hand zum Mund. »Was Sie nicht sagen!«

»Also dann«, hörte Smart nun die nächste ihm fremde Stimme. »Bringen wir es hinter uns, verflucht noch mal.«

Der Mann, aus dessen Kehle sie erklungen war, lehnte mit vor der Brust verschränkten Armen am Türrahmen. Er war einen guten Kopf größer als Marlowe, und obwohl sie im gleichen Alter sein mussten, trat er deutlich erwachsener auf. Sein Anzug, die Pomade im schwarzen Haar und der strenge Krawattenknoten zeigten Smart sofort, in welchen Kontext er gehören musste.

Ein Banker, dachte der Chief Inspector. *Da gehe ich jede Wette ein. Banker oder Börsenmakler.*

»Und was, werter Freund Bellamy«, ergriff Marlowe ungefragt das Wort, »sollen wir Ihrer Ansicht nach beenden?«

»Na, diese ganze elende Scharade.« Der vermeintliche Banker trat näher und nahm den vorletzten noch freien Platz an der Tafel ein. Jetzt blieb nur noch die Position am Kopfende übrig, der Platz des Gastgebers. »Bainbridge soll sich endlich äußern, kapiert? Schlimm genug, dass wir seinetwegen ins absolute Nirgendwo zuckeln mussten. Und jetzt, wo wir hier sind? Da zeigt sich der alte Knacker noch nicht einmal. Geschweige denn, dass er sich erklärt.«

»Niemand hat sie dazu gezwungen, der Einladung zu folgen, Mr Bellamy«, kommentierte Jessica Tandy, ohne den Blick auf ihn zu richten.

»Korrekt, Mrs Tandy«, entgegnete er ohne Zögern. »Aber jetzt? Jetzt zwingen mich die Umstände, hierzubleiben und das Spielchen mitzuspielen. Wussten Sie, dass heute keine Fähre zum Festland mehr geht? Vermutlich auch morgen nicht, wenn die Wettervorhersage ihre Drohungen wahr macht. Wir sitzen fest, Ladies und Gentlemen, und dieses gottverlassene Eiland verfügt nicht einmal über Handyempfang!«

»Doch, das tut es«, widersprach Branson. Der Butler trat gerade in den Saal, begleitet von Ginny Braddock und einem weiteren Dienstmädchen. »Allerdings nur an bestimmten Stellen, muss ich gestehen. Ich glaube, drüben auf den Kreidefelsen sollte es gehen.«

Die Mädchen Ginny und Eleanor trugen dampfende Schüsseln zum Tisch. Eine ältere Frau mit schwarzgrauem Haar und einer fleckigen Schürze folgte ihnen; sie musste die Köchin sein. Sie hatte eine Platte voller Braten in den Händen. Unter Bransons wachsamen Augen stellten sie alles auf den Tisch. Die Mädchen verschwanden sogar, um weitere Schüsseln zu bringen.

Smart lief das Wasser im Mund zusammen. Schon allein der Anblick der frisch zubereiteten Speisen war die reinste Wohltat und zeigte ihm, wie hungrig er nach den vergangenen Strapazen war. Es gab Rotkohl mit kleinen Apfelstücken, deftige Klöße, die im Licht der Weihnachtskerzen glänzten, und ganze Schüsseln voller Soße. Auf einem weißen Tablett türmten sich die Pasteten, und ein kreisrunder Teller präsentierte einen kleinen Kuchen, der buchstäblich zum Anbeißen aussah.

52

Smart fühlte sich erneut wie ein Mann, der in der Wüste verschollen gegangen war, nun aber endlich die Oase erreichte. Allerdings gehörte es sich natürlich nicht, gleich loszuspachteln. Sie würden auf den Gastgeber warten müssen.

»Auf den Kreidefelsen«, spottete Bellamy. »Also wirklich. Als hätte ich Zeit und Nerven, jedes Mal da rauszuspazieren, wenn ich Börsenkurse abfragen muss. Wo steht dieses Haus, Branson, hm? Im Mittelalter?«

»Und wo, wenn ich fragen darf«, schaltete Chandler sich deutlich freundlicher ein, »bleibt unser Gastgeber? Ich bin nun schon seit Stunden auf der Insel, doch seine Lordschaft ist mir nirgends begegnet.«

»Lord Bainbridge wird sich Ihnen jeden Augenblick anschließen«, versicherte Branson der Gruppe. »Er freut sich sehr auf diesen Abend und darauf, Sie alle kennenzulernen.«

»Ach ja?« Marlowe zwinkerte Miss Fitzpatrick zu. »Autogrammstunden gibt's aber nur gegen Honorar.«

»Ich versichere Ihnen, Mr Marlowe«, murmelte Jessica Tandy. »Sie sind nicht hier, weil jemand Ihr Autogramm möchte.«

»Sondern?«, gab er nicht minder unfreundlich zurück. »Weshalb denn dann? Bislang hat sich uns niemand erklärt, Mrs Tandy. Geht es wirklich um das Erbe des alten Gesellen? Falls Sie da mehr wissen, klären Sie uns herzlich gerne auf.«

»Vor allem«, ging Smart dazwischen, bevor sich ein Streit entwickeln konnte, »sind wir zum Essen hier. Nicht wahr, die Herrschaften? Branson, wir sind bereit und, so gestehe ich gerne, hungrig. Wann dürfen wir mit Ihrem Dienstherrn rechnen?«

Branson zog eine Taschenuhr aus der weißen Weste und prüfte das Ziffernblatt mit missbilligender Miene. »Das ist durchaus eine berechtigte Frage, Sir. Ginny?«

Die junge Ginny Brannock, die mit ihrer Kollegin an der Tür ausharrte, hob den Kopf. »Ja, Mr Branson?«

»Seien Sie so gut, und gehen Sie in die Bibliothek. Ich fürchte, Lord Bainbridge hat mal wieder die Zeit vergessen.«

»Natürlich, Mr Branson.«

Ginny deutete einen Knicks an und verschwand. Smart sah erneut zu den dampfenden Schüsseln, Platten und Tabletts. Insbesondere der saftige Braten rief geradezu nach ihm, und er spürte, wie sein Magen leise zu knurren begann.

»Francis«, wandte Chandler sich derweil an Bellamy. »Sie haben mich gar nicht gefragt, wer mein Nebenmann ist. Haben Sie etwa nicht bemerkt, dass sich unsere Schar seit dem Tee vergrößert hat?«

Bellamy hatte ein silbernes Zigarettenetui aus der Innentasche seines Anzugs genommen, dessen Inhalt er gerade prüfte. Dabei winkte er ab. »Natürlich habe ich das, Chandler, ich bin ja nicht blind. Es ist mir allerdings herzlich egal. Genau so, wie Sie *alle* mir herzlich egal sind – mit Verlaub.«

Fitzpatrick zuckte entsetzt zusammen. »Das … Das war aber nicht nett«, flüsterte sie.

»›Nett‹ ist ein Wort, das unser Freund aus dem Finanzwesen im Wörterbuch nachschlagen müsste«, erwiderte Marlowe ihr. Dann hob er die Stimme. »He, Bellamy. Sie können doch Wörterbücher lesen, richtig? Oder nur Aktienkurse?«

Francis Bellamy blieb unbeeindruckt. »Im Gegensatz zu Ihnen habe ich *Ahnung* von Geld, Mystery.«

»Was?« Der Schauspieler stemmte die Hände auf die Oberschenkel. Er wirkte entrüstet. »Ich muss doch sehr bitten, Bellamy. Denken Sie, man verdient schlecht beim Fernsehen? Ich darf Ihnen versichern: Sie irren.«

Der Schwarzhaarige sah ihn an, ein überhebliches Lächeln auf den Lippen. »Nun ja. Was manche Leute für gut halten …«

Einen Sekundenbruchteil später erklang ein Schrei. Er war schrill, gellte durch das Haus und fuhr Timothy Smart sofort bis ins Mark. Denn der Chief Inspector kannte diese Art von Schrei. Er ging mit Mord und Totschlag einher, und Smart hörte sie viel zu oft.

Die Leiche lag in der Bibliothek, bäuchlings auf dem edlen Perserteppich. Ein kreisrunder See aus Blut hatte sich um sie herum gebildet, der immer mehr Raum für sich beanspruchte.

»Bleiben Sie zurück!«, rief Smart. Er hatte zu den Ersten gehört, die das Zimmer im zweiten Flügel des Hauses erreicht hatten. Nun breitete er die Arme aus, um seine Begleiter davon abzuhalten, ihm zu dem Mann auf dem Teppich zu folgen. »Niemand außer mir setzt einen Fuß über die Schwelle, verstanden? Das ist ein Tatort.«

»A... Aber wir müssen ihm doch helfen?«, sagte Fitzpatrick. Dabei keuchte sie vor Entsetzen und hielt sich beide Hände vor den Mund.

Smart schüttelte den Kopf. »Ich fürchte, Miss, da kommt jede Hilfe zu spät.«

Die Bibliothek war angenehm groß und erstreckte sich über gleich zwei Etagen – das Erdgeschoss, in dem Smart und die anderen standen, und den ersten Stock, der hier von einer an den Regalen entlangführenden Balustrade mit hüfthohem Geländer repräsentiert wurde. Ihre Wände wurden von deckenhohen Regalen verdeckt, die prall gefüllt zu sein schienen.

Mehrere kleine Tische standen in ihrem Zentrum, jeder ausgestattet mit einem Stuhl und einer Lampe. An der hinteren Seite, die aus breiten und von innen verriegelten Fenstern bestand, warteten zwei Ohrensessel. Hölzerne Leitern führten zu den höheren Regalen, eine Wendeltreppe zur Balustrade. Die Luft roch angenehm nach Leder, Papier und altem Leim. Vor den Fensterscheiben regierten die Nacht und der Sturm.

Bainbridge rührte sich nicht. Der Hausherr von Crannock Hall musste die siebzig lange überschritten haben. Er war schlank, ohne dürr oder gar knochig zu wirken, hatte eine aristokratisch hohe Stirn und weißes Haar, das seinen Hinterkopf wie eine Löwenmähne bedeckte. Das faltige Gesicht war kaum zu erkennen, erst als Smart erneut näher trat und neben ihm in die Hocke ging.

Ginny stand zitternd an der Seite, den Rücken gegen ein Bücherregal gepresst. Das Dienstmädchen hatte den Schrei ausgestoßen und wirkte noch immer zutiefst erschrocken.

»Erzählen Sie mir alles, meine Liebe«, bat Smart sie, ohne von Bainbridge aufzusehen. »Von Anfang an.«

»I… Ich kam zur Tür der Bibliothek«, begann sie stockend. »Ganz wie Mr Branson es wollte. Doch die Tür war verschlossen. Also habe ich angeklopft.«

Nun blickte Smart zur Seite. Die Tür stand inzwischen natürlich offen, und durch ihren Rahmen hindurch konnte er den Rest der Gruppe im Flur stehen sehen. Bellamys Miene war nicht zu deuten, und auch Marlowe ließ sich nicht in die Karten blicken. Mrs Tandy schien jedoch von Neugierde gepackt zu sein und beobachtete das Geschehen mit großem Interesse, während Jemma Fitzpatrick kreidebleich war und mit den Tränen kämpfte. Branson stand neben ihr, als wollte er sie stützen.

»Und was ist dann passiert, Ginny?«, fragte Smart.

»Ich … Ich bekam keine Antwort«, sagte die junge Angestellte. »Also habe ich noch einmal geklopft. Und ein drittes Mal. Dann habe ich meinen Generalschlüssel genommen und die Tür aufgesperrt.«

Smart hob eine Braue. »Ein Generalschlüssel?«

»Alle Angestellten haben einen«, erklärte Branson. »Es ist ein großes Haus, Sir, mit vielen Türen und Zimmern. Lord Bainbridge will … wollte unnötige Wartezeiten vermeiden.«

»In Ordnung.« Smart speicherte die Information für den Augenblick ab. »Weiter, Ginny.«

»Ich habe aufgeschlossen und … und dann …« Sie begann zu weinen. Die Worte lagen ihr merklich auf der Zunge, doch sie brachte sie nicht mehr über die Lippen.

»Und dann haben Sie ihn hier liegen gesehen«, sagte Smart. »Richtig?«

Ginny nickte, halb dankbar und halb entsetzt.

»Haben Sie ihn angefasst?«, erkundigte er sich sanft. »Ihn oder sonst etwas hier im Raum?«

Ein Kopfschütteln. »Das … Das konnte ich nicht.«

»Und das war sehr richtig so«, meldete sich Chandler zu Wort. Er stand zwischen Marlowe und Bellamy, trat nun aber vor, um sich der Bediensteten anzunehmen. »Dadurch haben Sie sichergestellt, dass etwaige Spuren des Täters hier drin nicht verwischt oder beseitigt werden.«

Ginny sah ihn groß an. »T… Täter?«

»Ich fürchte, ja«, murmelte Smart. »Wo ein Opfer ist, da sind auch Täter.«

Er streckte die Hand aus und prüfte ein weiteres Mal den Puls am Hals des Lords, nur um auch wirklich sicherzugehen. Wie schon vorhin fand er keinen. Die Leiche war allerdings noch nicht kalt.

Er ist erst kürzlich verstorben, kombinierte Smart. *Maximal vor einer Stunde? Oder weniger?*

Dann sah er erneut zur Wunde am Hinterkopf des Toten. Sie wurde zum Großteil von der weißen Mähne verdeckt, doch sie war da, und das rote Blut umkränzte sie. Smart beugte sich vor, um sie näher in Augenschein zu nehmen.

»Inspector?«, fragte Branson in dem Moment.

Sofort drehte Smart den Kopf zu dem Butler.

»Was … Nun ja, was können wir tun?« Branson schien kurz um Worte zu ringen. Die Situation machte ihm zu schaffen, das merkte man ihm trotz seiner schon von Berufs wegen stoischen Fassade an. »Wie verfährt man in solch einer Lage?«

Smart erhob sich und ging zurück zur offenen Tür. »Eine berechtigte Frage, Branson. Ich schlage vor, dass wir den Raum erneut abschließen und die Generalschlüssel bis auf Weiteres einsammeln. Niemand soll die Bibliothek betreten, bevor die Polizei den Tatort nicht gesichert hat.«

»Polizei?«, hauchte Fitzpatrick.

»In der Tat.« Smart nickte. »Als nächsten Schritt empfehle ich, die örtlichen Behörden zu informieren. Es erscheint fraglich, ob in dieser stürmischen Nacht noch jemand zu uns herauskommen und die Ermittlungsarbeit aufnehmen kann. Aber dennoch sollten wir den Kollegen auf dem Festland unverzüglich Bericht erstatten, damit sie sich gegebenenfalls schnellstmöglich auf den Weg machen.«

»Ermittlung?« Jessica Tandy legte den Kopf leicht schräg. »Dann gehen Sie also wirklich von einem Gewaltverbrechen aus?«

»Mrs Tandy«, antwortete Smart. »Ich sehe weit und breit keine Waffe. Und doch wird unser Gastgeber sich seine Kopfwunde nicht durch einen Unfall zugezogen haben, denn in dem Fall fänden sich weitere Anzeichen dafür. Blutspuren an einer scharfen Mauerkante, beispielsweise oder Hinweise auf einen Sturz.«

»Korrekt, Smart«, stimmte Chandler ihm zu. »Sehen Sie sich nur die Positionen der Leitern an. Keine von ihnen ist aktuell so ausgerichtet, dass sie zu einem der Zugänge zur Balustrade führt. Und von der Wendeltreppe wird Bainbridge sicher nicht heruntergefallen sein.«

Der Chief Inspector nickte. »Auch nicht von irgendwo sonst. Ich müsste den Toten genauer untersuchen, bevor ich mich festlege. Aber ich gehe aktuell von einem gezielten Schuss aus. Aus nicht allzu großer Entfernung, direkt in den Hinterkopf.«

»Grundgütiger, Mann!« Marlowe keuchte auf. »Ein Schuss? Aber … Hätten wir den nicht gehört?«

»Nicht unbedingt«, meinte Smart. Er deutete zum Fenster. »Zum einen sorgt der Wintersturm dort draußen für eine konstante Geräuschkulisse, die anderes überlagern kann. Zum anderen gibt es Schalldämpfer, und dann ist Crannock Hall natürlich auch sehr weitläufig. Wir saßen im Speisesaal beisammen, Mr Marlowe. Von dort bis hierher ist es ein gutes Stück Weg.«

»Ich werde die Behörden umgehend kontaktieren, Inspector«, versprach Branson. Er warf seinem toten Dienstherrn einen betroffenen Blick zu, bevor er sich wieder fasste. »Darf ich mitteilen, dass Sie unter uns weilen? Die Beamten interessieren sich gewiss dafür und werden ...«

Gewaltiger Donnerschlag unterbrach ihn. Laut hallte der Knall durch das Haus, und ein flackernder Blitz vor den Fensterscheiben folgte sofort. Dann gingen die Lichter aus.

»Was zur Hölle ...«, schimpfte Francis Bellamy.

Smart kniff die Lider enger zusammen. Für einen kurzen Moment sah er absolut nichts mehr, so dunkel war es im Flur des Anwesens geworden. Dann aber erkannte er die Umrisse seiner Begleiter und entspannte sich wieder. Es waren noch alle Personen an ihrem Platz.

»Ein Stromausfall, fürchte ich«, verkündete Branson. »Nein, wie ärgerlich! Wenn Sie gestatten, Inspector, kümmere ich mich sofort darum. Der Sicherungskasten befindet sich im Keller. Vielleicht kann ich dort etwas bewirken.«

»Das wäre wundervoll«, sagte Smart. »Und sperren Sie die Bibliothek wieder ab, Branson. Ich schlage vor, wir anderen gehen derweil zurück in den Speisesaal?«

»Grundgütiger, Smart.« Chandler lachte kurz auf, wurde aber schnell wieder ernst. »Können Sie jetzt ernsthaft ans Essen denken?«

Was heißt hier ›jetzt‹?, dachte Smart, verkniff sich den Kommentar jedoch. »Vor allem denke ich daran, dass ich Sie alle gern im Blick behalten möchte, mein lieber Chandler. Denn eins liegt auf der Hand, glaube ich: Wer auch immer den bedauernswerten Lord Bainbridge auf dem Gewissen hat, befindet sich nach wie vor ganz in unserer Nähe.«

Abermals erklang lauter Donner, als wollte die winterwilde Nacht Smarts Worte unterstreichen.

KAPITEL 4

Der Braten war eiskalt, aber nach wie vor köstlich. Smart nahm sich dankbar ein zweites Stück und bediente sich auch am Rotkohl.

»Na, den Appetit hat's Ihnen schon mal nicht verschlagen«, kommentierte Bellamy trocken.

»Dazu besteht auch keinerlei Anlass«, gab Smart zurück und zerteilte das Fleisch mit Messer und Gabel. »Ob wir das Dinner nun genießen oder nicht, spielt für den bemitleidenswerten Verstorbenen keine Rolle mehr. Für uns hingegen, die wir nach wie vor auf Erden weilen, schon. Wir brauchen Energie, Mr Bellamy. Erst recht angesichts des grauenvollen Geschehens hier im Haus.«

Er musste an Mildred denken. Vermutlich hätte sie sich in dieser Diskussion auf Bellamys Seite geschlagen, schon allein aus Taktgründen. Aber wahr war, was wahr war. Auch das sagte er ihr – und Chandler – stets.

»Wissen Sie, was, Smart?«, meinte Marlowe gerade. Er griff nach der Schüssel mit den Knödeln und bediente sich großzügig. »Sie haben vollkommen recht. Wer nicht bei Kräften bleibt, kann auch nichts leisten. Das ist Grundkurs Schauspiel, Leute. Echt!«

Seit dem grässlichen Leichenfund war keine halbe Stunde vergangen. Das Licht war noch nicht wieder angegangen, doch Branson hatte im Gang und im Speisesaal Kerzen entzünden lassen, die sanfte Helligkeit spendeten. Zwar pfiff und tobte der

Wintersturm nach wie vor um die Mauern von Crannock Hall, doch hier an Lord Bainbridges noch immer gedeckter Tafel war es nahezu gemütlich, wenn man die tragischen Umstände ausblendete.

»Was wollen *Sie* denn hier leisten, Mr Marlowe?«, fragte Jessica Tandy. Genau wie die anderen saß auch sie wieder auf ihrem Platz am Esstisch. Sie hatte die wartenden Speisen aber bislang nicht angerührt und auch keinen einzigen Schluck getrunken. »Glauben Sie, die Mordacks haben Bainbridge auf dem Gewissen? In dem Fall wäre Ihre Expertise ja vielleicht etwas wert ...«

Selbst Smart verstand die Anspielung sofort. Die außerirdischen Mordacks zählten zu den Erzfeinden von Mister Mystery und traten seit den Anfängen der TV-Serie immer wieder dort in Erscheinung. Es waren klobige Roboterwesen, die auf reine Vernichtung aus waren, und in den Anfangszeiten der BBC, als die Budgets der Erfolgsreihe noch schmal und überschaubar gewesen waren, hatte man sie aus Industriestaubsaugern gefertigt, die mittels dünner Nylonschnüre durch die Kulissen bewegt worden waren. *Mister Mystery* war berühmt für seine lächerlichen Effekte.

Smart entging aber auch nicht, wie viel Spott in Tandys Kommentar steckte. Die Autorin war ihm vorhin schon kühl und reserviert vorgekommen, Marlowe gegenüber schien sie regelrecht spöttisch eingestellt zu sein. Nahm sie den jungen Mimen nicht ernst, weil er im Kinderprogramm Monstern nachjagte? Oder steckte mehr hinter ihrer Abneigung?

»Ich leiste, was immer die Situation von mir verlangt, Mrs Tandy«, antwortete Marlowe pikiert. »Genau wie alle anderen hier.«

»Und was für eine verfluchte Dreckssituation es doch ist.« Francis Bellamy hatte bislang wie unbeteiligt am Tisch gesessen und den Blick seiner stahlblauen Augen ins Leere gerichtet.

Nun jedoch platzte es aus ihm heraus. Seine Worte begannen leise, fast wie ein Murmeln, steigerten sich aber mit jeder neuen Silbe in Lautstärke und vorwurfsvollem Klang. »Als wäre dieser Tag nicht schon katastrophal genug gewesen. Erst sitzen wir am Arsch der Welt fest, dann stirbt auch noch der Grund unseres Kommens.«

»Sollte Sie das nicht eher interessieren als verärgern?«, konnte Smart sich die Nachfrage nicht verkneifen. »Immerhin ging es heute doch angeblich um Bainbridges Erbe. Deswegen sind Sie hier, richtig? Nun, der Erbfall tritt nun eher früher ein als später, Mr Bellamy.«

Der Angesprochene schenkte ihm einen wütenden Blick. »Warum ich hier bin, lassen Sie mal schön meine Sorge sein. Das geht Sie gar nichts an.«

»Also, ich halte das nach wie vor für falsch«, sagte Jemma Fitzpatrick. Sie hatte die Hände im Schoß gefaltet und sah auf ihren leer gebliebenen Teller. »Diese Einladung, meine ich. Die war sicher nicht für mich gedacht. Warum sollte ein Lord *mir* etwas schenken?«

Mrs Tandy sah über den Rand ihrer Brille zu Smart. »Ich bin ebenfalls nicht des Geldes wegen gekommen, Inspector. Das will ich gleich betonen, ja? Nur für den Fall, dass Sie mit Ihren Unterstellungen noch nicht fertig sind.«

Ein delikates Thema, dachte Smart. *Interessant.*

»Also«, meinte Chandler, »ich für meinen Teil nehme das Erbe gern. Vorausgesetzt, die Erbfrage steckte *tatsächlich* hinter unserer Einladung.«

»Na bravo.« Bellamy klatschte in die Hände. »Hören Sie's, Inspector? Unser Freund Chandler hat ein Motiv. Verhaften Sie den Knaben, dann haben wir's endlich hinter uns.«

Chandler wollte gerade protestieren, da kam ihm Fitzpatrick zuvor. Die junge Frau aus Plymouth war wie ein offenes Buch. Der Schock über den Leichenfund stand ihr deutlich ins Gesicht geschrieben, und nun, so erkannte Smart, schlug schon die nächste grässliche Erkenntnis dort zu Buche.

»Wenn man es genau nimmt«, murmelte sie, »haben wir *alle* ein Motiv. Jede und jeder von uns. Schließlich hat der Lord uns allesamt hergebeten.« Sie erschrak offenbar über die eigene Feststellung und hielt sich die Hände vor den Mund, als könnte sie sie ungeschehen machen.

»Motiv und Gelegenheit«, betonte Chandler. »Darauf kommt es an. Nicht wahr, Smart? Ein Motiv allein ist noch lange kein Schuldnachweis.«

»Auch Gelegenheit macht noch keine Mörder«, sagte der Chief Inspector. »Da gehört mehr dazu. Jedenfalls bei den meisten von uns.«

Tandy hob eine Braue. Selbst das wirkte bei ihr anklagend. »Aber Sie halten uns für verdächtig, ja? Allen Ernstes?«

Es kam Smart regelrecht absurd vor, ausgerechnet eine seiner Lieblingsautorinnen unter Mordverdacht zu stellen. Dennoch konnte er ihr nur wahrheitsgemäß antworten, genau wie dem Rest der kleinen Gruppe. »Ladies und Gentlemen«, begann er. »Heute Abend ist ein Gewaltverbrechen auf Crannock Hall verübt worden. Wir kennen weder den genauen Ablauf noch die Hintergründe, doch in einer Sache können wir uns, wie gesagt, ziemlich sicher sein. Der oder die Täter befinden sich noch immer auf der Insel, höchstwahrscheinlich sogar hier im Gebäude. Insofern ist jeder von uns potenziell relevant für die Ermittlungen. Ohne Ausnahme.«

Im selben Augenblick ging ein Blitz vor dem Fenster des Speisesaals hernieder, dicht gefolgt von neuem Donnerschlag. Fitzpatrick, Marlowe und Chandler zuckten zusammen, als wäre ihnen der Leibhaftige persönlich begegnet. Mrs Tandy blieb ungerührt.

»Perfekt«, ätzte Bellamy. Frustriert warf er seine Stoffserviette zu Boden. »Ab-so-lut perfekt!«

Dann ging das Licht an. Erleichtert sah Smart auf. Auch die anderen reagierten mit sichtlicher Freude auf die Entwicklung. Miss Fitzpatrick strahlte sogar, als sie zum nun wieder hell erleuchteten Tannenbaum blickte.

Branson erschien in der offenen Tür. »Die Stromversorgung ist wieder gewährleistet. Unsere Notaggregate wurden erfolgreich aktiviert und sollten uns mühelos in den morgigen Tag hinüberretten. Mindestens das.«

»Sehr gut, Branson«, dankte Smart. »Und wie steht es mit den Behörden?«

Die Miene des treuen Butlers verfinsterte sich leicht. »Ich fürchte, da war ich weniger erfolgreich. Der Blitzschlag vorhin hat unsere gesamte Kommunikationsanlage beschädigt. Jeder Telefonanschluss im Haus ist bis auf Weiteres tot. Wir brauchen einen Techniker, um den Schaden beheben zu können. Und angesichts der Wetterlage …«

»… kommen unsere Retter frühestens morgen herbeigeeilt«, kombinierte Smart.

»In der Tat.« Der Butler nickte so steif, als betrachtete er die Situation als seine persönliche Schuld. »Ich kann natürlich versuchen, draußen an den Klippen eine Mobilverbindung herzustellen, wenn einer der Gentlemen mir ein Handy zu leihen bereit wäre. Ich selbst besitze leider keines, dazu bestand bislang nie die Notwendigkeit.«

»Ist schon gut«, meinte Chandler. Schnell winkte er ab. »Auf die paar Stunden kommt es jetzt auch nicht an. Bei dem Wetter wäre es unmenschlich, das Haus zu verlassen. Oder, Smart?«

»Wie recht Sie doch haben, alter Freund«, stimmte der Inspector ihm zu. »Branson, wir verschieben die ›Expedition Handy‹ auf einen späteren Termin. Einen, mit besserer Witterung. Andernfalls holen Sie sich da draußen noch den Tod, und wir müssten die nächste Leiche betrauern.«

»Sag ich doch«, murmelte Bellamy. »Wir sitzen fest. Stillstand auf ganzer Linie.«

Smart ignorierte ihn. »Allerdings sollten wir den Lord nicht so unwürdig auf dem Teppich belassen. Wären Sie so freundlich, Mr Chandler erneut in die Bibliothek zu führen, Branson? Er kann die Leiche fotografieren – ihre exakte Position, ihre Wunden und dergleichen –, damit die Polizei später Unterlagen dazu als Arbeitsgrundlage hat. Bainbridge selbst transportieren wir danach in einen anderen Raum. Einen im Keller, vielleicht? Wo es kühl und ruhig ist?«

»Sehr wohl, Inspector«, antwortete der Butler. Er klang erleichtert.

»Hä?« Marlowe sah verblüfft von seinem Dinner auf, den Mund mit Soße beschmiert. »Sie wollen die Leiche wegbringen? Sagten Sie nicht eben noch, die Bibliothek gehöre versiegelt?«

»Da hoffte ich auch noch, die Kollegen der hiesigen Wache wären bald bei uns«, erklärte Smart. »Diese Hoffnung hat sich nun zerschlagen, also müssen wir das Beste aus den neuen Gegebenheiten machen. Und das Beste für den Toten aus dem Nachbarflügel ist eine Nacht im kühlen Keller. Den Tatort lassen wir natürlich trotzdem verschlossen, sobald Mr Chandler alles fotografieren konnte.« Er sah zu seinem Nebenmann. »Dazu sind Sie doch sicher bereit, mein Lieber? Zu den erwähnten Aufnahmen?«

Chandler zückte das Handy aus dem Jackett. »Mit größtem Vergnügen, Smart. Die Spur, die meinem wachen Auge entgeht, muss erst noch gelegt werden, ha, ha.«

Wenn dem doch nur so wäre, dachte der Inspector und schmunzelte amüsiert, behielt den Kommentar jedoch wohlweislich für sich. »Ich danke Ihnen.«

»Und Sie, Sir?«, erkundigte sich Branson. »Was gedenken Sie, in der Zeit zu tun?«

66

Smart erhob sich vom Tisch und tupfte sich die Mundwinkel mit der Serviette ab, bevor er antwortete. »Ich werde mit den Ermittlungen beginnen – stellvertretend für die ausbleibenden Kollegen. Könnten Sie mir zeigen, wo ich die junge Miss Braddock finde?«

Auch das konnte der Butler.

»Ich fürchte, ich weiß sonst nichts, Sir.« Hilflos sah Ginny Braddock von einem der Männer zum anderen. »Das war alles.«

Smart, Branson und das Dienstmädchen saßen in einem kleinen Zimmer beisammen, das unter dem Dach von Crannock Hall lag. Hier oben lebten die Hausangestellten, im Fall von Ginny auf nicht einmal zehn Quadratmetern. Ihre Bleibe umfasste ein schmales Bett, über dem das Poster eines Smart unbekannten Musikers prangte, dessen Kleidungsstil zu wünschen übrig ließ. Außerdem gab es einen Schreibtisch und einen nicht minder kleinen Schrank. Das Fenster des Zimmers war kaum größer als ein Bullauge, und das Bad lag auf dem Flur. Offenbar stand es dem gesamten Hauspersonal zur Verfügung.

Smart hatte sich zunächst noch einmal den Fundort der Leiche vorgenommen, aber keine neuen Erkenntnisse gewonnen. Die Bibliothek behielt ihre Rätsel bislang eisern für sich, und Lord Bainbridges Blut auf dem Fußboden war wie eine konstante Erinnerung an all das, was der Chief Inspector noch nicht wusste.

Frustrierter, als er hatte zugeben wollen, war Smart daraufhin Branson zu den Zimmern des Personals gefolgt, um mit den Mädchen zu sprechen. Eleanor Jones war allerdings verhindert, Miss Abberton brauchte sie dringend in der Küche. Also hatte Smart die vergangene Viertelstunde schlicht damit verbracht, Ginny zuzuhören, die ihren Bericht von vorhin nahezu wortgetreu wiederholt hatte.

Letzteres stieß Branson übel auf. »Nun komm schon, Kind«, drängte der Butler. »Da muss doch noch mehr sein. Hast du wirklich nichts Auffälliges bemerkt – an der Tür, beispielsweise? Auf dem Flur vor der Bibliothek?«

Die Strenge des Butlers, der dem Gespräch um jeden Preis hatte beiwohnen wollen, half niemandem. Smart sah, wie Ginny immer kleiner wurde.

»Wenn ich es doch sage, Mr Branson«, beteuerte sie. »Ich wünschte, ich könnte Ihnen weiterhelfen. Auch Eleanor weiß nicht mehr als ich. Darauf wette ich. Der arme Lord Bainbridge …« Erneut traten ihr Tränen in die Augen.

Smart beeilte sich, sie zu besänftigen. »Ist schon gut, Ginny. Niemand erwartet Wunder von Ihnen und Miss Jones. Es ist toll, dass Sie sich überhaupt an so viel erinnern. Die meisten Menschen achten nicht auf Details. Sie aber konnten mir sogar beschreiben, wie es in der Bibliothek gerochen hat, als Sie die Tür öffneten.«

Der Geruch von Leder und kaltem Rauch habe in der Luft gehangen, so hatte Ginny es eben formuliert. Das Leder schob Smart auf die Einbände der Bücher in den Regalen, die er sich ohnehin noch genauer ansehen wollte. Und was den kalten Rauch anging …

»Sagen Sie, Branson«, wandte er sich an den anderen Mann. »War Lord Bainbridge Raucher? *Pfeifen*raucher, beispielsweise?«

»In der Tat, Sir«, bestätigte der Butler. »Er gönnte sich immer gern eine Pfeife. Seine bevorzugte Tabaksorte stammt aus Afrika, und es erfüllte ihn mit Stolz, sagen zu können, dass der verstorbene Prinz Philip, der Duke of Edinburgh, dieselbe Sorte rauchte. Die beiden Herren standen vor Jahren in regem Kontakt, müssen Sie wissen.«

»Ist das so?« Smart nickte anerkennend. »Der Lord und der Gemahl unserer seligen Regentin?«

»Alte Jagdgefährten«, versicherte Branson mit fast so etwas wie Ehrfurcht in der Stimme. »Damals, als Lord Bainbridge noch agiler war und oft aufs Festland fuhr, trafen die Herren sich regelmäßig. Bestimmt ein, zwei Mal im Jahr.«

»Die Welt ist klein«, bemerkte Smart. Erneut musste er an seine Mildred denken. Wenn die erfuhr, dass er den Mord eines Duzfreundes von Prinz Philip aufzuklären hatte, würde sie beeindruckt sein. Und das war noch vorsichtig formuliert.

Mache ich das denn?, stutzte er. *Den Mord aufklären?*

Es war nicht sein Fall. Doch im Grunde »gehörte« er momentan ohnehin noch niemandem. Smart tat schlicht, was getan werden *konnte*. Die Kollegen würden dann sicher schon übernehmen, wenn der Sturm sich legte und das Festland wieder erreichbar war.

»Also gut«, sagte Branson zu dem Dienstmädchen. Er klang noch immer streng. Vermutlich war das sein ganz normaler Tonfall gegenüber dem Personal. »Wenn der Inspector zufrieden ist, will ich es ebenfalls sein. Danke, Ginny.«

»Ja.« Smart nickte. »Haben Sie vielen Dank. Ich wünschte, jeder Tatort hätte so aufmerksame Beobachterinnen wie Sie zu bieten.«

Die junge Frau errötete beinahe. Das Lob schien sie zu freuen.

Smart und Branson verabschiedeten sich, verließen das Zimmer und gingen zurück zur schmalen Treppe, die den Bedienstetentrakt mit den unteren Etagen von Crannock Hall verband.

Draußen vor den Fenstern hatte der Wind nachgelassen, und auch das Gewitter schien weiterzuziehen. Stattdessen setzte aber dichter Schneefall ein. Die Temperaturen waren durch das Unwetter von vorhin sicher nicht gestiegen, ahnte Smart. Der Schnee hatte also gute Chancen, liegen zu bleiben.

Hoffentlich friert es nicht auch noch stark, dachte er. *Andern-*

falls braucht die Polizei selbst bei besserer Sicht vielleicht einen
Hubschrauber, um uns zu erreichen.

Nun ja. Auch das würde sich finden, früher oder später. Es
stimmte schon, was er vorhin zu den anderen gesagt hatte: In
dieser Nacht würde so oder so nichts mehr passieren, und alles
Weitere konnte getrost bis zum Morgen warten. Der Lord von
Crannock Hall war tot, und so bedauerlich das auch war – es
ließ sich leider nicht ändern. Und sein Mörder – wer und wo er
auch war – konnte die Insel genauso wenig verlassen wie alle
anderen Anwesenden. Sie hatten also Zeit.

»Was schwebt Ihnen als Nächstes vor, Inspector?«, fragte
Branson. »Möchten Sie weitere Angestellte befragen? Unsere
Köchin, das zweite Mädchen? Oder die Gäste seiner Lordschaft?«

Smart unterdrückte ein Gähnen, bevor er nickte. »Durchaus.
Aber ich finde, nach einer Mütze Schlaf ist es dafür immer noch
früh genug. Lassen wir die anderen auf die Zimmer gehen, einverstanden? Sie haben sich eine Pause redlich verdient nach all
dem Trubel – auch Sie selbst, Branson. Uns wird schon niemand abhandenkommen.«

»Sehr wohl.« Er wirkte dankbar. »Bevor ich mich zurück-
ziehe, lasse ich aber noch den Keller für Lord Bainbridge her-
richten.«

»Tun Sie das.«

Sie hatten das nächstuntere Stockwerk erreicht. Hier, so
wusste Smart inzwischen, lagen die Gästezimmer, die der Verstorbene für seinen großen Abend hatte vorbereiten lassen.
Chandler hatte das seine bereits am Nachmittag bezogen, kurz
nach seiner Ankunft.

Am Treppenabsatz hielt Smart kurz inne. »Ach, Branson?«

Der Butler blieb ebenfalls stehen. »Sir?«

»Unter uns, wenn Sie gestatten: Wie würden Sie Lord Bainbridge beschreiben? Posthum, meine ich. Ohne die Gefahr, dass
er es hört. Was für ein Mensch war Ihr Arbeitgeber?«

70

Branson schwieg einen Moment lang und sah zu Boden. Dann hob er den Blick und senkte die Stimme. »Seine Lordschaft war ... speziell, Sir. Unter uns gesprochen: Vielerorts hat man ihm eine gewisse Exzentrik nachgesagt, und diesen Eindruck kann ich durchaus bestätigen. Er war kein allzu großer Menschenfreund und im geschäftlichen Umgang wohl auch nicht immer angenehm. Für ihn zählten Resultate, verstehen Sie? Der Mensch an sich war da nur Mittel zum Zweck und durchaus ersetzbar.«

»Ein harter Hund«, vermutete Smart.

»In früheren Jahren.« Der Butler nickte. »Ein ausgesprochener Pragmatiker. Seit er sich komplett hierher zurückgezogen hatte, war er allerdings ... Nun, vielleicht nicht sanfter, das wäre das falsche Wort. Aber doch entspannter, nicht wahr? Gelassener. Es gab schlicht weniger, was ihn stören konnte.«

»Stimmt es denn, dass er sich einen Erben suchen wollte?«, fragte der Inspector. »Dass die ganze Aktion hier draußen eigentlich diesem Zweck diente?«

»Ich fürchte, da bin ich überfragt, Sir«, antwortete der Mann in Livree. Er blinzelte erstaunt. »Ich halte die Theorie durchaus für vorstellbar. Allerdings hat seine Lordschaft mich in diesbezügliche Pläne nicht eingeweiht, von daher könnte ich nur spekulieren.«

»Und Feinde?« Smart sah ihn fragend an. »Hatte Ihr Herr Feinde oder Neider, von denen Sie wüssten?«

»Nein, Sir«, erwiderte Branson offen. »Er war gewiss kein einfacher Mensch, erst recht nicht in jüngeren Jahren. Aber dass ihm jemand derart Übles wollte ... noch dazu hier auf unserer kleinen Insel ... Nein. Das ist mir nicht bekannt. Lord Bainbridge hat auch nie so etwas angedeutet.«

Smart dankte ihm für seine Einschätzung. Dann zog Branson weiter. Smart selbst ging den Gang mit den Gästezimmern entlang, bis er an dessen hinterem Fenster anlangte. Nachdenklich sah er hinaus in die Nacht und den Schnee, der nicht aufhören wollte zu fallen.

Nur eine Sache können wir mit Sicherheit festhalten, sagte er sich. *Der Instinkt hat den guten Chandler nicht getäuscht: Auf Crannock Hall liegt Mord in der Luft.*

»Nennen Sie mich ruhig feige, wenn Sie nicht anders können«, sagte Simon Marlowe. »Aber ich schließe meine Tür heute Nacht ab. Ich bin wichtig für die Produktion. Ich *darf* nicht zu Schaden kommen.«

Mrs Tandy, die neben ihm stand, schnaubte leise.

Es war kurz vor dem Schlafengehen. Sämtliche Besucher des verstorbenen Lords standen im Flur des Traktes mit den Gästezimmern, auch Smart hatte hier eine Unterkunft gefunden. Robin Chandler war sein direkter Zimmernachbar zur Rechten, Jemma Fitzpatricks Schlafgemach grenzte links an das seine. Dann kam Francis Bellamy, und die gegenüberliegende Flurseite teilten sich der Schauspieler und die Schriftstellerin mit zwei leer bleibenden Kammern.

»Meinen Sie nicht, dass Sie da übertreiben?«, fragte Bellamy. »Der alte Bainbridge ist doch längst tot. Was soll jetzt noch groß passieren?«

Marlowes Blick troff vor Paranoia. »›Übertreiben‹ ist gut. Wir haben einen Mörder auf der Insel, Mann! Da kann alles passieren, kapieren Sie das nicht? Jeder von uns ist seines Lebens nicht mehr sicher, solange dieser Kerl frei herumläuft.«

»Und Sie sind ja wichtig«, murmelte Tandy.

Marlowe bekam die spöttische Bemerkung gar nicht mit, doch Smart sah, wie Bellamys Mundwinkel amüsiert zuckten.

»Ich finde«, sagte der Inspector, »Mr Marlowe hat vollkommen recht. Wir alle sollten unsere Türen hinter uns verriegeln, sicher ist sicher.«

Fitzpatrick sah ihn entsetzt an. »Glauben Sie denn, dass der

Mörder erneut zuschlägt, Mr Smart? Sind wir wirklich in Gefahr?«

»Ich bezweifle es, meine Liebe«, beruhigte er sie, auch wenn er nicht wusste, wie zutreffend die Antwort war. »Jedenfalls nicht, wenn wir auf uns achtgeben. Schließen Sie einfach hinter sich zu, dann sind Sie so sicher wie in Abrahams Schoß. Oder wie im Haus von Father Christmas.«

»Und zur Not haben Sie den Chief Inspector und mich als Nachbarn«, ergänzte Chandler. »Da wagt sich kein Mörder in Ihre Nähe, Jemma. Darauf gebe ich Ihnen Brief und Siegel.«

Einmal mehr hatte er seinen Charme in den Turbomodus geschaltet, doch die junge Frau aus Plymouth reagierte gar nicht darauf. Seine Anstrengungen prallten an ihr ab wie Schnee von den Fensterscheiben.

»Wollen wir es hoffen«, kommentierte stattdessen Marlowe. Es klang nicht überzeugt.

Dann verschwanden sie in ihren Zimmern. Smart wünschte eine geruhsame Nacht, nickte Chandler noch kurz zu und betrat dann ebenfalls seine Bleibe für die nächsten Stunden.

Das Zimmer war nicht allzu klein, kein Vergleich zu den Dienstbotenunterkünften. Die Wände, die ungewöhnlich breit wirkten, waren mit dunklen Stofftapeten und gerahmten Jagdidyllen in Öl behangen; ein überraschend bequem aussehendes Bett stand dazu an der linken. Seine kleine Tasche wartete bereits davor. Rechts gegenüber befand sich ein offener Kamin, in dem Branson ein kleines Feuer entfacht hatte, das angenehme Wärme verströmte. Flankiert wurde der Zimmerkamin von deckenhohen Bücherregalen auf beiden Seiten. Die Wand gegenüber dem Eingang enthielt das einzige Fenster.

Smart trat an der Feuerstelle vorbei, vor der ein einladender Chesterfield-Sessel wartete, und besah sich die Buchrücken. Dabei bemerkte er einen eigenartigen Luftzug und trat gleich wieder näher ans Feuer.

Ihre Wände sind vielleicht dick, Bainbridge, aber nicht allzu dicht, dachte er. *Alte Gemäuer und ihre Wehwehchen, hm? Typisch.*

Als Nächstes staunte er ein wenig über die klischeehafte Grässlichkeit der Gemälde. Ihre Erzeuger mochten sie für romantisch gehalten haben – all die Berghänge im Abendrot und die Waidmänner in ihren blattbraunen Westen –, doch selbst er mit seinen einundsechzig Lenzen sah darin nur altmodischen Tand.

Dann erreichte er das Fenster. Der Schnee fiel dichter denn je, und die Dunkelheit tat ihr Übriges, ihm nahezu jede Sicht vorzuenthalten. Einzig den Boden unter sich konnte Smart noch sehen, die kleine Fläche Land vor den noch erleuchteten Fenstern im Erdgeschoss, mit den vordersten Büschen des Gartens, einer verschneiten Marmorbüste und …

Smart erschrak, als er die Gestalt bemerkte. Das war keine Büste! Stattdessen stand da ein Mensch, ein leibhaftiger Mensch aus Fleisch und Blut. Die Person trug einen weiten Mantel und hatte sich die Kapuze tief ins Gesicht gezogen. Sie stand direkt beim Haus, keine drei Schritte von der Außenmauer entfernt. Und sie sah an der Fassade hinauf! Zu den Fenstern des Gästetraktes!

Sofort rannte Smart los. Er riss die Zimmertür auf und eilte den Flur hinunter, so schnell seine Beine ihn trugen. Im Nu war er an der Treppe.

Ob er nach Chandler hätte rufen sollen? Zur Sicherheit? Möglich, doch für Hätte und Sollte war es zu spät. Jetzt zählte jede Sekunde.

Smart nahm immer zwei Stufen auf einmal, flog nahezu die Treppe hinunter. Er mochte ein Mann von einigem Körperumfang sein, das wusste er selbst. Aber wenn es darauf ankam, verfügte selbst sein gemütlicher Leib noch immer über stattliche Kraftreserven.

74

Im Erdgeschoss angekommen, drehte er sich um. Tatsächlich: Rechts neben der breiten Treppe lag noch ein kleiner Durchgang versteckt, der in einer Hintertür endete. Das war absolut perfekt und sparte ihm wertvolle Zeit.

Bitte sei offen, dachte Smart und rannte zu ihr. *Bitte!*

Die Tür tat ihm den Gefallen nicht. Doch Smart hatte den Riegel, der sie verschloss, schnell gefunden. Keine drei Sekunden später stürzte er ins Freie.

Hinter Crannock Hall herrschte gähnende Leere. Schnee knirschte unter seinen Schuhsohlen, als er an der Hauswand entlangschritt. Im Nu hatte er die Stelle erreicht, die unterhalb seines Zimmerfensters lag. Auch dort fand sich kein Fremder mehr.

Smart kniff die Lider enger zusammen und spähte in die Nacht jenseits der Büsche. Nirgends bemerkte er eine verdächtige Bewegung. Die Dunkelheit, der stetig fallende Schnee und der eisige Wind, der die Blätter und Äste noch immer zum sanften Wogen brachte, erschwerte ihm jegliche Orientierung. Als er stattdessen zu Boden schaute, um nach Fußspuren Ausschau zu halten, erwies sich das als nicht minder müßig.

Was immer hier an Fußabdrücken war, erkannte er, während ihm der Wind unters Hemd fuhr und der Schnee in den Nacken, *ist schon jetzt wieder zugeschneit.*

Unter diesen Umständen war eine Verfolgung des Unbekannten natürlich sinnlos. Smart wusste ja nicht einmal, in welche Richtung er laufen sollte. Jede einzelne war gleich wahrscheinlich und gleich unwahrscheinlich, wenn man keinerlei Spuren hatte.

Außerdem war ihm kalt. *Schrecklich* kalt.

Smart spähte ein letztes Mal ins Dunkel, hoffte auf ein Wunder, das nicht kam, und dachte nach. Die Gestalt hatte absolut androgyn ausgesehen, oder? Der weite dunkle Mantel und der dichte Schneefall machten eine Identifizierung unmöglich.

Smart wusste nichts über ihr Gesicht, konnte nicht einmal die genaue Körperform und -größe bestimmen.

Alles, was er wusste, war dies: Es *gab* diese Gestalt, sie war irgendwo dort draußen auf der Insel. Und sie hatte zu den Fenstern hinaufgeschaut, hinter denen sich die Gäste des Toten gerade zur Ruhe betteten. Fast so, als wäre sie mit ihrem Tun noch nicht fertig. Als plante sie schon den nächsten Schritt.

Ein Schauer lief Smart über den Rücken, als er zurück zur Hintertür stapfte. Er hatte nur bedingt mit dem Schnee und der eisigen Kälte zu tun.

Ich glaube, dachte der Inspector, *wir tun* wirklich *gut daran, unsere Zimmer abzuschließen. Und ich fürchte, ich werde die Nacht über sehr, sehr wachsam sein müssen. Wach ... und bereit.*

TEIL 2

Ein reines Gewissen ist wie eine andauernde Weihnacht.

Benjamin Franklin

Den Mordacks ist nichts und niemand heilig, Penforth. Nicht einmal Father Christmas.

Mister Mystery, Staffel 62, Episode 3: *Die Bethlehem-Verschwörung*

KAPITEL 5

Der nächste Morgen begann mit dem Duft von starkem Tee und frischem Toast. Smart gähnte, als er das Erdgeschoss erreichte, und bog nach links, folgte den köstlichen Gerüchen.

Er ärgerte sich – nicht nur über den Schnee, der draußen vor dem Haus noch immer fiel und die namenlose Insel allmählich ins Nordkap zu verwandeln schien. Hauptsächlich ärgerte er sich über sich selbst. Denn wider Erwarten, und im Gegensatz zu seinen eigenen Plänen, hatte er die vergangenen Stunden tief und fest geschlafen. So gut sogar, dass er sich nun richtig frisch und bei Kräften fühlte. Das Einzige, was zu seinem Glück jetzt noch fehlte, war ein Frühstück ... und natürlich der Mörder.

Er hatte kurz überlegt, raus in den Garten zu gehen und abermals nach Spuren der nächtlichen Gestalt zu suchen. Doch der gewaltige Schneefall machte das müßig. Genauso gut hätte er die Rentiere des Weihnachtsmannes suchen gehen können. Oder das Ungeheuer von Loch Ness. Die Chancen, beide zu finden, waren in etwa gleich groß wie die, einen Hinweis auf den Fremden im dunklen Mantel zu entdecken.

Außerdem ermittelt es sich nicht gut auf leeren Magen, dachte er. *Das weiß ich aus Erfahrung.*

Als er den Speisesaal erreichte, war Branson schon dort. Der Butler wirkte ausgeschlafen und beaufsichtigte gerade, wie Ginny Braddock und ihre ebenso junge Kollegin das Essen auf den Tisch stellten. Es gab Körbe voller Toast, mehrere Marmeladenschälchen, kleine Schüsseln mit warmem Porridge und

79

dampfende Teller, auf denen Baked Beans, gebratene Würstchen, Speck und Tomatenscheiben warteten. Teekannen standen bereits auf dem gedeckten Tisch, außerdem eine kleine Obstschüssel. Der Anblick der gesammelten Köstlichkeiten trieb Smart das Wasser in den Mund.

»Guten Morgen«, grüßte er die Versammlung. Außer Branson und den beiden Angestellten bestand sie bislang nur aus Mrs Tandy und der jungen Miss Fitzpatrick. »Hatten Sie eine ruhige Nacht?«

»Wir leben noch, falls Sie das meinen«, antwortete Jessica Tandy mit sichtlicher Freude am Galgenhumor.

»Ich habe kein Auge zugetan, Inspector«, berichtete Jemma Fitzpatrick nahezu zeitgleich. Dabei hielt sie ihre übervolle Teetasse mit beiden Händen fest, um nichts zu verschütten. »Also, zuerst nicht. Aber irgendwie muss ich dann doch eingeschlafen sein, denn auf einmal wurde es draußen wieder hell.«

»Die Nacht verlief ereignislos, Sir«, berichtete Branson. »Wie erhofft.«

Smart setzte sich auf seinen Stuhl vom Vorabend. »Sind wir heute allein?«

»Mr Bellamy ist munter«, wusste Fitzpatrick. »Ich hörte ihn bereits rumoren. Er ist Frühaufsteher, fürchte ich.«

»Und Mister Mystery weilt ebenfalls noch immer unter den Lebenden«, ergänzte Tandy. »Die BBC kann also ganz beruhigt sein.«

»Tee, Sir?«, fragte Branson.

Dankend ließ Smart sich einschenken. Er selbst hatte bereits Bewegung in Chandlers Zimmer vernommen. Dementsprechend würde die Gruppe also schon bald wieder vollzählig sein. Das war gut.

»Ich fürchte, der Tag beginnt aber auch mit negativen Nachrichten«, fuhr der Butler fort. »Crannock Hall ist nach wie vor vom Telefonnetz abgetrennt.«

Smart hatte nichts anderes erwartet. »Darum kümmern wir uns später, einverstanden? Weiß jemand zufällig, wie sich das Wetter entwickeln soll?«

Die Damen, die ihm gegenübersaßen, schüttelten den Kopf.

Auch Branson verneinte. »Ich hoffe, wenigstens der Schnee lässt bald nach«, sagte er. »Allzu schnell wird er aber so oder so nicht tauen. Die Temperaturen sind weit unter null und werden es vermutlich den ganzen Tag über bleiben.«

Die zwei Dienstmädchen hatten ihre Arbeit beendet und zogen sich stumm zurück. Auch Branson verabschiedete sich für den Augenblick, wollte jedoch wiederkommen, sobald »die erwachten Herren« ebenfalls zum Frühstück erschienen.

Smart und die beiden Frauen blieben allein zurück – und schwiegen. Im ersten Moment schien niemand von ihnen zu wissen, was er oder sie sagen sollte.

Smart kannte diese Art von Situation gut. Nach einem Mord kamen sich viele unbeteiligt Anwesende oft vor, als müssten sie sich für irgendetwas schämen oder als müssten sie statt irgendwelcher Banalitäten besonders kluge Dinge von sich geben, die ihnen aber partout nicht einfielen. Er versuchte dann stets, die Lage zu entspannen, indem er einfach zu Small Talk überging. Das brach meistens das Eis, und in diesem ganz speziellen Fall fiel es ihm sogar sehr leicht.

»So«, begann er und spießte ein Würstchen auf die Gabel. »Die berühmte Jessica C. Tandy. Ich muss gestehen, ich bin nach wie vor sprachlos darüber, Ihnen leibhaftig zu begegnen.«

»Wenn Sie sprachlos wären«, erwiderte die Autorin, »dann wären Sie sprachlos, Inspector.«

Fitzpatrick kicherte.

»In der Tat.« Auch Smarts Mundwinkel zuckten. »Gesprochen wie eine wahre Meisterin des Wortes. Sagen Sie, dürfte ich Ihnen vielleicht ein paar Fragen stellen? Zu unserem verstorbenen Gastgeber und Ihrer Beziehung zu ihm? Es würde helfen, uns die Zeit zu vertreiben ... und selbstredend auch den Ermittlungen.«

Entsetzt sah Fitzpatrick die Autorin an. »Dann halten Sie Mrs Tandy für verdächtig?«

Tandy blieb ungerührt. »Er hält uns *alle* für verdächtig, meine Liebe. Und das muss er auch. Es ist nur logisch, jedenfalls aus seiner Sicht.« Sie wandte sich Smart zu. »Schießen Sie los, Inspector. Es führt ja doch kein Weg daran vorbei. Ich stehe zu Ihrer Verfügung.«

»Beginnen wir mit Ihrer Beziehung zu Lord Bainbridge. Ich glaube, mich zu erinnern, gestern einige Ihrer Bücher in seinen Regalen gesehen zu haben. Woher kannten Sie einander?«

Tandy nippte an ihrem Tee und faltete dann die Hände auf dem Tisch. »Das taten wir nicht. Ich hatte noch nie von dem Herrn gehört, bis mich seine Einladung erreichte.«

»Genau wie ich«, staunte Fitzpatrick leise.

»Und doch sind Sie ihr gefolgt, Mrs Tandy«, sagte Smart.

Die Autorin nickte. Dann, als er nichts weiter folgen ließ, hob sie eine tadelnde Braue. »Sie müssen schon Fragen stellen, wenn Sie Antworten wünschen. Von selbst wird sich der Fall Ihnen nicht erklären.«

»In der Tat.« Smart schmunzelte wieder. Dabei hatte sie ihn gerade behandelt wie ein mundfaules Schulkind. »*Warum* sind Sie ihr gefolgt? Doch sicher nicht des Geldes wegen. Eine Berühmtheit Ihres Kalibers dürfte über Geldsorgen längst hinaus sein.«

Mrs Tandy seufzte und lehnte sich in ihrem Sitz zurück. Das Frühstück auf ihrem Teller schien vergessen. »Jeder denkt das, nicht wahr? Jeder, der nicht in der Branche arbeitet, denkt automatisch, wir Schriftsteller hätten den Reichtum mit Löffeln gefressen.«

»Nun ja ...«, murmelte Smart.

Sie hob abwehrend die Hand. »Ich kann mich diesbezüglich

glücklich schätzen, Inspector. Das stimmt absolut. Aber ich bin die Ausnahme, nicht die Regel. Das muss ich immer wieder betonen, wenn die Rede darauf kommt. An Büchern wird kaum jemand reich. Doch zu Ihrer Frage: Ich stehe in *vielen* Regalen, soweit ich weiß. Trotzdem kenne ich nicht jeden meiner Leser persönlich, wie Sie sich sicher vorstellen können. Auch Lord Bainbridge ist mir meines Wissens nie begegnet, und bis zum gestrigen Tag hatte ich auch noch niemals einen Fuß auf diese Insel gesetzt, ja nicht einmal von ihr gehört. Ich reise ungern, Mr Smart. Ich finde derlei Ablenkungen äußerst anstrengend und kontraproduktiv für meine Arbeit. Ein Schreibender braucht die Einsamkeit. Er oder sie lebt außerhalb der Welt, wenn Sie so wollen, und muss sich nach Kräften von ihr abschirmen, um die Konzentration nicht zu verlieren. Nur dann können wir mit unseren Ideen und Romanfiguren in Kontakt treten. Nur dann reifen unsere Geschichten.«

Fitzpatrick lauschte mit sichtbarer Faszination. Auch Smart fühlte sich, als wohne er einem Vortrag bei. Tandy erklärte hier nichts Geringeres als ihren Schaffensprozess – und das ausgerechnet ihm. Millionen von Fans auf der ganzen Welt würden ihn darum beneiden, da war er sich sicher.

»Im Falle von Crannock Hall habe ich eine Ausnahme gemacht«, fuhr die Queen of Crime fort. Sie wirkte nach wie vor mürrisch und abweisend, doch die Worte und Erklärungen flossen ungehindert aus ihr heraus. Sie fügte sich den Umständen, und das aus freien Stücken. »Aus Gründen, die Sie vielleicht nachvollziehen können. Sie haben ja bereits angedeutet, dass Sie mit meinem Werk vertraut sind. Daher wissen Sie, dass mich das Überraschungselement fasziniert. Viele meiner Romane beginnen mit einem scheinbar unerklärlichen Ereignis, das die ermittelnden Charaktere dann Kapitel für Kapitel erklären müssen. Als mich Lord Bainbridges Karte erreichte … Es mag verrückt klingen, Inspector, aber da fühlte ich mich, als sähe ich ein ganz reales Überraschungselement vor mir. Eine *echte* Unerklärlichkeit, nicht die Fiktion. Und das faszinierte mich irgendwie.«

»Es weckte Ihre Neugierde«, erwiderte Smart.

»Korrekt.« Mrs Tandy nickte knapp. »Anders als unsere junge Freundin Jemma hier dachte ich nicht an eine Verwechslung. Ich glaubte sofort, dass dieser Lord mich sehr bewusst angeschrieben hatte. Und ich wollte wissen, weshalb. Ich wollte Antworten, Inspector. Genau wie Sie. Deshalb kam ich her.«

Smart tunkte etwas Toast in seine Bohnen. »Haben Sie eine Idee, was Bainbridges Motivation gewesen sein könnte? Irgendeine Vermutung?«

Sie verneinte. »Ich wünschte, dem wäre so. Dann säße ich wenigstens jetzt nicht für nichts und wieder nichts hier. Aber nein. Auch nach meiner Ankunft ließ sich der Lord nicht bei mir blicken. Und was dann beim Dinner geschah, wissen Sie ja selbst. Ich dachte, dann würde sich endlich alles aufklären. Stattdessen nahm Bainbridge seine Erklärungen mit ins Grab. Das war sehr unschön von ihm, auch dramaturgisch gesehen. So beendet man kein Rätsel.«

Smart dankte der Autorin für die Ausführungen, hakte jedoch noch ein letztes Mal nach. »Sie sind Bainbridge also nie begegnet, ja? Auch gestern waren Sie nicht in seiner Nähe?«

Nun war Tandy es, die wissend schmunzelte. »Nah genug, um ihn zu ermorden, meinen Sie? Bedaure, Inspector. Ich habe weder das Motiv, noch hatte ich die Gelegenheit zu dieser Tat. Dafür hätte ich schon durch Wände gehen müssen oder so. Nach meiner Ankunft auf Crannock Hall am frühen Nachmittag wies Branson mir eines der Gästezimmer zu. Dort saß und arbeitete ich bis zum Tee, bei dem ich Jemma und die anderen kennenlernte. Wann genau war das, Liebes? Sechzehn Uhr?«

»Etwas später, denke ich«, antwortete die jüngere Frau. »Aber nicht viel. Eine halbe Stunde?«

Tandy legte ihr dankbar die Hand auf den Handrücken. »Sechzehn Uhr dreißig, Inspector. Vorher war ich die ganze Zeit auf meinem Zimmer, nach dem Tee ebenfalls. Beim Dinner waren Sie dann ja selbst zugegen. Und damit endet mein Teil dieser Geschichte, fürchte ich. Mehr kann ich Ihnen leider nicht bieten.«

»In dem Fall danke ich Ihnen für Ihre Unterstützung.« Smart deutete sitzend eine Verbeugung an. »Und für Ihre Geduld mit mir und meinen Fragen.«

»Ha!« Sie lachte kurz auf. »Ein Inspector, der Verdächtigen für ihre Geduld dankt. Das wäre mal ein Novum in meinen Romanen. Eine echte Überraschung.«

Smart konnte sich nicht helfen. Das Kompliment ging ihm runter wie Öl. »Nun ja. Man sagt mir gerne nach, ich hätte unübliche Methoden.«

Die Situation kam ihm noch immer absurd vor – ausgerechnet er, Auge in Auge mit einer wahren Berühmtheit. Doch er hatte das Gespräch wirklich genossen. Tandy mochte keine allzu offene und gesellige Person sein, und ihr scharfer Witz war die reinste Waffe. Sie schien aber genau zu wissen, wie Ermittlungsarbeit funktionierte, und sie spielte mit, wenn es darauf ankam.

Ich bin keinen Schritt weiter, dachte er. *Und trotzdem zufrieden.*

Die Autorin hatte kein Motiv, jedenfalls kein ersichtliches. Außerdem stritt sie ab, in Lord Bainbridges Nähe gewesen zu sein, als der Mord geschehen war. Beides konnte Smart bislang nicht mit Beweisen unterfüttern; ihm blieben allein die Aussage Tandys und sein geschulter Instinkt. Doch für den Augenblick würde das genügen. Auf der mentalen Ermittlungsliste in seinem Kopf konnte er einen dicken Haken hinter den Namen Tandy machen. Es fiel ihm nicht schwer, da war er ehrlich zu sich.

Wollen wir nur hoffen, fuhr er fort, *dass der Haken Bestand hat. Auch ein Instinkt kann sich ja mal irren.*

Einen Augenblick später betrat Branson den Speisesaal. »Verzeihen Sie die Störung, Sir«, wandte er sich direkt an Smart. »Aber Mr Chandler hat mich gebeten, Sie zu informieren. Er ist im Keller und bereit, sich den Toten genauer anzuschauen. Bereit, wenn Sie es sind, so waren seine Worte.«

Smart nickte und erhob sich von seinem Platz. »Sehr gut, Branson. Vielen Dank.« Er spießte sich ein letztes Würstchen auf die Gabel und nickte den beiden Frauen zu. »Entschuldigen Sie mich, ja? Die Pflicht ruft.«

Dann schob er sich das Würstchen in den Mund und verließ das Zimmer.

Die Unterwelt von Crannock Hall entsprach voll und ganz Smarts Erwartungen: Sie war alt und kalt und in etwa so heimelig wie ein Bunker. Der Inspector war Branson durch die verlassene Küche des Hauses zu einer steinernen Treppe gefolgt, die von dieser abging und in engen Bögen ins Erdreich führte. Baulampen erhellten den Weg. Sie hingen in regelmäßigen Abständen an den weiß getünchten Mauern, verbunden durch dicke Kabel. Mit jedem Meter, den die Männer in die Tiefe stiegen, kam es Smart eisiger vor.

»Abgesehen von Miss Abberton geht kaum jemand von uns häufiger hier hinunter«, erklärte Branson gerade. »Ich fürchte, ein Grund dafür ist die ungemütliche Atmosphäre dieses Kellers. Ein anderer dürfte diese Treppe sein.«

»Miss Abberton?«, fragte Smart. Er erinnerte sich, dass auch Ginny den Namen am Vortag bereits erwähnt hatte.

Branson sah hinter sich. »Die neue Köchin, Sir. Tamsin Abberton. Sie haben sie schon beim Servieren gesehen.«

Smart stutzte. »Irre ich mich, oder höre ich da einen gewissen Unterton heraus, Branson?«

»Einen Unterton, Sir?«

»Sie klingen nicht gerade, als wären Sie besonders ... nun ja ... angetan von dieser Miss Abberton.«

Der Butler blieb stehen. »Es leben vier Angestellte hier auf Crannock Hall, Sir. Vier Personen, die dauerhaft vor Ort sind. Meine Wenigkeit, die beiden Mädchen und Miss Abberton. Ich arbeite mit ihnen allen professionell und konstruktiv zusammen, denn genau das hat seine Lordschaft von mir erwartet.«

»Und trotzdem ist da dieser Unterton.«

Branson seufzte. »Es steht mir nicht zu, über andere zu urteilen. Lord Bainbridge war stolz auf seine Köchin.«

»Aber?« Smart hob eine Braue. »Kommen Sie, Mann. Wir sind unter uns. Ihnen liegt etwas auf der Zunge, was Sie nicht über die Lippen bringen. Doch es könnte relevant für die Ermittlung sein.«

Wieder seufzte der andere. Es fiel ihm merklich schwer, sich auf diese Art zu öffnen. Sein gesamtes Berufsethos sprach dagegen. »Also gut, zum Wohle der Ermittlung. Auf die zwei jungen Frauen lasse ich nichts kommen. Ginny und Eleanor sind vielleicht nicht die Hellsten, aber noch jung und fügsam. Aus denen machen wir schon noch patente Dienstmädchen. Was allerdings Miss Abberton betrifft ... Ich halte sie für eine durch und durch grässliche Person, falls Sie mir die Bemerkung gestatten. Und ich gebe offen zu, dass ich seiner Lordschaft bereits mehrfach empfohlen habe, fürderhin auf ihre Dienste zu verzichten.«

»Weil?«

»Weil Sie auf Crannock Hall seit ihrer Ankunft ein Benehmen an den Tag legt, das ihr schlicht nicht zusteht«, sagte Branson. Dabei senkte er die Stimme. »Ich will wirklich nicht aus irgendwelchen Nähkästchen plaudern, Inspector. Das gehört sich nicht, erst recht nicht für jemanden meines Berufsstands. Lord Bainbridge konnte sich immer auf meine Diskretion verlassen, und das erfüllt mich mit Stolz. Doch unter uns beiden, Inspector Smart, gebe ich gerne zu: Tamsin Abberton und ich werden in *diesem* Leben keine Freunde mehr.«

Smart gab sich Mühe, sich sein Erstaunen nicht anmerken zu lassen. So unbeherrscht hatte er Branson tatsächlich noch nicht erlebt. Der Butler gewährte ihm hier einen seltenen Einblick in den Mann hinter der dunklen Livree, und der stellte sich als Person heraus, die genauso über Sympathien und Antipathien verfügte wie jeder andere Mensch auf dem Planeten.

Es wäre interessant, mehr zu erfahren, dachte er. *Was genau hat Branson so gegen diese Köchin aufgebracht.*

Ob der Butler es verraten würde? Smart wollte gerade zu einer entsprechenden Nachfrage ansetzen, da ging Branson schon weiter die Stufen hinab. Wenige Schritte später erreichte er den Keller.

Smart sah sich um. Er war nicht zum ersten Mal hier unten und kannte den quadratischen Raum bereits, in den Branson ihn geführt hatte. Er wurde von zwei weiteren Baulampen erhellt, und drei Türen gingen von ihm ab, von denen nur eine einzige geöffnet war.

Robin Chandler stand an ihren Rahmen gelehnt. »Guten Morgen«, grüßte der junge Mann. »Haben Sie gut geschlafen, Smart? Ich fühle mich wie neu geboren, ehrlich gesagt. Es geht doch nichts über eine Nacht in einem bequemen und warmen Bett, während draußen der Wind ums Haus pfeift.«

Smart kam die Gestalt wieder in den Sinn, die er in der vergangenen Nacht im Garten gesehen hatte. Chandler wusste noch nichts davon. Doch dies war auch nicht der Moment, ihn zu informieren. Das sollte besser unter vier Augen geschehen – sicher blieb sicher. Und dafür blieb gewiss später noch Zeit.

»Es geht, mein lieber Chandler«, antwortete er stattdessen. »Sie kennen mich ja. So richtig gut schlafe ich nur zu Hause.«

»Sie sind und bleiben eben ein altes Gewohnheitstier.« Chandler lachte kurz, wurde dann aber wieder ernst. »Wären Sie denn bereit, sich die Leiche näher anzuschauen? Ich will Sie nicht vom Frühstück abhalten, falls Sie zuerst dorthin möchten …«

Der Inspector winkte ab. »Seien Sie nicht albern, Chandler«, log er. »Nichts ist wichtiger als unser Toter.«

Sie betraten einen kleinen Nebenraum mit leicht gewölbter Decke. Drei lange Tische standen darin und waren die einzigen Möbelstücke. In früheren Zeiten hatte man hier nach der Jagd bestimmt die Beute zerlegt oder nach der Ernte die Kartoffeln und Rüben sortiert, vermutete Smart. Nun waren zwei der drei Tische leer. Auf dem dritten lag eine Gestalt unter einer aschgrauen Decke: Lord Bainbridge.

»Sie müssen dem nicht beiwohnen, Branson«, wandte Smart sich erneut an den Butler. »Chandler und ich hätten vollstes Verständnis, wenn der Anblick Ihres toten Dienstherrn Sie zu sehr belastet.«

Chandler nickte bekräftigend.

Doch Branson trat an den Tisch und griff nach einem Zipfel der Decke. »Nein, das ist schon in Ordnung, Gentlemen. Auf Crannock Hall wurde stets getan, was getan werden musste. Daran hat sich nichts geändert.« Mit einem Ruck zog er die Decke fort und legte den Toten frei.

Lord Rufus Mortimer Bainbridge lag rücklings auf dem Tisch, die Augen geschlossen und die Arme an den Seiten. Er trug die Kleidung vom Vortag, und sein weißes Haar wirkte noch immer unordentlich und verklebt. Smart hatte den Mann zu Lebzeiten nicht gekannt; dennoch wusste er, dass der Tote dort ihm nur bedingt ähnlich sah. So war es stets. Sobald das Leben aus einem Menschen gewichen war, veränderte sich dieser – auch optisch. Ein Toter war wie eine Kopie des Originals. Sie mochte dem lebenden Menschen bis aufs Haar gleichen, und doch fehlte ihr etwas. Etwas, das nie mehr zurückkehren würde.

»Also dann«, murmelte der Inspector.

Er dachte kurz darüber nach, Branson nach oben zu schicken. Immerhin gehörte auch der Butler noch immer zur Schar der Tatverdächtigen. Dann aber verwarf er den Gedanken. Kein potenziell Verdächtiger der Welt konnte Lord Bainbridge noch etwas antun. Und Antworten, so es sie denn gab, würden sich auch mit Bransons Anwesenheit finden lassen.

Wann immer er eine Leiche untersuchte, ging Smart gleichermaßen vor. Er war kein Mediziner, erst recht kein vom Gericht bestellter, und konnte der Arbeit dieser ausgebildeten Experten in keiner Weise vorgreifen. Doch in all den Jahren beim Yard hatte er gelernt, wie er Informationen von einer Leiche bekam, ohne diesen Experten ins Handwerk zu pfuschen.

Er zog sich dünne Plastikhandschuhe über, die Chandler irgendwo in den Untiefen des Kellers gefunden haben musste, und fühlte zunächst nach dem Puls am Handgelenk des Lords. Selbstverständlich fand er auch an diesem Morgen keinen. Als Nächstes untersuchte er den reglosen Leib nach Anzeichen weiterer Gewaltanwendungen – nach Wunden oder Flecken jenseits der offensichtlichen Wunde am Hinterkopf. Auch hier ging seine schnelle Suche leer aus, ganz wie erwartet. Die Mediziner würden eine zweite, gründlichere vornehmen, sobald sie den Leichnam entkleideten und obduzierten.

Schritt drei seiner Methodik nahm die meiste Zeit in Anspruch und kam deshalb stets am Schluss: die Todesursache selbst. Smart trat neben den Kopf des Lords und sah auffordernd zu Chandler.

»Mein Lieber«, bat er. »Wären Sie so freundlich, mir zur Hand zu gehen? Ich würde ihn gern auf den Bauch drehen, damit wir die Kopfwunde genauer betra…«

Er kam nicht dazu, den Satz zu beenden. Denn ein gellender Schrei aus dem Obergeschoss von Crannock Hall schallte bis in den Keller herab.

KAPITEL 6

Die anderen standen auf dem Gang, direkt vor der offenen Schlafzimmertür. Simon Marlowe war weiß wie eine Wand und hielt Jemma Fitzpatrick mit sichtlich schwach gewordenen Armen. Die Frau weinte bitterlich und vergrub das Gesicht dabei an seiner Schulter. Jessica C. Tandy befand sich neben den beiden jüngeren Gästen und wirkte deutlich gefasster. Jedenfalls gefasst genug, um Smart in gewohnt nüchternem Ton Auskunft zu geben.

»Es war Jemma, Inspector«, sagte sie. »Die hat eben geschrien. Und ich fürchte, das ist zum Teil meine Schuld. Sehen Sie, ich fand es ein wenig respektlos, dass die beiden Gentlemen nicht zum Frühstück erschienen. Daher bat ich Jemma, sie holen zu gehen. Sie aus den Federn zu klopfen, nicht wahr? Das hier ist ja schließlich kein Hotel, und zu Anstand und Ordnung gehört in meinen Augen auch, dass man sich an den Mahlzeiten beteiligt, die das Personal auf den Tisch bringt.«

Smart nickte. »Und dann?«

»Nun, Jemma ist eine Seele von Mensch und folgte meiner Bitte sofort. Leider führte sie zu einer Tragödie. Denn als Jemma hier oben ankam und bei Mr Bellamy klopfte, glitt dessen Zimmertür einfach auf. So hat sie es mir berichtet.« Tandy sah kurz zu der anderen Frau. »Eben, als sie noch zu ganzen Sätzen fähig war. Ich fürchte, seitdem hat der Schock sie übermannt.«

Fitzpatrick reagierte gar nicht auf Tandys Erklärungen. Sie

weinte noch immer, und Marlowe strich ihr hilflos über den Rücken.

»Na, jedenfalls«, fuhr Tandy fort. »Die Tür glitt auf, zweifellos aufgrund der Berührung, und die arme Jemma sah den Toten. Dann kam der Schrei, der uns alle so alarmierte.«

»Grundgütiger«, murmelte Chandler. Er schaute in Bellamys Zimmer hinein. »Noch einer, Smart. Da ist noch einer.«

Es ließ sich nicht leugnen. Crannock Hall hatte seinen zweiten Toten. Smart dankte der Autorin und bat sie und die übrigen Anwesenden, zu denen auch Branson und die entsetzt herbeigeeilte Ginny zählten, im Korridor zu warten. Dann betrat er mit Chandler den Raum.

Das Zimmer, in dem Francis Bellamy genächtigt hatte, ähnelte seinem eigenen. Es gab ein breites Bett, einen kalten Kamin mit flankierenden Bücherregalen und ein Fenster, das in diesem Fall zur Einfahrt des Anwesens hinausging und von langen Vorhängen verdeckt wurde, die einen etwa unterarmlangen Spalt offen standen. Neben dem Bett stand eine Sherry-Flasche auf dem Nachttisch, die Smart am Vorabend noch in der Bar des Kaminzimmers gesehen zu haben glaubte. Die Flasche hatte seitdem einen Teil ihres Inhalts verloren, und es war nicht schwer, sich vorzustellen, an wen.

Bellamy lag rücklings in zerwühlten Decken. Seine Augen standen offen, genau wie sein Mund, und sein leblos gewordener Blick ging ins Leere. Das pechschwarze Haar, das am Vortag noch so sorgsam gerichtet gewesen war, wirkte nun zerzaust. Bis auf eine schwarze Boxershorts war Bellamy nackt. Smart staunte, wie haarlos der schlanke Körper des jüngeren Mannes aussah. Vom Kinn bis zu den Zehen schien Bellamy keinerlei Wildwuchs geduldet zu haben. Hygiene schien ihm wichtig gewesen zu sein.

»Was meinen Sie, Smart?«, fragte Chandler leise. »Wie lange liegt er schon so hier?«

92

Smart hatte gerade nach dem Handgelenk des Mannes gegriffen und ließ es nun wieder sinken. Bellamy hatte keinen Puls, ganz wie erwartet. Außerdem fühlte er sich kalt an. Jede Hilfe kam hier zu spät, das war offensichtlich.

Der Inspector kniff die Lider enger zusammen und beugte sich vor. Nachdenklich betrachtete er den Mann zwischen den Decken.

»Er ist mit uns zu Bett gegangen«, sagte er. »Erinnern Sie sich? Ich bezweifle, dass er heute überhaupt schon auf den Beinen war.«

»Aber der Sherry.« Chandler deutete auf die Flasche, die ihm ebenfalls aufgefallen sein musste. »Woher stammt der, Smart? Der gehört sicher nicht zur Standardausstattung dieser Zimmer, denn in meinem ist kein Alkohol zu finden.«

»In der Tat.« Smart nickte. »Die Vermutung liegt nahe, dass Mr Bellamy sich vorige Nacht noch einmal in den Speisesaal geschlichen hat. Vielleicht konnte er nicht einschlafen und dachte, ein Schluck Sherry würde ihm dabei helfen.«

»Und dann hat er die ganze Flasche mit auf sein Zimmer genommen?«, staunte Chandler.

»Es sieht ganz danach aus.« Smart beugte sich noch etwas mehr vor und roch am Mund des Verstorbenen. »Ja, ganz wie ich dachte. Alles spricht dafür. Es blieb nicht bei einem einzigen Glas.«

»Das dürfte dann tatsächlich beim Einschlafen geholfen haben«, murmelte Chandler.

Fragend sah Smart zurück zur Tür. »Wüssten Sie nicht auch gern, warum die Tür offen war?«

Chandler stutzte merklich. »Ja, genau! Wir hatten doch vereinbart, sie hinter uns abzuschließen.«

»Entweder fand unser junger Freund diese Vorsichtsmaßnahme übertrieben«, spekulierte Smart. »Oder er bekam Besuch von jemandem, der die Tür von außen aufsperren konnte.«

Sein treuer Begleiter hob eine Braue und senkte gleichzeitig die Stimme. Dann deutete er unauffällig in Richtung Korridor, wo zwei der Bediensteten warteten. »Sie meinen …?«

Smart legte den Kopf leicht schräg. »Wir sollten die Möglichkeit in Erwägung ziehen, mein Lieber. Wenigstens das.«

Ein leiser Pfiff machte deutlich, wie beeindruckt Chandler von dieser Theorie war. Dann kratzte er sich am Hinterkopf. »Aber was genau ist denn passiert, Smart? Können Sie das sagen? Das Bett sieht aus, als hätte darin ein Kampf stattgefunden.«

»Nur bedingt, alter Freund.« Smarts ausgestreckter Zeigefinger wanderte über die Deckenfalten, ohne sie zu berühren. »Ja, es gab Gegenwehr. Allerdings wenig, würde ich vermuten. Entweder das, oder Mr Bellamy hatte vor seinem Ableben einen unruhigen Schlaf. Aber ist Ihnen das Kissen dort am Fußboden aufgefallen? Es ist das einzige Stück dieses Dioramas, das auf dem Teppich liegt und nicht auf dem Bett. Ich will den Medizinern nicht vorgreifen, doch angesichts des Ausdrucks auf Bellamys Zügen und der Tatsache, dass ich keinerlei weitere Kampfspuren oder Ähnliches im Raum erkenne, gehe ich von Tod durch Ersticken aus.«

»Sie …« Chandler keuchte. »Sie denken, jemand hat ihm die Luft abgedrückt? Mit diesem Kissen?«

Smart nickte. »Für den Augenblick ist das meine Theorie, ja. Eine genaue Untersuchung des Kissens und natürlich des Mannes selbst wird uns zeigen, ob ich da richtigliege, aber im Moment können wir nicht auf schnelle Unterstützung des Labors hoffen. Also sehen Sie sich den Toten an, Chandler. Bellamy weist keinerlei Verletzungen auf, nicht einmal blaue Flecken oder Kratzer an der Haut. Ich vermute, er war noch immer alkoholisiert, als der Täter in der Nacht mit einem Schlüssel den Raum betrat. Bellamy schlief friedlich seinen Rausch aus, bis man ihm das Kissen aufs Gesicht drückte. Dann dürfte er trotz seines Zustands aufgewacht, aber zu überrumpelt und vor allem zu betrunken gewesen sein, um wirklich nennenswerte Gegenwehr zu leisten. Ich schätze, es ging schnell – *zu* schnell für unseren bedauernswerten Freund.«

»Du meine Güte.« Chandler hatte die Hand zum Mund gehoben, ließ sie nun aber langsam sinken. »Was für eine Geschichte! Wenn das stimmt, Smart ... Dann haben wir es mit einem kaltblütigen Killer zu tun. Niemand erstickt einen anderen Menschen, ohne die nötige Ausdauer mitzubringen. Dazu braucht man einen festen Willen und eine ordentliche Portion Hass.«

»Korrekt«, bestätigte Smart leise. »Falls wir hier wirklich von Mord aus nächster Nähe ausgehen, dann sprechen wir höchstwahrscheinlich von einem Täter, der gewaltigen Groll gegen Mr Bellamy hegte.«

All diese Theorien brachten sie noch lange nicht weiter, das war ihnen beiden klar. Doch sie waren ein Anfang. Ein Versuch, Licht ins Dunkel zu bringen.

Und an Dunkelheit scheint es auf Crannock Hall nicht zu mangeln, dachte Smart. Man sieht sie vielleicht nicht, aber nach zwei Mordopfern in weniger als vierundzwanzig Stunden besteht kein Zweifel mehr an ihrer Existenz. Das sind bittere Weihnachten ...

Lord Bainbridges altes Anwesen barg ein Geheimnis, und die Gäste des verstorbenen Adligen schienen es ausbaden zu müssen. Einer nach dem anderen?

»Branson?«, sagte Smart und trat zurück auf den Flur. Chandler folgte ihm.

Der Butler stand noch immer neben Marlowe und den drei Frauen. »Sir?«

»Wie steht es um den Kontakt zur Außenwelt? Konnten Sie die Behörden inzwischen erreichen? Oder den Betreiber der *LISSY*?«

»Bedaure, Inspector.« Bransons Miene verfinsterte sich. »Wir haben nach wie vor kein Glück. Und von Osten scheint sich schon der nächste Schneesturm anzukündigen.«

Ein leises Seufzen drang aus Smarts Kehle, bevor er sich zusammenreißen konnte. »Also gut. Ich fürchte, dann müssen wir unser Spiel vom Vorabend wiederholen: Mr Chandler wird gleich einige Fotos des bedauernswerten Bellamy machen, um die Position der Leiche zu dokumentieren. Dazu sind Sie doch sicher bereit, alter Freund?«

»Sie können auf mich zählen, Smart«, versprach Chandler prompt. »Wie üblich.«

»Und danach«, fuhr Smart dankbar fort, erneut an Branson gerichtet, »bringen Sie und ich den Toten bitte ebenfalls in den Keller. Dort ist es kühl und verlassen. Dort wollen wir ihn lagern, bis die Profis eintreffen und übernehmen.«

Der Butler nickte. »Gehe ich recht in der Annahme, dass Sie Mr Bellamys Zimmer verschlossen wissen wollen, Sir? Um etwaige Spuren an Ort und Stelle zu belassen?«

Smart verzog leicht das Gesicht. »Wollen ja, Branson. Sehr sogar. Ich weiß nur nicht, was es uns noch nützen kann. Wer immer Bellamy auf dem Gewissen hat, scheint sich von verschlossenen Türen nicht aufhalten zu lassen.«

»Das …« Marlowe keuchte. Fassungslos wich er einen Halbschritt zurück. »Das geht doch nicht.«

Fitzpatrick und Tandy, die neben ihm standen, sahen ihn fragend an.

»Und was genau meinen Sie, Mr Marlowe?«, erkundigte sich die Autorin. »Erleuchten Sie uns, bitte sehr.«

»Na, alles!«, antwortete der Schauspieler. Das Entsetzen war ihm regelrecht ins Gesicht geschrieben. Immer wieder schüttelte er den Kopf. »Wir sitzen fest an einem Ort, an dem die Menschen nur so wegsterben. An dem ein Killer alle umbringt, einen nach dem anderen.«

Tandy schnaubte spöttisch. »Seien Sie nicht alb...«

»Was denn sonst?« Marlowe schrie nun fast. Er fiel ihr ins Wort, Spuckebläschen auf den bebenden Lippen. »Was passiert hier denn sonst, Sie alte Vettel, wenn nicht exakt das? Ein Mörder geht um, und jeder Einzelne von uns steht auf seiner Liste.«

Fitzpatrick senkte den Blick, schlang dabei die Arme um den Oberkörper. Ihre Schultern zuckten und beruhigten sich erst, als Tandy ihr den Arm um selbige legte. »Ganz ruhig, Jemma. Hören Sie nicht auf diese *drama queen.*«

»Trotzdem hat er recht!«, behauptete Marlowe lautstark und mit kreidebleichen Wangen. »Ob Sie es nun wollen oder nicht. Das ist die Wahrheit. Wir alle sind in höchster Gefahr, solange dieser Unbekannte frei herumläuft. Und ich für meinen Teil spiele da nicht länger mit.«

»Soll heißen?«, wunderte sich Chandler.

Auch Smart sah den Schauspieler fragend an.

Marlowe straffte die Schultern. Sein Blick war noch immer ängstlich, doch auf seinen Zügen lag plötzlich eine Entschlossenheit, die kälter wirkte als der Schnee vor den Fenstern. »Das werden Sie schon sehen, Mr Chandler«, murmelte er. »Sie alle werden das. Warten Sie's nur ab.«

Dabei ging er rückwärts weg von der Gruppe, ohne sie aus den Augen zu lassen. Nach wenigen Schritten hatte er sein eigenes Zimmer erreicht, in dem er prompt verschwand und die Tür hinter sich schloss.

»Ein theatralischer Abgang, wie er im Buche steht«, kommentierte Jessica Tandy trocken. »Hat er bestimmt aus seinem ersten Jahr auf der Schauspielschule, der Junge. *Da capo!*«

Dann rollte sie mit den Augen.

Eine knappe Stunde später fror Timothy Smart bitterlich. Chandler und er stapften durch den Schnee hinter dem alten Anwesen, in ein vertrauliches Gespräch vertieft, und die weiße

Pracht schien ihre Anwesenheit mit jedem zurückgelegten Schritt mehr als Kriegserklärung zu deuten.

»Brr, ist das ungemütlich«, klagte Chandler leise. Er schlang die Arme um den Oberkörper und rieb sich die Oberarme mit seinen behandschuhten Händen. Weiße Atemwölkchen schwebten vor seinem Mund. »Wir sollten den Täter hier rausschicken, Smart. Dann gesteht der sicher freiwillig. Allerdings müssen wir ihn dafür zuerst identifizieren.«

Sie hatten Bellamys Zimmer so gründlich untersucht, wie sie nur konnten, aber keinerlei nennenswerten Hinweise auf den unbekannten Mörder gefunden. Branson hatte versprochen, die Leiche des snobistischen Finanzexperten schnellstmöglich in den Keller zu verfrachten und das Zimmer des Toten von außen mit einem zusätzlichen Schloss zu verriegeln. Zur Sicherheit.

Dennoch hegte Smart Zweifel. »Bis dahin ist es noch ein weiter Weg, mein lieber Chandler. Ich fürchte, diese ganze Sache entgleitet uns zusehends.«

Er bog nach rechts, vorbei an steif gefrorenen Hecken. Chandler folgte ihm. Im Garten von Crannock Hall, so ihr ursprünglicher Gedanke, waren sie fern von etwaigen Lauschern. Da der Schnee eine kurze Pause machte und momentan mal nicht vom Himmel fiel, als wollte er die ganze Welt unter sich begraben, bot sich die frische Luft zusätzlich an. Smart hoffte, dass sie seine kleinen grauen Zellen endlich auf Touren brachte und ihm zu neuen, zielführenden Gedanken verhalf. Die klirrende Kälte hatte allerdings nicht nachgelassen. Und am Horizont nahten längst neue Sturmwolken.

»Zwei Tote in dichter Folge«, stimmte Chandler zu. »Das ist heftig. Wer weiß, ob der Mörder damit zufrieden ist?«

»Wir dürfen skeptisch bleiben.« Smart seufzte nicht nur der Kälte wegen. »Erinnern Sie sich an den Fall ›Fulton-Smythe‹? An den muss ich schon die ganze Zeit denken. Da hätte das

Morden auch erst mit dem Tod des letzten Familienmitglieds aufgehört, wären wir nicht gewesen.«

Chandler nickte. »>Der doppelte Peter<, so hatte ich den Fall in meinen Geschichten tituliert. Ich erinnere mich gut. Das ist inzwischen sicher vier Jahre her. Und es waren Sie, Smart, der damals auf die Schliche des verstoßenen Zwillings kam. Auch hier und heute werden Sie den Täter schon ermitteln, da mache ich mir keine Sorgen.«

»Ihr Wort in Gottes Ohr, Chandler«, murmelte Smart weit weniger überzeugt. »Ihr Wort in …«

Eine laute Schimpftirade fiel ihm ins Wort und ließ ihn verstummen. »Gottverdammter Obermist, verflucht! Das kann doch gar nicht wahr sein!«

Smart und Chandler wechselten einen überraschten Blick. Allem Anschein nach waren sie doch nicht allein hier draußen.

Die Stimme kam von etwas weiter rechts, wo der Garten von Crannock Hall an den dunklen Waldrand grenzte, und ihr Eigentümer blieb bislang hinter weiteren Frosthecken verborgen.

Smart folgte ihrem Klang neugierig, bog um die Statue eines muskulösen Jünglings mit Feigenblatt … und fand niemand Geringeren als Simon Marlowe am Rande des Gartens.

Der Schauspieler trug einen langen Mantel und seinen noch längeren Schal. In der ausgestreckten linken Hand hielt er ein Mobiltelefon. Seinem Gesichtsausdruck nach zu urteilen, war er bereit, das kleine Gerät zu erwürgen.

»Ist alles in Ordnung, Mr Marlowe?«, fragte Smart.

Der Schauspieler wirbelte herum. Er hatte die beiden Männer merklich nicht kommen hören und erschrak nun zutiefst. Erst nach einem kurzen Augenblick entspannte er sich wieder. »Inspector. Sie sind das.«

»In der Tat.« Smart trat näher. »Was in aller Welt treibt Sie in die Kälte? Etwa das Telefon?«

»Das unnütze Drecksding, die Bezeichnung trifft es wohl

eher.« Marlowe brummte ungehalten. »Ich habe versucht, Kontakt zu meiner Agentur aufzunehmen. Mich abholen zu lassen, verstehen Sie? Zur Not mit einem gecharterten Helikopter, was weiß ich! Irgendeinen Weg *muss* es doch runter von dieser Insel geben.«

Chandler runzelte die Stirn. »Höre ich da ein Aber?«

»Worauf Sie wetten können, Mr Chandler«, bestätigte der Bärtige. »Dieser Branson hat uns nicht belogen, als er vom nicht existenten Handyempfang sprach. Wo Sie hier auch hingehen – nichts. Nicht der geringste Balken auf dem Display. Glauben Sie mir, ich war jetzt nahezu überall in diesem Garten: Ich bin hier herumgestapft wie ein Goldsucher mit dem Metalldetektor. Doch alles, was ich dafür vorweisen kann, sind eingefrorene Zehen und eine Nase, die gewiss schon so rot ist wie die von Rentier Rudolf. Genauso gut könnte man versuchen, von der Rückseite des Mondes aus nach Hause zu telefonieren.«

Smart erinnerte sich an Bransons Bemerkung bezüglich der Klippen, konnte sich jedoch gut vorstellen, dass Marlowe bei dieser Witterung keinen Wert darauf legte, auch noch bis zur Küste zu spazieren.

Erst recht nicht für ein Vielleicht, dachte er.

»Und was suchen *Sie* hier?«, fuhr der Schauspieler fort.

»Wir wollten eigentlich nachdenken«, antwortete Smart. »Aber dabei können Sie uns möglicherweise helfen, Mr Marlowe. Sagen Sie, wie standen Sie zu dem Toten?«

Der jüngere Mann lachte humorlos. »Zu welchem konkret? Bellamy? Den habe ich gestern zum ersten Mal in meinem Leben gesehen.«

»Ist das so, ja?«, hakte Chandler interessiert nach.

»Sicher. Sie etwa nicht? Was sollte ich schon mit Finanzhaien zu tun haben, Mr Chandler? Noch dazu mit solch unsympathischen?«

»Nun«, warf Smart ein. »Sie sind ein bekanntes Gesicht im

Land. Ich glaube, vermuten zu dürfen, dass Ihr monatliches Salär nicht gerade klein ausfällt.«

»Ein Mister Mystery hat sicher ausgesorgt«, fand auch Chandler. »Da kann man Finanzberater bestimmt gut brauchen.«

»Pff.« Marlowe verstaute sein Handy in der Manteltasche und ließ die Hand gleich dort. Mit der anderen winkte er ab. »Vermuten Sie nicht zu viel, Gentlemen. Die gute alte Tante BBC ist nicht Hollywood. Für das, was die mir überweist, steht Tom Cruise morgens gar nicht erst auf, so viel steht fest.«

»Und Lord Bainbridge?«, erkundigte sich Smart. »Hatten Sie zu ihm Kontakt, bevor seine Einladung Sie erreichte?«

»Nee.« Der Schauspieler verzog das Gesicht und blickte in die kalte Leere des Gartens. »Zum Glück nicht. Ich wünschte, auch die Einladung hätte mich nie erreicht.«

Chandler rieb sich die Hände warm. »Warum sind Sie ihr gefolgt, Marlowe? Aus Neugierde? Oder hofften Sie auf dieses Gerücht mit der Erbschaft?«

»Ich dachte, der Kerl sei ein Fan, okay?«, gab Marlowe zu. Dabei ließ er die Schultern ebenso sinken wie die Mundwinkel. »Ich war naiv. Und, ja, vielleicht auch ein bisschen selbstverliebt. Ich hielt Bainbridge für einen exzentrischen Anhänger meiner Kunst.«

»Einen *vermögenden* exzentrischen Anhänger«, ergänzte Chandler.

»Ja, doch«, wehrte sich sein Gegenüber. »Von mir aus. Auch das gebe ich zu, wenn Sie unbedingt darauf bestehen. Ich hatte geglaubt, Bainbridge wolle mich zu seinem Erben machen. Weil er meine Arbeit schätzt, meine Kunst. Ist das denn so weit hergeholt? Mäzene gab es überall in der menschlichen Geschichte, Gentlemen. Die Kunst wäre nichts ohne gut situierte Förderer und Freunde. Und als Mister Mystery ... Nun, Sie wären überrascht, wer einem da alles seine Bewunderung gesteht. Im Geheimen, wohlgemerkt. Öffentlich will niemand, der einen großen Namen hat, mit den Nerds und Anorakträgern auf eine Stufe gestellt werden, die die klassische Zielgruppe meiner Serie bilden. Doch es gibt sie, die Edel-Fans. Das können Sie mir getrost glauben. Und als Bainbridges seltsame Karte bei mir ankam, da war das mein erster und einziger Gedanke. Dass da wieder jemand versucht, mir heimlich seine Wertschätzung mitzuteilen.«

»Und sein Vermögen zu geben«, kommentierte Chandler.

»Na und?«, fuhr Marlowe ihn an. »Sind Sie etwa allein wegen der Neugierde gekommen?«

»So ist es«, antwortete Chandler stolz, wurde aber prompt kleinlaut. »Na ja, und wegen des Erbes …«

»Sie hatten also mit beiden Männern nie zuvor zu tun, Mr Marlowe«, fasste Smart zusammen. »Nicht vor Crannock Hall.«

Allmählich beruhigte sich Marlowe wieder. »Das ist korrekt. Ich verkehre für gewöhnlich in anderen Kreisen, Inspector.«

»Und welche wären das?«, fragte er. »Ich muss gestehen, dass mir Ihre Vita nicht vertraut ist, Mr Marlowe. Wären Sie so freundlich, sie mir zu beschreiben?«

»Pff«, machte der andere Mann wieder. »Wie viel Zeit haben Sie?«

»Die Kurzfassung genügt für den Anfang«, sagte Chandler lächelnd.

»Sie sind knapp über vierzig, richtig?«, meinte Smart.

Marlowe nickte. »Zweiundvierzig. Aber verraten Sie's nicht der Presse, okay? Die hält mich für achtunddreißig. Meine Agentur auch.«

Smart verkniff sich ein Schmunzeln. »Ist das ein Manchester-Akzent, den ich an Ihnen höre?«

Der Schauspieler riss die Augen auf. »Respekt. Jahrelanges Sprech- und Bühnentraining, doch Sie erkennen den Akzent trotzdem sofort. Ja, ich komme aus Manchester. Also, gebürtig.

Ich *lebe* in Notting Hill. Wobei: So ganz stimmt auch das nicht. Einen Gutteil des Jahres verbringe ich in Cardiff, dort hat die Produktion ihre Studios. Wir spielen überall in Raum und Zeit, Inspector, aber wir drehen in Wales.«

»Wollten Sie immer schon vor die Kamera?«

Er schüttelte den Kopf. »Ins Theater. Das ist meine wahre Liebe, die Bühnenbretter und die unvergleichliche Live-Atmosphäre. Schon in der Schule habe ich für mein Leben gern Theater gespielt. Dort fehlte mir aber natürlich das professionelle Umfeld. Der Nährboden, der meine Interessen düngen konnte, nicht wahr? Doch nach der Schule ging's dann los. Für die Aufnahmeprüfung an der Akademie gab ich einen Monolog aus *König Lear*, und noch bevor ich den Abschluss in der Tasche hatte, debütierte ich am Londoner West End.«

Ein Zögern, kurz und schnell, dann fuhr Marlowe fort. »Okay, vielleicht nicht direkt am West End. An einem kleineren Theater, wenige Straßen weiter. Aber wir waren gut, Inspector. Hätte man uns nicht den Vertrag gekündigt, wären wir bis ans West End gekommen mit dem Stück – ohne jeden Zweifel.«

»Selbstverständlich«, murmelte Smart.

»Na ja.« Marlowe hob die Schultern, verloren in der Erinnerung. »Wie ich schon sagte: Ohne die richtigen Förderer ist die Kunst eben nichts. Und damals hatten wir keine.«

Chandler runzelte die Stirn. »Hey, waren Sie damals nicht auch im Fernsehen aktiv? Ich glaube, ich habe Ihr Gesicht schon anderswo auf der Mattscheibe gesehen.«

»Das kam *nach* dem Aus am West End«, bestätigte Marlowe. »Ein Kollege erzählte mir, dass vor allem diese Krimiserien im TV-Programm eigentlich immer nach Nebendarstellern suchen. Sie wissen ja: der Kronzeuge der Woche oder der dritte Verdächtige von links. Das übliche Klischeeprogramm. Und da ich meine Miete bezahlen musste, ließ ich mich von ihm mitschleifen zu einem solchen Casting. Ich habe mich nie beim Fern-

sehen gesehen, Mr Chandler – wirklich nie. Doch … nun ja …
Das Fernsehen hat mich bei sich gesehen. Ganz entschieden
sogar.«

»Sie bekamen die Rolle?«, hakte Smart nach. »Den dritten
Zeugen von links?«

Marlowe nickte wieder. »Eine nach der anderen, ehrlich gesagt. Es schadet nicht, wenn man in Nahaufnahmen gut rüber-
kommt. Im Theater können Sie hässlich wie die Nacht sein, Inspector. Schon die dritte Reihe des Auditoriums wird es kaum
noch bemerken. Aber die Fernsehkamera? Der entgeht nichts,
und auch der letzte Zuschauer sieht Sie aus nächster Nähe und
in Großaufnahme auf seiner Mattscheibe.«

Marlowe ließ ein Lächeln folgen, betont bescheiden und gerade deswegen alles andere als das. »Ich darf behaupten, dass
die Kamera mich stets mochte. Zumindest folgten den ersten
Rollen viele weitere. Alles kleines Gemüse, wohlgemerkt, aber
in der Summe doch genug, um sich damit ein Weilchen über
Wasser zu halten.«

»Und dann kam *Mister Mystery*«, vermutete Chandler und
rieb sich fröstelnd über die Arme.

»Mein großer Glücksfall«, bestätigte Marlowe. Er lachte ungläubig. »Anfangs wollte ich den Part gar nicht, können Sie sich
das vorstellen? Als meine Agentur mir mitteilte, die Produktion
hätte mich auf der Liste ihrer Kandidaten für die Neubesetzung,
wollte ich sofort ablehnen. Dankend, aber bestimmt. Ich sah
mich nicht als Alien-Jäger, oh, nein, das nun wirklich nicht.
Und *Mister Mystery* stand für mich stets für billige Kulissen,
lächerliche Spezialeffekte und für Drehbücher aus der Logik-
hölle des Kinderprogramms. ›Penforth, deaktivieren Sie den
Subraum-Quanten-Singulator, andernfalls entert die Erste Bri-
gade des Quadoon-Flottenkommandos unseren Hangar!‹ Ich
bitte Sie, das sind doch keine Dialoge, das ist Mumpitz!«

Smart kam nicht umhin, ihm ein wenig zuzustimmen. Bis

vor einigen Jahren hatte die BBC-Serie – trotz ihrer generationenübergreifenden Beliebtheit – wirklich nicht für zeitgemäße Spezialeffekte gestanden. Der erstaunlich großen und kaufkräftigen
Fangemeinde mochte das stets gleichgültig gewesen sein. Wer
jedoch kein »Mysteriöser« war, wie die Anhänger sich selbst
nannten, dem hatten bei den Ausstrahlungen der Episoden das
ein oder andere Mal sicher die Haare zu Berge gestanden, insbesondere bei Wiederholungen aus früheren Dekaden. Dem
Kultcharakter von *Mister Mystery* hatte das nie geschadet, eher
im Gegenteil. Die Serie galt als britische Institution, genau wie
der Fünfuhrtee und das Geläut von Big Ben.

»Aber jetzt?« Marlowe lächelte wieder, obwohl ihm sichtlich
kalt sein musste. »Jetzt bin ich regelrecht stolz auf die Figur. Als
Mister Mystery bin ich bekannter als jede Theatergröße dies-
und jenseits der Royal Shakespeare Company. Ich stehe in einer
langen Tradition, bin ein Stück Großbritannien, und mir schauen
mehr Menschen zu, als Sie sich vorstellen können. Wussten Sie,
dass unsere DVDs selbst in den entlegensten Winkeln Asiens
noch hoch gehandelt werden?«

»Beeindruckend, wirklich«, meinte Chandler. Es lag Des-
interesse in seinem Tonfall, doch dafür war Marlowe gar nicht
mehr empfänglich.

»Um auf Crannock Hall zurückzukommen«, sagte Smart.
»Sie haben sicher ein Alibi für die beiden Morde, Mr Marlowe?«

»Alibi?« Der Schauspieler sah ihn an, als hätte er nach dem
Weg zum Quadoon-Hauptquartier gefragt. »Ich?«

»Wo waren Sie zum Beispiel vorige Nacht?«, hakte Chandler
nach. »Als man den Lord gefunden hat, saßen Sie mit uns beim
Essen, aber wo waren Sie, Sir, als Francis Bellamy starb?«

»Na, im Bett, will ich doch meinen!« Marlowe stemmte die
Hände an die Hüften. »Ich verbitte mir diese Unterstellungen,
Gentlemen. Ja? Ich habe geschlafen, tief und fest und genau wie
Sie beide auch, so darf ich doch vermuten.«

»Demnach haben Sie nichts Auffälliges bemerkt?«, hakte Smart nach. »Nichts gesehen oder gehört, was uns mehr über den Mord an Mr Bellamy verraten könnte?«

»Du meine Güte«, murmelte sein Gegenüber. Kopfschüttelnd sah Marlowe in den Schnee. »Da meint man immer, diese Krimi-Drehbücher seien das reinste Klischee … Und dann? Dann stellt sich heraus, dass die echte Polizei dieselben dummen Fragen stellt wie ihre TV-Version.« Er hob den Blick wieder, der defensiv geworden war. »Nein, Inspector Smart. Ich muss Sie enttäuschen. Ich habe geschlafen – allein und ohne Zeugen. Und ich fürchte, Sie müssen Ihre Spuren anderswo suchen als bei mir.«

Abermals zog er das Handy aus der Tasche, betrachtete es ebenso konzentriert wie frustriert. Das Gespräch, so schien es, war für ihn beendet. Erst recht, als er sich plötzlich – und leise über den mangelnden Empfang schimpfend – auf den Weg zurück ins Haus machte.

»Danke für Ihre Zeit, Mr Marlowe«, rief Smart ihm nach. Er sprach betont höflich, doch der andere Mann achtete gar nicht mehr auf ihn. »Wir wissen ja, wo wir Sie finden, falls wir weitere Fragen haben. Nicht wahr?«

»Nett, der Knabe«, murmelte Chandler. »Und so hilfreich. Doch in einem muss ich ihm recht geben. Es ist bitter kalt hier draußen. Höchste Zeit, zurück an Bransons prasselndes Kaminfeuer zu gehen. Was meinen Sie, Smart? Beenden wir unser Gespräch im Lehnsessel, mit einem warmen Tee und ein paar von Miss Abbertons gewiss köstlichen Weihnachtsplätzchen?«

»Klingt verlockend, alter Freund«, stimmte Smart zu. Dann stutzte er. Sein Blick war ganz beiläufig zum Waldrand gewandert, und nun wollte er sich gar nicht mehr von diesem lösen. »Gehen Sie ruhig schon voraus, ja? Ich folge Ihnen auf dem Fuße.«

KAPITEL 7

Allein zog Smart weiter. Schnee knirschte unter seinen Schuhsohlen, und weiße Atemwölkchen begleiteten jeden schnaufen-
den Atemzug. Er kam schwer voran – erst recht, da die elenden
Wolken einmal mehr ihre Schleusen öffneten und Neuschnee
über die Welt ergossen. Doch er hatte es auch nicht weit, das
war ihm klar. Er musste nur zum Waldrand. Um ganz sicherzugehen.

Da war ein weiteres Haus, oder etwa nicht? Er hatte es eben
erst bemerkt, als geisterhaften Umriss hinter den Bäumen. Es
stand nicht weit von den ehemaligen Ställen des Anwesens
entfernt, war aber gut versteckt. Vom Haupthaus aus konnte
man es unmöglich sehen, und Smart ahnte, dass die Existenz
des kleinen Gebäudes auch von den meisten Positionen inner-
halb des Gartens nicht erkennbar sein dürfte. Dafür sorgten
schon die hohen Nadelbäume, die es vor neugierigen Blicken
abschirmten. Erst recht jetzt, da auch auf den Ästen dicker
Schnee lag.

Doch es war da. Je näher Smart dem Waldrand kam, desto
sicherer wurde er sich. Seine Augen hatten ihm keinen Streich
gespielt.

Das Gebäude im Wald war eingeschossig und kleiner als
Lord Bainbridges Kaminzimmer im Erdgeschoss, kaum mehr
als ein besserer Schuppen. Es hatte gemauerte Wände, die
schmutzig weiß waren und dringend einen neuen Anstrich
brauchten, und ein windschief aussehendes Dach mit spitzem,

moosbewachsenem Giebel. Das einzige Fenster befand sich in der rechten Seitenwand und war mit alten Brettern vernagelt, die ebenfalls einzige Tür hing auf der Crannock Hall abgewiesenen Seite schief in rostigen Angeln.

Fragend blieb Smart vor ihm stehen. Er hatte kurz gedacht, das Versteck des Unbekannten entdeckt zu haben, der ihm vorige Nacht durchs Fenster aufgefallen war. Doch würde sich solch ein »blinder Passagier« wirklich in einer derartigen Bruchbude verstecken?

Hier wohnen maximal noch irgendwelche Nagetiere, vermutete der Inspector. *Oder Vögel.*

Trotzdem wollte er nachsehen. Smart hatte gedacht, die Anlage inzwischen ganz gut zu kennen – die Position der Garagen, der Ställe und der übrigen Nebengebäude ebenso wie die einzelnen Etagen und Flügel von Crannock Hall selbst. Ein weiteres Bauwerk im Wald war ihm neu. Gehörte es überhaupt zu Lord Bainbridges Wohnsitz?

Mit Sicherheit, dachte er. *Wer sonst sollte hier draußen etwas bauen, noch dazu in Spuckweite seiner Lordschaft?*

Also trat er näher. Er versuchte, zu schleichen und möglichst kein Geräusch zu machen, doch der Schnee unter seinen Sohlen hatte andere Pläne.

Immerhin kann ich hier niemanden aufscheuchen, ohne es zu merken, beruhigte er sich. *Falls sich da wirklich jemand versteckt und vor mir fliehen möchte, kann er nur durch die eine Tür hinaus. Und dann rennt er mir direkt in die Arme.*

Einem inneren Gefühl nachgebend, das irrational schien, zog Smart seine treue Dienstwaffe aus der Manteltasche, eine mattschwarze Glock 17. Sicher blieb sicher. Er hielt die Glock in der rechten Hand, den Lauf nach vorne gerichtet. Mit der linken griff er nach der schiefen Tür und zog.

Im ersten Moment glaubte er, das kleine Haus sei verschlossen. Dann aber begriff er, dass die Tür nur klemmte. Also versuchte er es erneut, zog mit aller Kraft. Doch erst als er die Glock wieder verstaute und mit beiden Händen zupackte, gab die schiefe Tür nach.

Das Innere des Hauses lag im Halbdunkel. Nur schwach fiel noch Tageslicht durch die Risse und Lücken zwischen den Fensterbrettern. Es war nicht viel, aber zusammen mit der offenen Tür genügte die Helligkeit, um Smart einen ersten Eindruck zu verschaffen.

Das Häuschen schien aus einem einzigen Raum zu bestehen, der derart mit allerlei Gerümpel vollgestellt war, dass Smart die hintere Wand nicht erkennen konnte. Von rostigen Sensen und Rechen über die mannshohen Seitenteile eines alten Schrankes bis hin zu Schubkarren und Möbeln für Haus und Garten reichte das illustre Inventar, dem im Grunde nur gemein war, dass alle Objekte hier aussahen, als hätte man sie schon vor Jahrzehnten abgestellt und vergessen. Jeder Speicher, fand Smart, war besser aufgeräumt. Schmutz, Staub und kleine Zweige bedeckten den steinernen Fußboden, Spinnweben prangten in den Ecken.

Na ja, dachte der Inspector fast schon enttäuscht. *Das war wohl nichts. Ich glaube, auch hier finde ich keinerlei Antworten, sondern nur Staub und …*

Dann zuckte er zusammen. Hatte sich da nicht etwas bewegt?

Er konnte sich nicht sicher sein. Der hintere Bereich des Raumes lag größtenteils im Schatten, zumal die klobigen Seitenteile des Schrankes so unpraktisch positioniert waren, dass sie die Sicht zusätzlich erschwerten. Aber ihm war es vorgekommen, als wäre dort eben ein Schemen gewesen. Eine Gestalt, die sich schnell von rechts nach links bewegt hatte. *Verdächtig* schnell.

Smart zögerte nicht. Im Nu hatte er die Waffe wieder in der Hand, dann erst trat er vor. »Hallo?«

109

Keine Antwort. Nichts da vorne schien auf ihn zu reagieren, jetzt nicht mehr.

Er stutzte wieder. *Geht meine Fantasie mit mir durch, oder was ist hier los?*

»Hallo?«, fragte er erneut. Vorsichtig machte er einen weiteren Schritt ins Gebäude. Dreck knirschte unter seinen Schuhen, und die Luft war kein bisschen wärmer als draußen. »Hier spricht Scotland Yard. Kommen Sie raus!«

Er kam sich seltsam vor, aber nur ein wenig. Redete er mit nichts als Schatten? Oder kauerte dort wirklich jemand hinter all dem Gerümpel? Jemand, der ihn sehr genau hören konnte und nicht gefunden werden wollte?

»Sie sollen rauskommen, habe ich gesagt«, wiederholte Smart.

Da! Irrte er sich, oder raschelte dort etwas im Dunkel? Smart reagierte instinktiv. Den Finger am Abzug, preschte er voran, so gut er es nur konnte – vorbei an den rostigen Schubkarren und einem klobigen Bettgestell mit spitz zulaufenden Sprungfedern, das aussah, als hätte Königin Victoria noch darauf genächtigt. Seine Nerven waren auf höchste Alarmstufe geschaltet, und er hielt instinktiv den Atem an.

Dann war er um die Schrankwände herum, spähte direkt in die dunklen Schatten und …

Ein Schemen kam auf ihn zu. Schnell!

Smart wich keuchend zurück, riss die Waffe hoch und stieß mit dem Rücken gegen die fensterlose Seitenwand. Erst dann erkannte er die Vögel.

Zwei Krähen flatterten an ihm vorbei ins Freie, aufgescheucht und lautstark protestierend. Nichts weiter.

»Du meine Güte«, murmelte der Inspector. Für einen Moment war ihm tatsächlich warm geworden. »Krähen …«

Sonst regte sich nichts in den Schatten, die er nun, da sich seine weit aufgerissenen Augen an die Dunkelheit gewöhnten, deutlicher erkennen konnte. Da lauerte niemand auf ihn, erst recht kein heimlicher Mörder. Da waren nur weitere Gartenwerkzeuge, verstaubt und vergessen, Spinnweben und der Schmutz von gefühlten Jahrzehnten.

»Ich fürchte, der gute Chandler färbt allmählich auf mich ab«, murmelte er, auch um sich zu beruhigen. Es tat gut, eine vertraute Stimme zu hören. »Meine Fantasie sieht Dramatik, wo gar keine ist. Genau wie die seine, wenn er unsere Fälle zu Papier bringt.«

Smart schloss kurz die Augen und atmete durch. Danach fühlte er sich besser. Bis er nach rechts schaute und begriff, dass er bei seiner erschrockenen Flucht vor den Krähen beinahe rückwärts in die Klinge einer Sense gelaufen wäre. Nur wenige Zentimeter trennten ihn von dem rostigen Werkzeug.

»Nein, definitiv«, sagte er leise und erschrocken. »Ich brauche einen Tee. Dringend. Und *mindestens* ein Plätzchen ...«

Er verließ das Haus im Wald und kehrte nach Cranock Hall zurück. Der Schnee fiel inzwischen wieder in dicken Flocken, und auch der Wind hatte aufgefrischt. Der namenlosen Insel vor Cornwalls Küste schien ein bitterkalter Winternachmittag bevorzustehen, zumal die Wolkendecke, die den gesamten Himmel einnahm, immer dunkler wurde. Und irrte Smart sich, oder war der Boden noch glatter als vorhin?

Smart rutschte zwei Mal fast aus, bevor er die breite Eingangstür des Anwesens endlich erreichte. Erleichtert betrat er das Foyer. Er klopfte sich den Schnee von den Schultern und seufzte dankbar, als ihn dort eine Wand aus heimeliger Wärme begrüßte. Der Ausflug ins Freie war wenig ertragreich gewesen, und es tat gut, wieder im Trockenen zu sein – mitsamt intakten Knochen.

Dann hörte er die Stimmen.

»Nein, ich bestehe darauf! Sofort, verstanden? Unverzüglich.«

»Ich versichere Ihnen, Sir, Sie würden scheitern. Angesichts des nahenden Sturmes ist ein solcher Ausflug kaum durchführbar.«

Smart runzelte die Stirn. Das klang wie Marlowe, einmal mehr. Und die zweite Stimme musste Branson gehören. Tatsächlich: Genau diese beiden Männer kamen nun die Freitreppe herunter. Marlowe trug Mantel und Schal, wie vorhin. Außerdem wirkte er sehr entschlossen. Branson, der ihm folgte, schien so ruhig und gelassen wie immer zu sein. Bei genauerem Hinsehen merkte man ihm jedoch an, dass er mit den eigenen Geduldsfäden rang. Der Grund dafür war offenbar Marlowe.

»Ah, Smart. Genau der Mann, den ich suche.« Simon Marlowe hatte das untere Treppenende erreicht und kam nun entschlossenen Schrittes auf den Inspector zu. »Branson hier ist der Ansicht, ich sollte nicht zur Küste aufbrechen. Er meint, Sie teilten diese absurde Ansicht sogar. Dabei haben wir doch nur dort Handyempfang, nicht wahr? Und wir *brauchen* Handyempfang – dringender denn je!«

»Mr Marlowe hat mich gebeten, ihn zur Küste zu befördern«, erklärte Branson geduldig. »Mit einem unserer Wagen. Ich habe ihm erklärt, dass dies auch in Ihren Augen einem Himmelfahrtskommando gleichkäme, aber er scheint nicht davon abzubringen zu sein.«

»Ich fürchte, Branson hat recht«, wandte Smart sich an Marlowe. »Es wird wieder ausgesprochen ungemütlich da draußen – und spiegelglatt noch dazu. Mit ein wenig Pech bricht man sich das Genick, wenn man vorher nicht schon erfriert.«

Der Schauspieler winkte ab. »Papperlapapp. Wir müssen endlich die Behörden informieren, Mann! Sie sollten das besser wissen als alle anderen.«

»Ich versichere Ihnen, nichts wäre mir lieber. Allerdings …«

Marlowe hörte gar nicht zu. »Und wenn das Netz nicht zu uns kommt, müssen wir eben zum Netz. Ich habe nicht vor, auch nur einen Augenblick länger hier durchs Haus zu spazieren, während der Mörder nur auf das nächste Opfer wartet.«

Einmal mehr versicherte Smart ihm, dass er ihn gut verstand. »Dennoch kann ich Branson nur zustimmen, Mr Marlowe. Da draußen holen Sie sich den Tod im Moment mit deutlich größerer Wahrscheinlichkeit als hier im Haus.«

Dann deutete er zum nächstbesten Fenster. Durch das sah man überdeutlich, wie stark der Schnee inzwischen fiel. Starke Winde peitschten die Flocken gegen die Scheibe, und in dem Moment der Stille hörte Smart genau, wie laut er schon wieder um die Hausecken pfiff.

»So ist das leider an der Küste, Simon«, sagte er sanft. »Da schlägt das Wetter schneller um, als man manchmal gucken kann. Tun Sie sich selbst den Gefallen und bleiben Sie noch ein Weilchen hier. Wenigstens bis nach dem Schnee.«

Marlowe missfiel der Gedanke sichtlich. Dennoch zögerte er. Der Blick aus dem Fenster schien ihm den Wind aus den Segeln genommen zu haben, genau wie Smarts Worte.

»A… Aber wir müssen doch etwas unternehmen«, beharrte er, es klang jedoch eher trotzig als entschlossen.

»Und das werden wir auch, Sir«, versprach Branson. »Der Lunch steht kurz bevor. Wenn Sie sich schon in den Speisesaal begeben möchten? Sie auch gern, Inspector. Ich schaue schnell in der Küche nach, dann wird umgehend serviert.«

Smart lächelte dankbar – seit dem kurzen Frühstück war schon erstaunlich viel Zeit verstrichen, jedenfalls für seinen Geschmack – und nahm Marlowe sanft am Arm. »Kommen Sie, Simon. Stärken wir uns ein wenig. Danach sieht die Welt schon ganz anders aus.«

Der Wind, der dabei um die alten Mauern pfiff, schien ihm widersprechen zu wollen.

Als sie den Speisesaal erreichten, kam Eleanor gerade aus diesem. »Es wird gleich serviert, Sir«, versprach sie Smart gewohnt eilfertig.

Der nickte. »Ihre Worte sind Balsam für meine Seele, Miss Jones.« Marlowe und Chandler gingen schon weiter, doch Smart blieb kurz im Flur stehen. »Meine Liebe, hätten Sie einen Moment für mich?«

Eleanor hielt an. »Sir?«

»Ich fürchte, wir haben uns noch gar nicht richtig unterhalten«, sagte Smart. »Bestünde dazu denn die Möglichkeit?«

Das Mädchen erblasste. »Großer Gott, halten Sie und Mr Chandler mich etwa für verdächtig?«

»Keine Sorge«, beruhigte er sie schnell. »Wir müssen mit allen Bewohnern des Hauses sprechen. Das ist reine Routine. Wann hätten Sie Zeit für mich, Miss Jones?«

Sie schmunzelte leicht, und ihre Hände spielten mit dem Saum ihrer weißen Schürze. »Nun ja, Sir. Eigentlich soll ich Miss Abberton beim Servieren helfen. Aber wenn's nicht lange dauert, kann ich auch hierbleiben.«

»Ich werde Ihre Zeit nicht unnötig beanspruchen«, versprach der Inspector dankend. »Immerhin treibt auch mich der Hunger. Und falls Miss Abberton schimpfen sollte, leiten Sie die Gute einfach an mich weiter.«

Exakt das hatte das Mädchen hören wollen, das sah er ihm an. Eleanors Schmunzeln wuchs zu einem schelmischen Grinsen, und ihr Entsetzen von vorhin war wie weggeblasen. »Na, dann schießen Sie los, Sir. Was möchten Sie wissen?«

»Wie lange arbeiten Sie schon auf Crannock Hall?«

»Puh.« Sie kratzte sich am Hinterkopf, sah ins Leere. »Das müssen so acht, neun Monate sein.«

»Nicht länger?«

»Nee. Ich kam her, weil meine Vorgängerin, Miss Warner, gestorben war. Sie war die Hausdame, glaube ich. Mehrere Jahrzehnte lang. Als sie starb, brauchte der Lord jemand Neues. Und er dachte wohl, es ginge künftig auch ohne Hausdame. Deshalb investierte er lieber in ein zweites Mädchen.« Ein leises Schnauben folgte. »Das kam ohnehin günstiger.«

»Stimmt das denn? Geht es auch ohne Hausdame?«

Sie senkte verschwörerisch die Stimme. »Hier, Sir? Sagen Sie's nicht weiter, aber hier würde es auch ohne Ginny und mich gehen. Normalerweise ist ja niemand außer seiner Lordschaft auf Crannock Hall. Bevor Sie alle auf die Insel kamen, bestanden unsere Tage größtenteils aus dem Putzen von Zimmern, die man genauso gut hätte abschließen und stilllegen können. Aber auch das sagen Sie bitte nicht weiter, ja? Ich bin froh über den Job – ob ich ihn nun für sinnvoll halte oder nicht. Ich brauche das Geld.«

Nun war er es, der schmunzeln musste. »Meine Lippen sind versiegelt, meine Liebe. Wo waren Sie tätig, bevor Sie auf die Insel kamen? In einem anderen Haus?«

»Nee«, antwortete sie wieder. »Das hier ist meine erste Anstellung überhaupt.«

Smart hob eine Braue. »In der Tat?«

»Ich hatte zuvor meine Angehörigen gepflegt, Sir. In Watford, wo ich herkomme. Sie wurden schwer krank, kaum dass ich die Schule abgeschlossen hatte, und da blieb wenig Zeit für anderes. Uns fehlte das Geld für eine professionelle Pflege, wissen Sie? Es war schlicht nichts mehr übrig. Von daher *musste* ich ran.«

Der Unterton in ihrer Stimme entging ihm nicht, genau wie die Härte, die kurz über ihre Züge gehuscht war. »Ich vermute, Ihre Verwandten leben nicht mehr?«

Eleanor nickte. »Sie starben, kurz bevor ich diese Anstellung bekam.«

»Mein herzliches Beileid. Ich spüre, wie wichtig sie Ihnen waren.« Er beschloss, nicht weiter nachzuhaken. Das Thema schmerzte das Dienstmädchen merklich. Trauer war gnadenlos. »Und nun sind Sie hier«, sagte er stattdessen. »Und kommen zurecht, wie ich vermute?«

Ihre Züge hellten sich wieder auf. »Oh ja, Sir. Ginny hat mir vom ersten Tag an geholfen, mich einzugewöhnen. Und Mr Branson ist längst nicht so grimmig, wie er gerne tut. Das ging schon. Ich gebe mir auch große Mühe, keine Fehler zu machen. Inzwischen passieren auch fast keine mehr.«

»Sie und Ginny stehen sich sicher nah«, meinte Smart.

»Und ob. Wir sind die reinsten Schwestern geworden, Sir. Gehen füreinander durch dick und dünn und zurück, so sagt Ginny immer. Und das stimmt auch. Immerhin sind wir die Einzigen hier draußen unter dreißig – oder wir waren es, bis Miss Fitzpatrick eintraf.«

»Wie standen Sie zu Lord Bainbridge? Mochten Sie ihn?«

»Oh, mit dem hatte ich wenig zu tun, Sir. Zu wenig, um das sagen zu können. Ich hatte nichts gegen ihn, falls Sie das meinen. Keinen Grund, ihm Böses zu wünschen oder so. Er gab mir Arbeit und ein Dach überm Kopf, als ich beides dringend brauchte – und das nur nach ein paar E-Mails und einem Telefonat mit mir. Dafür bin ich ihm sehr dankbar. Ansonsten hatte ich weit eher mit Mr Branson und Miss Abberton zu schaffen als mit dem Lord.«

Smart nickte wieder. »Selbstverständlich.«

»Ich kann nichts Schlechtes über ihn sagen, Sir«, wiederholte das Mädchen. »Auch Ginny nicht, soweit ich weiß. Echt erschreckend, was mit ihm passiert ist. Jetzt müssen wir uns alle bald neue Anstellungen suchen, oder?«

»Ich kann da nur spekulieren, meine Liebe«, antwortete Smart mit ehrlichem Bedauern. »Es klingt allerdings nicht unwahrscheinlich.«

Er wollte zur nächsten Frage ansetzen, doch Ginny und Branson kamen gerade um die Ecke des Flures. Die Bediensteten trugen dampfende Schüsseln in den Händen. Der Lunch war bereit.

»Ist der Tisch gedeckt, Eleanor?«, fragte der Butler.

Das Mädchen nickte artig. »Ja, Mr Branson. Die meisten Gäste sitzen bereits.«

»Gut«, meinte Branson. »Dann servieren wir. Schließen Sie sich den anderen an, Inspector?«

»Natürlich«, antwortete Smart und spürte, wie sein Magen dabei erwartungsvoll knurrte. »Ich komme.«

Er dankte der jungen Eleanor für ihre Zeit und versprach, das Gespräch bei nächster Gelegenheit fortzusetzen. »Wenn mal weniger los ist, einverstanden?«

»Nur zu, Sir«, erwiderte sie freundlich. »Sie finden mich schon. Jetzt aber guten Appetit, ja? Trotz allem.«

»Oh.« Smart lächelte. »Den habe ich, meine Liebe. Ich fürchte, den habe ich *immer*.«

Der Lunch verlief unaufgeregt und vergleichsweise still. Bei kräftiger Kohlsuppe und frischem Brot waren Smart und Chandler meist die einzigen Personen am Tisch, die sich in Konversation versuchten. Die beiden Damen und vor allem Marlowe schwiegen sich weitestgehend aus. Die bekannte Schriftstellerin wirkte beim Essen fast schon desinteressiert, und Marlowe erinnerte auf seinem Platz irgendwie an einen beleidigten Teenager, der überall sein wollte, nur nicht hier. Einzig Jemma Fitzpatrick zeigte ein klein wenig Interesse an dem, was Smart und Chandler zu berichten hatten. Oder täuschte der Eindruck?

Vermutlich ist sie einfach nur besorgt, dachte Smart. *Und unsere Anwesenheit beruhigt sie etwas.*

»Na, jedenfalls«, kam er gerade zum Schluss seines Berichts. »Da war selbstverständlich niemand in diesem Schuppen im Wald. Es war töricht von mir, etwas anderes zu vermuten. Zumal ich die Quittung für mein Wunschdenken gleich doppelt und dreifach serviert bekam. Zuerst wäre ich fast rückwärts in eine Sense gelaufen, dann bin ich auf dem glatten Boden vor unserer Tür beinahe ausgerutscht.«

Chandler keuchte. »Grundgütiger, Smart …«

»Es ist wirklich eisig geworden, hm?«, stimmte Tandy zu. »Das Wetter hier draußen ist unerträglich. Von einer Katastrophe nahtlos in die nächste.«

Es war das bislang Längste, was sie am Stück zu der Unterhaltung beigesteuert hatte. Es schien auch das Einzige zu bleiben, denn sie widmete sich umgehend wieder ihrem Suppenteller.

Nach dem Essen zogen die beiden Frauen ins Kaminzimmer weiter, wo Fitzpatrick in einem Buch lesen und Mrs Tandy in Ruhe einen Tee genießen wollte. Marlowe murmelte nur kurz, dass er auf sein Zimmer gehen wolle, dann verließ auch er den Tisch.

»Bleiben wir zwei«, bemerkte Chandler. Er schaute zum Fenster, vor dem es nach wie vor stark wütete. »Was machen wir mit dem angebrochenen Nachmittag, Smart? Haben Sie einen Plan?«

Der Inspector nickte. »Ehrlich gesagt, ja. Ich würde die Bibliothek gern einem weiteren Blick unterziehen.«

Er hatte zunächst daran gedacht, sich endlich der Köchin Abberton und vielleicht auch erneut Eleanor zu widmen. Doch so kurz nach dem Essen hatten die Bediensteten vermutlich alle Hände voll zu tun, um die Küche aufzuräumen. Vielleicht aß Abberton auch selbst gerade, gemeinsam mit den beiden Mädchen. So oder so wollte Smart sie dabei nicht stören. Sie würden ihm schon nicht weglaufen.

Chandlers Miene hellte sich auf. »Ah, ich verstehe. Sie gehen zurück zum Anfang, hm? Rollen den Fall erneut auf, ganz von vorn. Das ist nicht unklug von Ihnen, Smart. Einmal mehr.«

»Irgendetwas müssen wir ja tun, mein Lieber«, bestätigte er mit leisem Seufzen. »Zumindest in dem Punkt hat unser trotziger Freund aus dem Fernsehen vollkommen recht.«

Wenige Minuten – und ein kurzes Gespräch mit Branson – später standen sie in dem Raum, in dem Lord Bainbridge ums Leben gekommen war. Die Bibliothek von Crannock Hall hatte sich seit dem gestrigen Abend nicht verändert. Selbst der kreisrunde Blutfleck auf dem Teppich war noch immer als solcher erkennbar, auch wenn die sterblichen Überreste des Hausherrn inzwischen im kühleren Keller ruhten. Smart besah sich die Einrichtung ein weiteres Mal, schlenderte an den deckenhohen Regalen entlang und stieg die schmale Wendeltreppe hinauf, die zu den höher gelegenen Büchern führte – eine Expedition, für die ihn sein an derartige Anstrengungen nicht gewöhnter Körper prompt mit leichtem Schwindel strafte.

Chandler strich mit den Fingerkuppen nachdenklich über den Kaminsims und setzte sich in einen der schweren Lehnsessel, schwieg dabei aber. Nach all den Jahren an Smarts Seite schien der Mann aus Londons High Society genau zu wissen, wann er seinen Begleiter nicht in der Konzentration stören durfte.

Nach einer kleinen Weile gelangte Smart zum einzigen und breiten Fenster des Raumes. Es lag in der hinteren Wand, wies hinaus zum Garten und auch zu den ehemaligen Ställen, wie Smart nun erstaunt feststellte.

Und zum Waldrand, ergänzte er in Gedanken. *Das ist in der Tat interessant. Man kann die Stelle von hier aus erkennen, an der das alte Haus verborgen liegt – nicht das Haus selbst, wohl aber seine Position.*

Hatte das etwas zu bedeuten? Er wusste es nicht, doch die Information als solche schien relevant genug zu sein, sie für spätere Verwendung abzuspeichern. Lag Francis Bellamys Zimmer nicht ebenfalls auf dieser Seite des Anwesens? Hatte auch er den Waldrand aus seinem Fenster sehen können?

»Sagen Sie, mein lieber Chandler«, begann der Inspector. »Als wir vorhin in Bellamys Zimmer waren, haben Sie da zufällig auf die Aussicht geachtet? Insbesondere darauf, ob man den Wald von dort aus sehen kann?«

Chandler erhob sich aus dem Lehnsessel und trat näher. »Ich fürchte, da bin ich überfragt. Die Annahme liegt allerdings nah.«

Smart nickte. »Was wissen Sie eigentlich über Francis Bellamy?«

»Uff.« Chandler kratzte sich am Hinterkopf und machte große Augen. »Nicht allzu viel, bedaure. Bis zum gestrigen Tag bin ich ihm nie begegnet, wie ich Ihnen bereits sagte. Allerdings hatte ich seinen Namen durchaus schon gehört, zu Hause in London.«

»Ach ja? In welchem Kontext?«

»In keinem allzu guten, wenn Sie das meinen.« Chandler hob die Schultern. »Einige meiner Bekannten aus dem Club erwähnten ihn gelegentlich. Wenn ich mich nicht irre, hatten sie seine Dienste in Anspruch genommen. Bei Investments, verstehen Sie? Als Vermögensberater ... oder sollte ich besser ›Vermögensvergrößerer‹ sagen? Bellamy galt in London als ein Mann, der aus viel Geld noch viel mehr Geld machen konnte. Der die Börse und ihre Tricks aus dem Effeff kannte und wenig Skrupel hatte, besagte Tricks zum Wohle seiner Kunden anzuwenden.«

»Höre ich da einen kritischen Unterton?«

»Nun ja.« Ein Lächeln, ebenso schwach wie vage. »Das kommt wohl darauf an, wer man ist. Meine Club-Bekannten würden gewiss auf Bellamy schwören und kein schlechtes Wort über ihn und sein Talent verlieren. Er tat exakt das, was sie sich von ihm erhofften, also waren sie zufrieden. Aber natürlich ist ein Trick ein Trick. Ich kann Ihnen da wenig Konkretes sagen, Smart, doch ich weiß, dass Bellamys Methoden nicht immer das waren, was Sie und ich als ›moralisch unbedenklich‹ und ›anständig‹ bezeichnen würden.«

Smart hob eine Braue. »Sondern als ›justiziabel‹?«

Chandler wehrte ab. »Das bezweifle ich. Sie kennen die Sorte doch selbst, Smart. Diese aalglatten Typen, an denen nichts haften bleibt. Für justiziable Dinge haben die ihre Bauernopfer, da machen die sich die Finger schon nicht selbst schmutzig. Wenn überhaupt.«

»Und wieder kommt es mir vor, als läge da ein Aber in Ihrem Tonfall, alter Freund.«

Chandler lachte leise. »Sie kennen mich gut. Das muss ich Ihnen lassen. Ja, es gibt ein Aber. Zumindest *könnte* es eines geben. Ehrlich gesagt, erinnere ich mich erst jetzt, da wir darüber sprechen, an den Vorfall. Er liegt schon zwei, drei Jahre zurück, genauer kann ich es Ihnen nicht sagen. Aber ich saß an jenem Tag in meinem Club und studierte die Wochenendausgabe der *Times*, als ich einige Gesprächshappen aufschnappte, die hinter mir fielen. Das allein fand ich schon bemerkenswert, vielleicht habe ich mir den Zwischenfall auch deshalb gemerkt.«

Smart nickte. Er kannte den von Chandler frequentierten Gentlemen's Club in Whitechapel, dessen Klientel sich aus Londons höchsten Kreisen rekrutierte, von einem Mordfall, den er vor Monaten dort hatte aufklären müssen – abermals auf Chandlers Bitte hin. *Das Rätsel der drei Pfeifen*, so hatte Chandler das Erlebnis damals betitelt. Seit jenen Ermittlungen wusste Smart, dass im Lesesaal des Etablissements – einem schlauchartigen Raum, in dem Lord Bainbridge sich gewiss heimisch gefühlt hätte, mit dicken Teppichen, uralten Ölgemälden, dunklen Vorhängen und holzvertäfelten Wänden – absolutes Sprechverbot herrschte.

»Jedenfalls hörte ich, wie Sir Geoffrey Bannister und Ian Caldwell miteinander über Bellamy tuschelten. Ich glaube,

121

Caldwell überlegte zu der Zeit, sein Vermögen ebenfalls in Bellamys Hände zu legen. Er wollte aber erfahren haben, Bellamy sei nicht immer schon so Erfolg versprechend gewesen. Viele seiner *früheren* Projekte seien sogar böse abgestürzt, so meinte er. In der Zeit, bevor er nach London kam.«

»Bannister und Caldwell?«, wiederholte Smart. Er kannte Sir Geoffrey Bannister, einen entfernten Verwandten des Königshauses, vom Namen her. Dieser Caldwell sagte ihm aber nichts. »Sind Sie sicher?«

»Ziemlich«, bestätigte Chandler. »Sir Geoffrey beruhigte Ian sofort. Wenn mich die Erinnerung nicht völlig trügt, legte er seine Hand für Bellamy ins Feuer. Das waren seine exakten Worte, Smart. ›Meine Hand, Ian. Auf den Jungen lasse ich nichts kommen. Sie wären ein Narr, wenn Sie *nicht* zu ihm gingen.‹« Er lachte kurz. »Ich vermute, danach war die Sache für Ian geklärt. Heute ist er definitiv noch eine Spur reicher als damals. Das lässt er auch sehr gern heraushängen, wenn Sie mich fragen.«

»Interessant«, murmelte Smart. Er hätte gern mehr gewusst, doch die beiden erwähnten Herren standen aktuell nicht für eine Befragung zur Verfügung. Auch das würde warten müssen, wie so vieles auf dieser Insel. »Und privat? Wissen Sie auch Dinge über den privaten Bellamy? Woher er stammte, mit wem er so verkehrte?«

Chandler schüttelte den Kopf. »Tut mir leid, nein. Wie schon erwähnt, bin ich ihm gestern zum ersten Mal begegnet, genau wie Sie.«

»Und zum letzten Mal«, bemerkte Smart.

Nachdenklich kratzte er sich am Kinn. Wo war der Zusammenhang? Was hatten ein schmieriger Finanzexperte aus Londons oberen Kreisen und ein zurückgezogen lebender Lord aus Cornwall miteinander zu schaffen? War da wirklich nur die mysteriöse Erbschaft des alten Bainbridge, die die beiden Männer miteinander verband? Oder gab es noch mehr zwischen ihnen? *Ältere* Bande, vielleicht? Bande, die ebenfalls mit Investments und Aktienkursen zu tun hatten?

Es wäre ja denkbar, sinnierte der Inspector, *dass Bellamy auch für unseren Gastgeber als finanzieller Verwalter tätig war. Und dass diese Tätigkeit anders endete, als einer der Herren sich das vorgestellt hat. Wäre das ein Motiv?*

Chandler schienen ähnliche Überlegungen umzutreiben, und genau wie Smart widerlegte er sie sofort. »Bellamy und Bainbridge *können* sich nicht gekannt haben. Hätte Bainbridge Zorn auf Bellamy verspürt oder gar mörderische Absichten gegen ihn gehegt, wäre Bellamy sicher nicht nach Crannock Hall gekommen. Umgekehrt würde es mehr Sinn ergeben.«

»Und Bainbridge war längst tot, als man Bellamy ermordete«, stimmte Smart ihm zu. »Tote morden nicht.«

»Könnte Bellamy unseren Lord denn getötet haben?«

»Theoretisch ja«, fand Smart. »Aber danach tötet er sich selbst? Das halte ich für äußerst unpraktikabel.«

»Sie haben recht. Niemand erstickt sich selbst mit einem Kissen.«

»Zumindest nicht ohne sehr, sehr große Willensstärke«, murmelte der Inspector. »Ich glaube, diese Theorie zum Tathergang können wir getrost außer Acht lassen. Bellamys Tod war kein Suizid.«

»In beiden Fällen liegt kein solcher vor«, betonte Chandler. Dabei deutete er auf den eingetrockneten Blutfleck im Teppich. »So viel steht fest. Andernfalls hätten wir die Schusswaffe finden müssen.«

»Und einmal mehr sind wir keinen Schritt weiter als vorher.« Seufzend ging Smart ein weiteres Mal an den Regalen entlang. »Hier muss doch irgendetwas für uns zu finden sein, verflixt …«

Es sah nicht danach aus. Statt auf handfeste Beweise oder

heiße Spuren fiel sein Blick nur auf Buchrücken und gerahmte Fotografien. Letztere zeigten Lord Bainbridge häufig und in verschiedensten Stadien seines Lebens – auf verblichenen Schwarz-Weiß-Aufnahmen begegnete man ihm als Kind im Nachkriegsengland; spätere Fotos zeigten einen schlanken jungen Mann irgendwo auf einem grünen Feld. Auf einem besonders prominent platzierten Schnappschuss stand Bainbridge, inzwischen sicher an die sechzig, im Wald neben dem Duke of Edinburgh. Beide Männer trugen braune Jagdkleidung, und der kernige Prinzgemahl hielt zudem ein Gewehr in Händen, dessen Lauf sie mit konzentrierten Blicken zu folgen schienen. Es lag eine Vertrautheit in der Art, mit der sie einander hier begegnet sind, fand Smart. Oder bildete er sich das nur ein?

Was hat Sie nur nach Crannock Hall gezogen, Lord Bainbridge?, fragte er das stumme Bild in Gedanken. *Ich sehe Sie auf den wenigsten Fotos mit anderen Menschen. Allzu gesellig waren Sie wohl nicht. Aber trotzdem … Warum ausgerechnet solch eine Einöde? Warum so allein auf Ihre alten Tage? Sie hätten Ihren Ruhesitz auch anderswo finden können. Aber nein, es musste diese Insel sein, fernab von allem und jedem? Nur aus Tradition?*

Fragen über Fragen, und niemand lieferte die Antworten. Smart beschloss, einmal mehr mit Branson zu sprechen. Von allen Anwesenden dürfte er den verstorbenen Adligen am besten gekannt haben, und es gab so manches über Lord Bainbridge, was noch der Klärung bedurfte. Doch würde Branson wirklich offen über seinen Arbeitgeber sprechen?

»*De mortuis nil nisi bene*«, murmelte Smart. »Über die Toten nur Gutes.«

»Was meinen Sie, Smart?«, fragte Chandler. Er stand an der anderen Seite des Zimmers, ebenfalls vor vollen Regalen, und zog gerade ein Buch aus einem von ihnen. »Schauen Sie mal hier, ein Roman unserer neuen Freundin Jessica Tandy. Sagt Ihnen der Titel etwas? *Nacht über …*«

Er hatte den Satz noch nicht beendet, da hallte ein deutlich zu vernehmendes Geräusch durch das ansonsten stille Zimmer, ein ebenso kurzes wie lautes Klacken. Einen Sekundenbruchteil später kam ihm das Bücherregal entgegen.

»Hoppla!« Keuchend wich Chandler einen Schritt zurück. Seine Augen waren weit aufgerissen. »Was in aller Welt ist das denn?«

Eine Antwort, dachte Inspector Smart. *Hoffentlich.*

Zum ersten Mal an diesem Tag atmete er erleichtert aus.

KAPITEL 8

»Eine Geheimtür? Grundgütiger, Smart!«

Chandler war noch immer etwas blass um die Nase. Der Schreck über den von ihm ausgelösten Mechanismus saß ihm in den Gliedern.

Smart hingegen lächelte grimmig. »In der Tat, alter Freund. Mir scheint, wir machen endlich Fortschritte.«

Die beiden Männer standen an dem Regal, aus dem Chandler das Tandy-Buch gezogen hatte. Es war das zweite von links in der Reihe, und es war soeben einen sichtbaren Spalt aufgeschwungen. Weit genug, um ihn mit den Händen zu vergrößern? Smart ging fest davon aus.

»Wollen wir doch mal sehen, was uns auf der anderen Seite erwartet«, murmelte der Inspector.

Er hatte die Tür zur Bibliothek bereits abgeschlossen, damit sie nicht beobachtet werden konnten. Nun packte er zu und zog das Regal, das an unsichtbaren Scharnieren hängen musste, weiter auf. Es ging erstaunlich leicht und nahezu lautlos. Dahinter kam ein weiteres, deutlich kleineres Zimmer zum Vorschein. Es verfügte über keinerlei Fenster, aber über elektrisches Licht, das bei Smarts Zug an der Geheimtür automatisch anging. Im Schein zweier Lampen wurden ein kostbar wirkender Schreibtisch, ein Akten- sowie ein Rollschrank, weitere Regale und ein lederbezogener Sessel mit hoher Lehne sichtbar. Ein Büro.

Chandler stieß einen anerkennenden Pfiff aus.

126

»Ich bin ganz Ihrer Meinung, alter Knabe«, sagte Smart leise. »Das reinste Weihnachtsgeschenk.«

Im Nu schritten sie zur Tat. Während Chandler im Durchgang stehen blieb, der die Bibliothek mit ihrem geheimen Kämmerchen verband, setzte Smart sich vorsichtig hinter den Schreibtisch und sah sich von dort aus um.

Das versteckte Zimmer war schnell beschrieben. Der Tisch stand an der hinteren Wand, ihm gegenüber lag der Durchgang. Dieser wurde von zwei Regalen flankiert, die allerlei Ordner, Mappen und schmale Bücher enthielten, deren Titel Smart bei dem Licht nicht entziffern konnte. Rechts neben dem Schreibtisch befand sich der Rollschrank, ein etwa hüfthohes und verschlossenes Ungetüm aus mattschwarzem Metall. Dahinter an der Außenwand des Hauses ruhte der Aktenschrank.

Smart beschloss, mit ihm zu beginnen. Während der nächsten Minuten wühlte er sich akribisch durch allerlei Kladden und Schubladen. Chandler ging ihm zur Hand. Was sie fanden, war nicht sonderlich aufregend.

»Mal ehrlich, Smart«, murmelte der jüngere Mann. Dabei ließ er eine der Kladden sinken, von denen die Schubladen nahezu überquollen. »Alles, was hier drin ist, sind Unterlagen zu Lord Bainbridges Vermögen. Kontostände, Grundstücke, Unternehmensbeteiligungen …«

»Und doch klingen Sie enttäuscht«, wunderte sich Smart.

»Na ja, schon«, gestand Chandler. »Das ist alles so … langweilig.«

»Im Gegenteil, mein Lieber. Es könnte sich noch als äußerst aufschlussreich erweisen. Sofern wir Glück haben.«

»Finden Sie? Ich würde Ihnen ja zustimmen, wenn ich hier irgendwo Francis Bellamys Namen oder Unterschrift sähe. Aber Pustekuchen.«

»Bislang, Chandler. Nur bislang.«

Sie suchten weiter. Smart gab es ungern zu, doch auch er

verlor mit jeder neuen Kladde, die sich als schlichte Auflistung geschäftlicher Transaktionen herausstellte, mehr an Zuversicht. Hatte er sich zu viel von Lord Bainbridges Geheimzimmer erhofft?

Ich weigere mich, das zu glauben, rief er sich innerlich zur Ordnung. *Wo ein Geheimzimmer ist, da werden auch Geheimnisse sein. Das gebietet schon die Logik. Wir müssen sie nur als solche erkennen.*

Nach dem Aktenschrank nahmen sie sich den Rollschrank vor. Dank Chandlers legendären Fertigkeiten mit dem Dietrich, den der jüngere Mann stets bei sich trug, war es ein Leichtes, den Schrank zu öffnen. Doch nur weil etwas verschlossen war, musste sein Inhalt nicht zwingend wichtig sein. Smart verzog enttäuscht das Gesicht, als er statt verräterischer Hinweise nur auf weitere Unterlagen aus Bainbridges Finanzen stieß.

Dazu enthielt der Schrank einige kleine Gegenstände, die klar Andenken aus dem Leben des Lords sein mussten – ein Bootsführerschein aus den späten Achtzigern, ein kunstvoll verzierter Pfeifenanzünder, der bereits Grünspan angesetzt hatte, ein weinrotes Stoffband.

Nach dem Rollschrank kam der Schreibtisch selbst an die Reihe. Er war makellos aufgeräumt. Auf seiner Platte befanden sich ein kostbarer Füllfederhalter in silbernem Etui, ein Tintenfässchen, ein kleiner Schreibblock mit nur leeren Seiten und eine rechteckige Schreibunterlage. Smart hob Letztere hoch, um darunterzuschauen, doch auch dort fand sich kein versteckter Hinweis.

»Vielleicht die Schublade?«, schlug Chandler vor.

Smart nickte. Eine einzelne Lade befand sich mittig unter der Tischplatte, und der Inspector musste den Sessel zurückrollen, um sie aufziehen zu können. Dann hob er die Brauen.

»Bingo!«, sprach Chandler aus, was auch Smart dachte.

Der Laptop war neuer als alles andere in diesem Zimmer.

Ein Markenprodukt mit silbernem, glattem Gehäuse. Eine kurze, leise Melodie ertönte, als Smart ihn aktivierte. Dicht gefolgt von einem weit weniger melodischen Fluch aus Smarts eigener Kehle.

»So ein Mist!« Smart starrte auf den Monitor, wo eine Eingabemaske erschienen war. »Das Ding ist passwortgeschützt.«

Er konnte nicht gut mit Computern. Diese Apparate waren schon immer seine erbitterten Gegner gewesen. Solange er sie wie eine Schreibmaschine benutzen konnte, kam er leidlich zurecht. Aber sobald irgendwelche Fehlermeldungen oder warnende Fensterchen aufploppten, war er mit seinem Latein stets schnell am Ende und brauchte Hilfe.

»Haben Sie eine Idee, wie wir da reinkommen?«, fragte er seinen Begleiter.

Chandler streckte die Hände aus und ließ die Fingerknochen knacken. Ein eifriges Lächeln erschien dabei auf seinen Zügen. »Ich dachte schon, Sie fragen nie.«

Die nächste Viertelstunde verbrachte Chandler damit, in seinen Augen übliche Passwörter auszuprobieren, die allesamt nicht zutrafen. Die Eingabemaske verlangte fünf Buchstaben oder Zahlen, wie Smart erkannte. Entsprechend groß musste die Schar der Möglichkeiten sein.

»Die reinste Suche nach der Nadel im Heuhaufen«, meinte der Inspector, als die nächste Viertelstunde anbrach und ebenfalls erfolglos zu werden drohte. »Ihr Talent für Technik in allen Ehren, Chandler, aber wie in aller Welt sollen wir darauf kommen, welche Kombination aus Buchstaben und oder Ziffern der Lord hier einprogrammiert hat?«

Chandler blieb unbeirrt. »Theoretisch könnte die Suche ewig dauern, ja. Aber irgendwie bezweifle ich das. Lord Bainbridge war bestimmt niemand, der irgendwelche bedeutungslosen Ziffernkombinationen gewählt hätte. Ich glaube, sein Passwort war ein Wort. Eines, das für ihn Bedeutung besaß.«

»Hm.« Smart hatte den Sessel für seinen Freund geräumt und saß nun halb auf der Tischkante. Von dort aus beobachtete er Chandlers Anstrengungen. »Das mag sein. Aber auch dann gibt es mehr Möglichkeiten, als Ihnen und mir wohl auf die Schnelle einfallen würden.«

Der andere Mann hob den Blick. »Versetzen wir uns in Bainbridge hinein, Smart. Was, meinen Sie, war ihm wichtig? Was mochte, suchte oder sogar liebte er? Was mehr als alles andere?«

Smart dachte kurz nach, bevor er antwortete. »Hier draußen im Nichts? Vermutlich Ruhe und Frieden. Er wollte allein sein, ungestört vom Rest der Welt.«

»Ruhe und Frieden«, wiederholte Chandler. »Ja, das könnte gehen.«

Sofort flogen seine Finger wieder über die Tastatur, und das Wort *peace* erschien in der Eingabemaske. Chandler drückte auf *Okay*.

Einen Sekundenbruchteil lang geschah überhaupt nichts. Dann verschwand die Maske, und der Startbildschirm des Laptops erschien.

»Sie sind ein Genie, mein Lieber«, freute sich Smart.

Chandler hob abwehrend die Hand. »Es war Ihr Vorschlag, nicht meiner.« Doch auch er war sichtlich erfreut.

Der Startbildschirm war makellos aufgeräumt, wie Smart erkannte. Darin glich er dem Schreibtisch des Verstorbenen. Doch es gab einen einzelnen Ordner in der Bildschirmmitte, und sein Name ließ Smarts Atem stocken.

Da stand *Marlowe*.

»Ich werd verrückt«, murmelte Chandler. Sein Mauszeiger schwebte über dem Ordner, bereit zum Klick. »Sollen wir, Smart?«

»Wir sollen nicht nur«, antwortete der Inspector und merkte, dass er kurz den Atem angehalten hatte, »wir müssen sogar.«

»Sesam, öffne dich«, murmelte Robin Chandler und klickte auf den Ordner.

Das Feuer im Kaminzimmer war angenehm warm. Jemma Fitzpatrick saß in einem Sessel, als Smart den Raum betrat, und las in einem Buch. Neben ihr auf dem kleinen Beistelltisch standen zwei Porzellantassen mit Tee, die nach Zimt und Weihnachten dufteten, sowie ein kleiner Teller mit Plätzchen.

»Miss Fitzpatrick«, grüßte der Inspector. »Sie allein auf weiter Flur?«

»Mr Smart.« Die junge Frau hob den Blick und lächelte freundlich. »Ich fürchte, ja. Mrs Tandy war eben noch hier, wollte dann aber ein wenig arbeiten, glaube ich. Leisten Sie mir statt ihrer Gesellschaft? Ich gestehe, ich bin nicht gern allein in diesem Haus. Es ist mir unheimlich.« Sie deutete einladend auf den zweiten Sessel am Kamin.

Smart nahm Platz. Ihm war schon eine ganze Weile ungewöhnlich kalt, und seine Glieder schmerzten. Es tat gut, das nahe Feuer zu spüren. »Ich muss gestehen, ich bin nicht zum reinen Vergnügen hier. Ich suche unseren Freund Marlowe. Haben Sie ihn zufällig gesehen?«

Sie beugte sich vor, senkte die Stimme und schaute ihn aus großen Augen an. »Das nicht, Inspector. Doch ich weiß, wo er ist. Jessica hörte vorhin, wie er mit Branson sprach. Simon hat beschlossen, sein Zimmer nicht mehr zu verlassen. Nicht, bis das Wetter besser wird und wir die Insel verlassen können. Er hat Branson aufgetragen, ihm von nun an alle Mahlzeiten aufs Zimmer zu bringen, denn er will nicht mehr in die Gemeinschaftsräume kommen. Das sei viel zu gefährlich, so seine Worte.« Ihre Augen waren sogar *noch* größer geworden. »Stimmt das, Mr Smart?«

»Nun.« Er lehnte sich im Sessel zurück, sah aus dem Fenster und dachte an die Gestalt, die er am Vorabend im Schnee bemerkt hatte. »Es stimmt, wir sind einem gewissen Risiko ausgesetzt. Die Ereignisse der vergangenen Stunden machen dies leider sehr deutlich. Doch eines kann ich Ihnen versprechen, meine Liebe: Solange Mr Chandler und ich auf Crannock Hall sind, werden wir nicht ruhen, der Sache auf den Grund zu gehen. Und falls sich der Mörder außerhalb dieser Mauern befinden sollte, stellt das Wetter momentan einen zusätzlichen Schutz für uns dar. Bleiben Sie wachsam, aber fürchten Sie sich bitte nicht.«

Vor dem Haus tobte ein Schneesturm. Die Welt jenseits der Fensterscheiben war nahezu verschwunden, ertrunken im Weiß und im Grau dieses ungemütlichen Nachmittags. Erbarmungsloser Wind zerrte an den alten Mauern von Crannock Hall, und vom Tageslicht, das Smart vor dem Lunch ja noch mit eigenen Augen erblickt hatte, war trotz der noch immer nicht späten Stunde nur wenig übrig.

»Was wollten Sie denn von Simon?«, fragte Fitzpatrick, noch immer in leisem und alarmiert klingendem Ton. »Verdächtigen Sie etwa ihn?«

»Ich kann niemanden ausschließen, Miss Fitzpatrick«, erwiderte er und schlang die Arme um den Oberkörper. Was war nur mit ihm los? Selbst das Feuer reichte nicht aus, ihn gründlich aufzuwärmen. »Zumindest für den Anfang. Erinnern Sie sich? Ein guter Ermittler schließt nichts aus, bevor er es beweisen kann.«

Einen kurzen Moment lang erwog er, ihr einfach nichts zu erzählen. Was Chandler und er auf Lord Bainbridges Laptop entdeckt hatten, war nicht zwangsläufig ein Beweis, und es bestand durchaus die Möglichkeit, dass es keinen Unterschied machte – zumindest nicht für die Morduntersuchung. Aber es *war* ein interessantes Detail, und unter Umständen konnte es tatsächlich einen Anfang bedeuten. Den Anfang vom Ende der Rätsel um Crannock Hall.

»Ich suche Mr Marlowe«, antwortete er daher ehrlich, »weil ich ihm gern noch ein paar Fragen stellen würde. Mr Chandler und ich sind auf Informationen gestoßen, die die Beziehung zwischen ihm und unserem verstorbenen Gastgeber in ein neues Licht rücken.«

Verwundert runzelte sie die Stirn. »Nanu? Sagte Simon nicht, er hätte Lord Bainbridge nicht gekannt?«

»In der Tat, das sagte er.« Smart nickte und hob die Hand, um am Kragen seines Hemdes zu ziehen. Lag es am Kamin, dass ihm das Atmen nicht mehr so leichtfiel wie vorhin? War hier zu viel Rauch in der Luft? »Und das mag auch stimmen, gar keine Frage. Aber wie wir jetzt herausgefunden haben, wusste Lord Bainbridge sehr wohl, wer Simon Marlowe ist. Und er tat alles in seiner Macht Stehende, um ihn zu verhindern.«

Fitzpatrick stutzte. »Verhindern?«

Smart beschloss, ihr reinen Wein einzuschenken. Fitzpatrick wirkte so unschuldig, dass das ausgesprochen leicht fiel. »Wir haben Unterlagen gefunden, Miss Fitzpatrick. E-Mails, die Lord Bainbridge vor ein paar Jahren von hier aus an Menschen geschickt hat, die er bei der BBC kannte. Menschen in entscheidenden Positionen.«

Nun begriff sie. »Er wollte, dass sie Simon nicht besetzen? Als Mister Mystery?«

»Ganz genau.« Smart nickte und fuhr sich mit dem Handrücken über die Stirn. »Seine Lordschaft pflegte gute Kontakte in London. In vielen Bereichen, nicht nur in der Politik. Als er erfuhr, dass man Marlowe als neuen Hauptdarsteller für *Mister Mystery* in Erwägung zog, ging er regelrecht auf die Barrikaden. Mr Chandler sitzt noch immer über dem ganzen Schriftverkehr, so viele diesbezügliche Mails sind auf Bainbridges Laptop gespeichert. So entschieden setzte sich unser Gastgeber dafür ein, die Rolle anderweitig zu vergeben.«

»Warum denn das?«, wunderte sich die Frau aus Plymouth.

»Ich hätte nie im Leben gedacht, dass der Lord ein Fan dieser Serie war.«

»Ich bezweifle, dass ihn *Mister Mystery* inhaltlich interessierte«, erwiderte Smart. »Aber er schrieb diesem Programm wohl eine gewisse kulturelle Bedeutung zu.«

Mit wenigen Worten beschrieb er ihr, was Chandler und er in den E-Mails des Lords erfahren hatten. Bainbridge hatte Marlowes Serie als britisches Kulturgut betrachtet. Die Geschichten, die sie erzählte, waren für ihn irrelevanter Unfug gewesen, daran hegte Smart keinen Zweifel. Doch die Serie selbst – mit ihrer jahrzehntelangen Tradition und ihrem weltweiten, generationenübergreifenden Zuspruch – hatte für ihn Gewicht gehabt.

Sie ist eine Visitenkarte unserer Identität als Land und als Staatenbund, so hatte er in einer der Mails geschrieben. *Ein Stück Commonwealth und ein Stück Buckingham Palast, so urbritisch wie die Themse und die weißen Klippen Dovers. Das gibt man nicht in die Hände eines x-beliebigen Taugenichts, Gentlemen!*

Erschrocken hob Fitzpatrick die Hand zum Mund. »Taugenichts?«

»Seine Lordschaft hielt *ausgesprochen* wenig von Mr Marlowe.« Smart nickte. »Er hatte offenbar die Vita unseres Freundes recherchiert, sich ein paar seiner Frühwerke besorgt und eine klare Abneigung entwickelt. In Bainbridges Augen war Marlowe untauglich und mit der Aufgabe überfordert. Für ihn konnte nur ein erfahrener Charaktermime den Mystery geben. Ein Mann mit solider Ausbildung, unbestrittenem Können, makelloser Vita und vor allem mit einer ›dramatischen Schwere‹, wie er es nannte. Kein Jungspund mit wilder Frisur und nicht minder wilden Launen.«

»Und die BBC hörte auf Lord Bainbridge?«

»Nein, das nicht.« Smart blinzelte das seltsame Schwindelgefühl weg, das ihn kurz überkommen hatte. »Allerdings macht der elektronische Schriftverkehr sehr deutlich, dass man seinen Einwänden Gehör schenkte und die Wahl des Hauptdarstellers noch einmal überdenken wollte. Dass es dann trotzdem unser Freund Marlowe wurde, hat Lord Bainbridge sehr wütend gemacht und … und …«

Abermals kam der Schwindel. Von einem Moment zum anderen war Smart, als drehte sich das Zimmer vor seinen Augen. Jemma Fitzpatrick, die ihn mit erschrockener Miene ansah, drehte sich mit. Und irrte er sich, oder prasselte das Kaminfeuer plötzlich viel lauter?

»Inspector?«, hörte er die junge Frau fragen. »Geht es Ihnen gut?«

»Na… Natürlich, meine Liebe«, stammelte Smart.

Doch es war eine Reflexantwort, nicht die Wahrheit. Was in aller Welt war mit ihm los?

Ein weiteres Mal gelang es ihm, den Schwindel zurückzudrängen. Smart merkte erst, dass er sich nahezu krampfhaft an den Armlehnen seines Sessels festhielt, als er auf seine Hände sah. Sofort ließ er los.

Ganz ruhig, dachte er und spürte, wie die Kraft in seinen Körper zurückkehrte. *Das war irgendein kurzer Schwächeanfall, oder? Nur ein kleiner Durchhänger.*

Vermutlich brauchte er einen kleinen Imbiss oder einen Schluck Wasser, weiter nichts.

»Wären Sie so nett, mir eines Ihrer köstlich anmutenden Plätzchen zu reichen?«, bat er Fitzpatrick.

»Oh, natürlich.« Sofort gab sie ihm den gesamten Teller. »Greifen Sie reichlich zu, Inspector. Sind Sie sicher, dass ich nicht doch Mr Branson für Sie rufen soll?«

»Ja, ja«, behauptete er und winkte schwach ab. »Es geht schon wieder. Vielen Dank.«

Sie sprachen noch einen Moment über die Marlowe-Mails des verstorbenen Hausherrn. Dann steuerte Smart die Unterhaltung in andere Gefilde – auch um sich von der eigenartigen Kälte abzulenken, die nach wie vor unangenehm in seinen Knochen saß.

»Sagen Sie, meine Liebe«, begann er. »Da wir schon mal so ungestört beisammensitzen … Wären Sie so freundlich, mir ein paar Fragen zu beantworten? Über Sie, meine ich, über Ihr Leben und Ihren Weg auf die Insel?«

»Puh«, machte Fitzpatrick. Dabei lächelte sie hilflos. »Ich kann's gern versuchen, wenn es Ihnen hilft. Aber ich bezweifle, dass die Antworten Sie weit bringen werden. Ich bin ein Niemand, Mr Smart. Jedenfalls im Vergleich zu den übrigen Anwesenden. Kein Star wie Simon oder Mrs Tandy.«

»Eine so angenehme Gesellschaft kann gar kein Niemand sein«, betonte er und rang sich ein Lächeln ab. Es war erstaunlich anstrengend.

»Na dann.« Fitzpatrick lächelte ebenfalls. »Ich sagte Ihnen schon, dass ich aus Plymouth stamme, oder?«

»So hörte ich es, ja. Sind Sie dort geboren worden?«

Sie nickte. »Vor achtundzwanzig Jahren. Und aufgewachsen auch. Bei meinen Großeltern, die einen kleinen Kaufladen in Estover hatten, einem Stadtteil am nördlichen Rand.«

»Großeltern?«, hakte Smart nach. »Muss ich daraus deuten, dass …?«

Abermals nickte sie. »Meine Eltern sind früh gestorben, Inspector. An meinen Vater kann ich mich gar nicht erinnern, da war ich noch kein Jahr alt. Ein Unfall an den Docks, wissen Sie? Es ging wohl sehr schnell. Meine Mutter hatte da weniger Glück.«

Smart legte die Hände in den Schoß. »Das tut mir leid.«

Ein kurzes Lächeln. »Ist schon gut. Ist lange her. Als Mum starb, war ich sieben. Ich weiß noch, dass ich nicht verstand, was die Erwachsenen alles miteinander sprachen. Kein Kind versteht, wie Chemotherapie und Bestrahlungen funktionieren.

Aber ich musste es auch nicht verstehen, um die Wahrheit zu sehen, nicht wahr? Dass meine Mum sterben würde, konnte sogar ich ihr ansehen.«

Sie straffte die schmalen Schultern. »Tja, und ab da war ich bei meinen Großeltern. Sie waren alles, was ich noch an Familie hatte, und umgekehrt. Es war eine schöne Kindheit, das können Sie mir glauben. Es ging uns gut.«

»Und Ihr Lebensweg führte Sie wohin?«

»Oh, ich bin noch immer in Plymouth. Toll, oder? Ich habe richtig viel von der Welt gesehen.« Ein Lachen folgte, voller Selbstironie. »Aber im Ernst: Mir gefällt mein kleines Fleckchen Erde. Warum soll ich woanders sein?«

»Was machen Sie beruflich, wenn ich fragen darf?«

»Ich bin Tierpflegerin«, antwortete sie mit ehrlicher Begeisterung. »Im *SeaLab*. Das ist eine Art Aquazoo. Sehr beliebt bei Kindern. Wir haben so ziemlich alles, was vor Englands Küste im Wasser lebt. Und wann immer ich nicht direkt nach den Tieren sehe, veranstalte ich sogar Führungen durch unsere Anlage. Für Schulklassen und dergleichen.«

»Das klingt ausgesprochen faszinierend, meine Liebe«, meinte Smart. Abermals spürte er einen Schwächeanfall in sich aufsteigen. Wurde er etwa krank? »Ich sehe Ihnen an, wie erfüllend diese Arbeit für Sie sein muss.«

»Das ist sie«, schwärmte Fitzpatrick. Ihre natürliche Zurückhaltung wich einem inneren Strahlen – ganz kurz nur, aber doch merklich. Es stand ihr gut. »Ich liebe das Meer und seine Kreaturen. Es ist so herrlich still unter Wasser, finden Sie nicht auch? Viel friedlicher als hier oben bei uns. Im Meer gibt es keine bösen Menschen.«

»Wie standen Sie zu Lord Bainbridge?«

Sie schüttelte den Kopf. »Ich hatte nie von ihm gehört, bis die Einladung bei mir eintraf. Auch heute noch weiß ich nicht mehr als wohl die meisten hier, eher weniger.«

Smart nickte. »Sie erwähnten schon, dass Sie die Einladung für einen Irrtum gehalten haben.«

»Das tue ich nach wie vor, Mr Smart«, bestätigte sie. »Was habe ich denn mit solch illustren Personen wie Simon und Mrs Tandy gemeinsam? Nichts. Ich bin hier falsch, Inspector. Ich war mein ganzes Leben lang noch nirgendwo außer zu Hause, können Sie sich das vorstellen? Das hier, die Reise nach Crannock Hall, ist mein erster Vorstoß in den Rest der Welt. Ich wüsste nicht, woher Lord Bainbridge mich kennen sollte.«

»Und doch haben Sie mir schon mal zugestimmt«, erinnerte er sich, »als ich meinte, wir seien alle verdächtig. Auch Sie selbst?«

»Im Prinzip.« Sie senkte den Blick. »Doch das war voreilig von mir, fürchte ich.«

»Inwiefern?«

»Nun ja, das wissen Sie besser als ich. Wir sind hier, im Gegensatz zum Rest der Welt. Wir waren hier, als der Lord starb. Und der arme Bellamy. Wer sonst, wenn nicht jemand von uns, sollte hinter den Morden stecken? Aber ehrlich gesagt, kann ich mir das kaum vorstellen. Mrs Tandy, eine kaltblütige Mörderin? Simon? Sie?«

»Was mich zu einer weiteren Frage führt«, sagte Smart, und ein leises Stöhnen drang danach aus seiner Kehle. Mit einem Mal war ihm übel. »Wie, äh, wie standen Sie zu Mr Bella…«

Er kam nicht dazu, den Satz zu beenden. Noch bevor die letzten Silben seinen Mund verlassen konnten, fiel er vornüber aus dem Sessel und auf den Teppich vor dem Kamin.

KAPITEL 9

Im ersten Moment waren da nur Farben. Bunte Kleckse vor seinen müden Augen, die sich scheinbar grundlos bewegten und dabei seltsam hektisch wirkten. Erst im zweiten Moment gesellte sich Form zu den Farben hinzu, und aus den Klecksen wurde ein Zimmer. *Sein* Zimmer, genau genommen, und die Hektik ging ganz allein auf das Konto von ...

»Chandler«, murmelte Timothy Smart.

Der dandyhafte Freund saß auf Smarts Bettkante, einen sorgenvollen Ausdruck im Gesicht. Seine Miene hellte sich auch dann nicht auf, als ihm klar wurde, dass Smart ihn bemerkt hatte.

»Da sind Sie ja wieder, Partner«, stellte Chandler fest. Es klang fast wie ein Tadel. »Grundgütiger, was machen Sie denn für Sachen? Da lässt man Sie ein Mal allein, und schon fallen Sie der entsetzten Jemma vor die Füße?«

»Ich fürchte«, begann Smart, stockte und leckte sich über die erstaunlich trockenen Lippen. »Ich fürchte, ich hatte einen kleinen Schwächeanfall. Mir fehlt sogar jegliche Erinnerung daran, wie ich in dieses Bett gekommen bin.«

»Das glaube ich gern.« Chandler schnaubte. »Immerhin waren Sie komplett bewusstlos, als Branson und ich Sie hertrugen.«

Mit wenigen Worten beschrieb Chandler, was Smart verpasst hatte. Seit dem Gespräch mit Fitzpatrick vor dem Kamin schien etwas mehr als eine Stunde verstrichen zu sein. Fitzpatrick hatte offenbar vor Schreck geschrien, als der Inspector zu Boden ging, und so den Rest des Hauses alarmiert.

»Wir sind sofort gekommen, Smart«, versicherte ihm Chandler. »Als ich das Kaminzimmer erreichte, war Mrs Tandy bereits dort, und der gute Branson folgte mir auf dem Fuße. Sie waren noch bei Sinnen, als wir Sie auf den Rücken drehten. Wissen Sie das? Sie wirkten fiebrig und murmelten etwas, was wir allerdings nicht verstanden.«

Smart schüttelte den Kopf – und ärgerte sich prompt darüber, denn die Bewegung weckte neue Schwindelschübe in ihm. »Bedaure.«

»Na, jedenfalls haben Branson und ich Sie auf Ihr Zimmer getragen. Sie können froh sein, dass ich Medizin studiert habe. Andernfalls müssten wir uns jetzt noch mehr Sorgen um Ihren Zustand machen. So weiß ich zumindest, dass Ihnen körperlich nichts nennenswert fehlt.«

Chandler übertrieb natürlich. Er hatte beileibe nicht Medizin studiert, sondern sein vor Jahren begonnenes Studium schon nach zwei Semestern, in denen er die Universität kaum von innen gesehen hatte, wieder an den goldenen Nagel gehängt. In seinen Augen genügte dies aber voll und ganz für solide medizinische Grundkenntnisse.

»Das hört man gern«, antwortete Smart. »Ich fühle mich auch nicht, als fehlte mir etwas. Es ist nur diese eigenartige …« Er musste die Augen schließen, damit das Zimmer nicht länger vor ihm Karussell fuhr. Die Übelkeit war zurück. »… diese eigenartige Schwäche«, beendete er den Satz mit leisem Stöhnen.

»Bestimmt ein Virus«, meinte Chandler. »Irgendeine Darmgrippe oder dergleichen, die Sie aus Bristol mitgebracht haben. Das dauert ein, zwei Tage, und dann sind Sie wieder auf den Beinen.«

»Mag sein«, erwiderte Smart wenig überzeugt. Dann öffnete er die Augen wieder. Das Zimmer blieb, wo es war – wenigstens für den Moment. »Ich fürchte jedoch, wir *haben* keine ein, zwei Tage, mein Lieber. Es gilt, einen Mörder zu enttarnen, erinnern Sie sich?«

»In der Tat, ja.« Chandler runzelte die Stirn, wirkte kurz abgelenkt. Fragend sah er hinter sich. »Zieht das hier irgendwo?«

»Der Mörder, Chandler«, rief Smart ihn sanft zur Ordnung. »Wir müssen unsere Ermittlungen fortsetzen. Jede Stunde, die wir tatenlos verstreichen lassen, kann entscheidende Nachteile bedeuten.«

Er wollte sich im Bett aufsetzen, gab aber nach dem zweiten Versuch geschlagen auf. Es ging einfach nicht. Alles strengte viel zu sehr an.

Chandler nickte traurig. »Das stimmt zwar, doch *Sie* müssen sich jetzt erst einmal erholen, Smart. Geben Sie sich eine Auszeit, ja? Ihr Körper scheint sie lautstark einzufordern. Sie sind von einem Moment auf den anderen aus dem Sessel gekippt, schon vergessen? Sie brauchen Ruhe.«

Smart wollte wieder protestieren, spürte aber, wie recht sein Freund hatte. Die Symptome, die er vorhin am Feuer verspürt hatte, waren alle noch da. Eine Stunde Bettruhe hatte sie nur gemildert, nicht besiegt.

Abermals runzelte Chandler die Stirn. »Kann es sein, dass Sie …« Fragend studierte er den Inspector. »Nein, das ist undenkbar. Wer in aller Welt würde denn …«

»Was meinen Sie, mein Lieber?«, wunderte sich Smart. »Sie sprechen in Rätseln, wenn Sie Ihre Sätze nicht beenden.« Dann schlug er die Hand weg, die Chandler an seine Stirn hatte halten wollen.

»Ich spreche von Gift, Smart«, erklärte der jüngere Mann. Neue Sorge lag in seinem Blick. »Hat man Sie vielleicht vergiftet? Wie damals diesen Palastangestellten?«

Smart begriff. Chandler spielte auf Julian Morrow an, einen ehemaligen Bediensteten der Krone, der vor Jahren ihren Weg gekreuzt hatte. Im *Rätsel der drei Kronen*, wie Chandler den Fall im Nachhinein getauft hatte, war ein Giftmörder umgegangen, und Morrows Schicksal hatte Smart auf die Fährte des Verbrechers gebracht.

»Ich bitte Sie«, wehrte der Inspector nun ab. »Wer sollte mich denn vergiften wollen?«

»Na, unser Täter«, meinte Chandler. »Der hätte durchaus ein Motiv. Wenn der beste Mann von Scotland Yard nicht länger zu Ermittlungen fähig ist, wäre das für den doch das schönste Weihnachtsgeschenk von allen.«

»Unsinn«, sagte Smart. »Ich mag geschwächt sein, Chandler. Doch anders als der bedauernswerte Morrow bin ich noch immer quicklebendig!«

Aber insgeheim konnte er die Theorie nicht ganz von der Hand weisen. Es klang absurd, dass der Unbekannte sich eines Mittels wie Gift bedienen mochte. Andererseits hatte der Täter längst bewiesen, dass er bei der Wahl derselben nicht allzu treu vorging. Lord Bainbridge war vermutlich erschossen worden, Bellamy erstickt. Klang es da wirklich so wenig plausibel, dass der nächste Mord – oder Mord*versuch* in diesem Fall – ein Giftmord war?

»Sie sind bettlägerig«, sagte Chandler, als wäre es ein Widerspruch. »Das mag unserem Unbekannten genügen, wenigstens für den Moment. Falls man Sie ausschalten wollte, ist dies gelungen, so oder so. Ich wünschte, wir hätten ein Labor zur Hand, das Sie gründlich auf Giftstoffe untersucht. Nur um sicherzugehen. Aber bei dem Wetter steht das vollkommen außer Frage.«

Abermals drehte Smart missbilligend den Kopf, als spürte er einem Luftzug nach, der ihn störte. »Und dennoch dürfen wir nicht nachlassen in unseren Anstrengungen«, fand er. Seine Hand zitterte, als er sich kalten Schweiß von der Stirn wischte. Es wurde Zeit, dass er sich ausruhte. Seine Kraftreserven waren knapp bemessen. »Vielleicht sogar gerade jetzt. Ich bin zäh, mein lieber Chandler. Das wissen Sie. Falls hier wirklich falsches Spiel vorliegt, werde ich es überleben. Und falls nicht, dann auch.«

Ein Hustenanfall unterbrach ihn und trieb ihm die Tränen in die Augen. Erst nach einer kurzen Weile konnte er wieder sprechen. »Sie müssen jetzt weitermachen, hören Sie? Seien Sie unser beider Augen und Ohren da draußen. Passen Sie auf, und berichten Sie mir alles, was Sie erfahren. Ich mag im Bett liegen, doch mein Verstand ist nach wie vor wach und alert und …«

Nun war es ein herzhaftes Gähnen, das seinen anstrengenden Redefluss unterbrach. Es widerlegte seine Worte sofort.

»Wach und alert, so, so.« Chandler grinste leicht. »Das sehe ich. Aber gut, Smart. Ich werde tun, was immer ich kann – darauf gebe ich Ihnen mein Wort. Doch nur unter einer Bedingung: Sie tun es ebenfalls, und zwar indem Sie sich noch eine Weile schonen. *Mindestens* so lange, bis Sie ganze Sätze bilden können, ohne mittendrin einzuschlafen!«

»Ich schlafe nicht, Chandler«, protestierte Smart. Es sollte mürrisch klingen, wirkte allerdings schwach und erschöpft.

Chandler stand auf. »Es fehlt jedenfalls nicht viel, Smart. Nein, wirklich nicht.« Dann befühlte er erneut die Stirn seines Freundes, grunzte unzufrieden und ging aus dem Zimmer.

Smart sank erschöpft in seine Kissen zurück. Vergiftet? Wirklich? Er fühlte sich nicht so. Oder doch? Es gab die unterschiedlichsten Gifte, in diversesten Dosierungen. Das wusste er natürlich. Alles war vorstellbar, erst recht ohne professionelle Laborwerte.

Im Augenblick kann ich tatsächlich nicht mehr tun als warten, dachte er, *bis es mir wieder besser geht. Was bald der Fall sein wird. Ganz, ganz sicher. Hoffentlich …*

Er wollte nur kurz die Augen schließen, da die Lider unglaublich schwer geworden zu sein schienen. Doch er schlief sofort ein. Im Traum sah er sich vor dem heimischen Tannenbaum, Mildred an seiner Seite und eine dampfende Tasse Eierpunsch in Händen.

»Willst du deinen Punsch nicht, Timothy?«, fragte die Traum-Mildred. Und irrte er sich, oder lag da ein düsterer Unterton in ihrer Stimme. »Du guckst die Tasse an, als hätte ich Arsen hineingeträufelt.«

»Nein, nein«, antwortete sein Traum-Ich betont schnell.

Dann hob es den Punsch an die Lippen und trank – vorsichtig und mit einem Widerwillen, der ihn entsetzte.

»Wenn Sie es mir doch bitte glauben wollen, Smart«, schimpfte Chandler. »Sie begehen Raubbau am eigenen Körper.«

Es war kaum Zeit vergangen. Smart hatte sich nur ein kurzes Nickerchen gegönnt, weil ihm das meistens half. Danach hatte er sich aber leider nicht wie ein neuer Mensch gefühlt, nur wie ein ungeduldiger. Also war er – trotz aller hartnäckigen Übelkeit – wieder aufgestanden.

Im Gang vor seinem Zimmer war ihm Branson über den Weg gelaufen. Der Butler hatte entsetzt gewirkt, als er Smarts wackligen Gang und seine noch immer schweißfeuchten Züge bemerkte, aber er hatte dem Inspector nicht widersprochen, als dieser ihn gebeten hatte, ihn in die Küche von Crannock Hall zu begleiten. Branson hatte den geschwächten Ermittler schon nach wenigen Schritten stützen müssen.

»Ich muss mit ihr sprechen, Branson«, hatte Smart ihm erklärt und bei jeder Treppenstufe geschnauft wie ein Wanderer in den schottischen Highlands. »Unbedingt. Nur dann haben wir Klarheit.«

Branson hatte nicht einmal mit der Wimper gezuckt. »Selbstverständlich, Sir.«

Und nun waren sie hier, in Tamsin Abbertons Küche. Auch Chandler war gekommen – allerdings nur, um zu schimpfen, wie es den Anschein hatte.

»Wirklich, Smart«, beharrte der jüngere Mann gerade. Dabei rang er die Hände in einer ebenso hilflosen wie frustrierten Geste. »Sie gehören ins Bett, nach wie vor. Schauen Sie sich nur an. Sie sind weiß wie eine Wand.«

»Im Bett klärt man keine Verbrechen auf, alter Freund«, erwiderte Smart. Dann konzentrierte er sich auf sein Gegenüber.

Tamsin Abberton saß an einem schmucklosen Holztisch, der die hintere Wand der kleinen Küche beanspruchte. Auch Smart hatte dort bereits Platz genommen, während Branson und Chandler lieber standen.

Abberton war klein und etwa in Smarts Alter. Ihr Haar war kurz, grau meliert und von Locken bestimmt, die sie offenbar mit Lockenwicklern in Form gebracht hatte. Ihr Gesicht war faltig und auf eine ursympathische Art großmütterlich. Sie wirkte, als könnte sie kein Wässerchen trüben, geschweige denn vergiften. Doch im Blick ihrer grünen Augen wohnte ein Funkeln, das der friedlichen Miene Hohn sprach. Tamsin Abberton, das spürte Smart sofort, konnte auch anders.

»Mrs Abberton«, begann der Inspector. »Ich …«

»Miss, bitte«, unterbrach sie ihn streng.

»Verzeihung.« Smart nickte. »Miss Abberton. Ich bin Chief Inspector Timothy Smart, das ist mein Begleiter Robin Chandler. Wären Sie so freundlich, uns ein paar Fragen zu beantworten? Es geht um Lord Bainbridge, um Mr Bellamy und … um die Suppe, die Sie heute zum Lunch serviert haben.«

Die Köchin verschränkte die Arme vor der gestreiften Schürze. Trotz schlich sich in ihre Züge. »Ich weiß, wer Sie sind, Sir«, erwiderte sie. »Und ich weiß auch, dass Sie sich nicht gut fühlen. Aber, bitte sehr, lasten Sie das nicht meiner Suppe an!«

»Die Kohlsuppe?« Chandler runzelte die Stirn. Fragend sah er Smart an. »Denken Sie wirklich, das Gift war in der Suppe?«

»*Falls* hier ein Giftstoff vorliegt«, betonte Smart, »dann dürfte die Suppe die wahrscheinlichste Speise sein, in der er mir verabreicht wurde. Seit dem Lunch habe ich sonst nichts zu mir genommen außer einem Weihnachtsplätzchen am Kamin. Und zu dem Zeitpunkt konnte ich die Auswirkungen des Giftes längst spüren.«

»Aber wir haben alle von der Suppe gegessen, Smart.«

»Korrekt, mein Lieber«, bestätigte er. »Doch serviert wurde sie uns in einzelnen Tellern, erinnern Sie sich? Nicht in einer Schüssel, aus der sich jeder von uns dann bedient hätte.«

»Na, selbstverständlich nicht«, murmelte die Köchin. »Dies ist ein anständiges Haus, Inspector. Kein billiges Büfett.«

Smart nickte einmal mehr. »Von daher ist es vorstellbar, dass mir das Mittel gezielt in meine Portion geträufelt wurde. Das hypothetische Mittel, wohlgemerkt. Bislang haben wir nur die Vermutung, keinen Beweis.«

»Und doch sitzen Sie hier und beschuldigen mich?« Tamsin Abberton schnaubte. »Also wirklich …«

»Niemand beschuldigt Sie, Miss Abberton«, versicherte Smart ihr. »Diesen Eindruck möchte ich keineswegs erwecken. Ich suche nur nach Antworten, verstehen Sie? Und das ist, als würde man im Nebel stochern. Da muss man einfach immer wieder neu ansetzen und hoffen, irgendwo einen Treffer zu landen.«

»Ich fürchte, Ihr Teller ist längst gespült worden, Inspector«, meldete sich Branson zu Wort. Es klang tadelnd. »Andernfalls hätte er uns vielleicht Aufschluss geben können. Durch etwaige Speisereste, die sich in einem Labor untersuchen ließen.«

»Typisch!« Abberton platzte der Kragen. Wütend schlug sie mit beiden Händen auf den Holztisch. »Dass Sie den Faden gleich aufgreifen, Mr Branson, wundert mich nicht. Ihnen ist ja *jeder* Anlass recht, Kritik an mir zu üben. Auch frei erfundene Anlässe. Sie waren von Anfang an gegen meine Anwesenheit auf Crannock Hall, und Sie sind es nach wie vor.«

»Niemand übt Kritik an Ihnen, Miss Abberton«, widersprach Branson gelassen.

Sie schnaubte wieder. »Pah!«

Smart verstand sie gut. Der sonst so reservierte Branson hatte wirklich geklungen, als freute er sich über die Lage, in der die Köchin sich wiederfand.

Branson hat nicht übertrieben, erinnerte er sich und kämpfte gegen einen neuen Schwächeanfall, der in ihm aufsteigen wollte. *Er und Miss Abberton stehen auf Kriegsfuß miteinander. Und daran wird sich so schnell auch nichts ändern, wie mir scheint.*

Dann musste er kurz die Augen schließen, weil die Übelkeit mit voller Wucht zurückkehrte. Erst nach einigen Sekunden ließ sie wieder nach – etwas.

»Niemand beschuldigt Sie«, versprach er der Köchin erneut und bemühte sich, so viel Charme und Verständnis in seinen Tonfall zu legen, wie er nur konnte. »Wirklich nicht. Wir suchen nur Klarheit im Nebel, Miss Abberton. Und ich denke, dass Sie uns dabei helfen könnten. Wären Sie so freundlich?«

Die Charmeoffensive zeigte Wirkung. Abberton nahm die Hände vom Tisch, lehnte sich in ihrem Sitz zurück und nickte knapp. »Selbstverständlich, Sir. Das bin ich Lord Bainbridge schuldig.«

»Haben Sie vielen Dank.« Smart lächelte freundlich. »Beginnen wir am Anfang, einverstanden? Wie kamen Sie zu diesem Posten auf Crannock Hall? Sie haben ihn noch nicht lange inne, korrekt?«

»Acht Monate«, bestätigte sie. »Ich kam auf den ausdrücklichen Wunsch seiner Lordschaft.«

»Wo waren Sie vorher beschäftigt?«, schaltete sich Chandler ein. Er schien Smart anzusehen, dass ihm die Kraft ausging. »Auch in einem Herrenhaus?«

»Beim Duke of Kent, Sir«, antwortete Abberton. Es lag Stolz in ihren Zügen und Trotz in dem Blick, den sie dabei auf Branson richtete. »Dort war man stets mit mir zufrieden.«

»Ohne Zweifel«, sagte Smart. »Wie kam es zu dem Wechsel?

Meines Wissens erfreut sich der Duke nach wie vor guter Gesundheit. Wieso verzichtet er dann heute auf Ihre hervorragenden Dienste?«

Abberton lächelte anerkennend. »Ich war es, die den Wechsel suchte. Lord Bainbridge war mehrfach zu Gast bei Seiner Königlichen Hoheit. Dort lobte er stets die gute Küche. Nachdem er sich auf die Insel zurückgezogen hatte, stand ihm der Sinn wohl irgendwann nach kulinarischer Veränderung. Also schrieb er dem Duke und fragte, ob ich in seine Dienste treten könne. Seine Hoheit überließ die Entscheidung mir.«

»Gefiel es Ihnen nicht in Kent?«, fragte Chandler.

»Oh doch, Sir. Der Duke war stets gut zu mir. Mir stand der Sinn nur nach Abwechslung, das war alles. Und das Angebot, das seine Lordschaft mir unterbreitete, war ausgesprochen großzügig.«

Smart war, als hörte er Branson hinter sich leise grunzen. Ganz kurz nur und kaum merklich. Es klang missbilligend.

Oder wie Neid?, dachte er. *Bekommt Miss Abberton etwa mehr Lohn als Branson?*

»Dann darf ich annehmen, Sie mochten Lord Bainbridge?«, erkundigte er sich bei ihr.

Die Frage entlockte der Köchin ein kräftiges Kopfnicken. »Sehr, Sir. Seine Königliche Hoheit achtete mich für meine Kochkünste, Lord Bainbridge feierte mich regelrecht für sie. Solch eine Wertschätzung erlebt man selten.«

Ist es das vielleicht?, dachte Smart wieder. *Ist Branson schlicht neidisch auf sie?*

»Wie äußerte sich das, Miss Abberton?«, hakte Chandler nach. Er hatte sich auf die Tischkante gesetzt und die Beine übereinandergeschlagen. »Diese Wertschätzung, meine ich. Allein auf finanzielle Art? Oder war da ... nun ja ... mehr?«

Die Köchin wirkte pikiert. »Ich weiß nicht, worauf Sie hier anspielen möchten, Sir. Aber ich verbitte mir jegliche Unterstellung. Seine Lordschaft war ein ehrenvoller Mann. Ja, er bezahlte mich gut. Doch nicht selten kam er nach einer Mahlzeit auch in die Küche, um sich bei mir und den beiden Mädchen zu bedanken. Oder er erkundigte sich nach unserem Wohlergehen, bot uns zusätzliche Urlaubstage an und so weiter. Wer macht so etwas, hm? Wer geht so gut mit seinen Angestellten um, noch dazu in Adelskreisen?«

Smart hob die Brauen. Tatsächlich kannte er keinerlei Geschichten dieser Art. In den meisten Häusern wurden die Angestellten als simple Selbstverständlichkeit verstanden, nicht als geschätzte Teile der Gemeinschaft. Kein Wunder, dass Tamsin Abberton den Toten lobte.

»Und Mr Bellamy?«, wollte er wissen. Seine Stimme brach schon beim ersten Wort, und er musste neu ansetzen, bevor ihm der Satz gelang. »Wie standen Sie zu ihm, Miss?«

Abberton schüttelte den Kopf. »Ich fürchte, kaum anders als Sie, Sir. Bis zum gestrigen Tag hatte ich nie von ihm gehört. Mr Bellamy war mir vollkommen unbekannt.«

»Dann gehörten Sie nicht zufällig zu seinem Kundenstamm?«, schlug Chandler vor. »In London, beispielsweise?«

»London?« Nun war sie es, die die Brauen hob. »Gott bewahre, nein. In London war ich seit Jahrzehnten nicht. Und irre ich mich, oder arbeitete Mr Bellamy in den obersten Kreisen des Finanzwesens? Ich bezweifle, dass mein bescheidenes Sparkonto für jemanden seines Standes auch nur im Ansatz interessant wäre. Ich mache nicht in Aktien, oh nein. Das Einzige, was ich Ihnen über Mr Bellamy sagen kann, ist, dass er wohl eine Möhrenallergie hatte. Lord Bainbridge bat mich nämlich, bei der Zusammenstellung der Speisen auf diese Unverträglichkeit zu achten und keine rohen Möhren zu servieren.«

Smart atmete tief durch, kämpfte gegen die nächste Welle der Übelkeit an. Dann stellte er seine Frage. »Wissen Sie, wa-

149

rum der Lord Mr Bellamy hierher gebeten hatte? Oder die anderen Gäste?«

»Bedaure«, verneinte die Köchin. »Ich war niemals in die Pläne seiner Lordschaft eingeweiht. Ich habe sie nur ausgeführt, wann immer er darum bat.«

»Und Sie haben sie auch nie hinterfragt?«, meinte Chandler.

»Weshalb sollte ich das tun, Sir?«, erwiderte sie. Es klang ehrlich. »Es stand mir nicht zu, und ich sah dazu auch keinen Grund. Lord Bainbridge wird schon gewusst haben, was er tat. Da habe ich keinen Zweifel.«

»Es heißt, der Lord habe einen Erben für sich gesucht«, rang Smart sich eine weitere Bemerkung ab. Sie fiel ihm erschreckend schwer, denn die Kraft, die das Nickerchen ihm gespendet hatte, war längst aufgebraucht. »Wissen Sie darüber etwas?«

Abberton sah ihn verdutzt an. »Nein, Sir. Das höre ich zum ersten Mal. Branson?«

Der Butler räusperte sich. »Wie Miss Abberton schon sagte: Die Motive und Pläne seiner Lordschaft waren die Motive und Pläne seiner Lordschaft. Er teilte sie nur mit uns, wenn sie uns ebenfalls betrafen. Ansonsten führten wir schlicht aus, was immer er uns auftrug, denn genau dazu sind wir ja da ... *waren* wir da.«

Chandler war offenbar nicht entgangen, wie sehr Smart mit sich kämpfte. Als er Smart vorschlug, ihn zurück auf sein Zimmer zu bringen, lehnte der Inspector aber ab.

»Zuerst wüsste ich gern noch etwas mehr über Sie, Miss Abberton«, bat er die Köchin. »Wenn Sie gestatten: Woher stammen Sie?«

»Aus dem Lake District, Sir«, antwortete sie. »Aus einem Dorf nahe Ambleside. Grüne Wiesen und frische Luft, wohin man sich auch wendet, Sir. Vielleicht gefiel mir die Aussicht, auf Crannock Hall zu arbeiten, auch deshalb so gut. In gewisser Weise ist sie eine Rückkehr zu meinen Wurzeln, schließlich gibt es hier draußen vor der Küste ja auch wenig mehr als unberührte Natur.«

Just in dem Moment pfiff erneut der Wind ums Haus – so laut, dass man es sogar in der Küche noch deutlich hören konnte.

»Unberührt und un*bändig*«, murmelte Chandler. »Dieses elende Wetter. Wenn sich das nicht bald bessert, sitzen wir noch eine weitere Nacht hier fest, Smart. Und Sie in Ihrem Zustand sollten zum Arzt gehen.«

»Mein Zustand ist besser als sein Ruf«, widersprach der Inspector. »Ich brauche nur wieder eine Pause, dann wird das schon.« Ächzend erhob er sich von seinem Platz. Seine Knie fühlten sich noch wackliger an als vorhin, und er war froh, als Chandler und Branson sofort an seine Seite traten, um ihn zu stützen.

»Und bis dahin«, fuhr er fort, »danke ich Ihnen für Ihre Zeit, Miss Abberton. Und für Ihre gute Küche. Ich bin mir sicher, Sie werden uns Gestrandete auch weiterhin gekonnt verköstigen, sollte die Witterung es notwendig machen.«

Die Dame in der gestreiften Schürze wirkte geschmeichelt. »Mit dem größten Vergnügen, Inspector.«

Smart ließ sich aus der Küche helfen. Chandler und Branson begleiteten ihn die Treppe hinauf, während Tamsin Abberton zwischen Herd und Spüle zurückblieb.

»Na ja«, murmelte Chandler so leise, dass nur Smart ihn verstehen konnte. »Ob das Gespräch jetzt unbedingt sein musste, weiß ich nicht. Sie hat ja nicht gerade gestanden, Smart.«

»Das nicht«, erwiderte er schwach und setzte den Fuß auf die nächste Treppenstufe. »Aber ich finde, dass wir einen gewaltigen Schritt weiter sind. Sie etwa nicht?«

Dann knickte er beinahe ein.

TEIL 3

*Wer Weihnachten nicht im Herzen trägt, kann es
auch nicht unter einem Tannenbaum finden.*
Roy L. Smith

*Ersparen Sie mir die Sentimentalitäten. Das einzig
Gute an Weihnachten ist sein Marktpotenzial.*
Francis Bellamy

KAPITEL 10

Robin Chandler seufzte leise und sah aus dem Fenster der Bibliothek. Der Schneesturm tobte nun schon seit Stunden und machte noch immer keine Anstalten, schwächer zu werden. Stattdessen nahm das wenige Tageslicht ab, das es überhaupt noch durch das Spektakel hindurch schaffte. Die Welt jenseits von Crannock Hall wurde von Minute zu Minute dunkler. Es war wirklich zum Haareraufen.

»Ist sonst noch etwas, Sir?«, erklang Bransons sonore Stimme in seinem Rücken.

Chandler riss sich vom Anblick des Schneeinfernos los und drehte sich wieder zu seinem Begleiter um. »Danke, Branson. Nein, das wäre alles. Ich werde mich noch ein Weilchen hier aufhalten, sofern Sie gestatten. Vielleicht stoße ich ja doch auf eine Spur, die uns bislang entgangen ist.«

Branson deutete ein Nicken an. »Sehr wohl, Sir.«

Eins musste Chandler dem Butler lassen: Er beherrschte sein Pokerface. Selbst dem schwachsinnigsten Dorftrottel musste klar sein, wie wenig Erfolg versprechend Chandlers Ansinnen noch war. Branson aber hielt sich mit einem merklichen Urteil zurück und blieb so hilfsbereit und neutral wie eh und je.

Oder besser: wie meistens, erinnerte sich Chandler. *Im Fall der Köchin kann der auch anders. Zumindest dann, wenn er meint, dass niemand es merkt.*

»Ach, Branson«, fiel ihm ein. »Eins noch, wenn Sie gestatten. Hatten Sie inzwischen vielleicht Glück mit dem Telefon?«

»Bedaure, Sir«, antwortete der Butler. »Es ist wie verhext mit dem elenden Apparat. Bislang habe ich noch nicht einmal den Fehler in der Leitung gefunden, geschweige denn eine Lösung für ihn. Die Verbindung ist schlicht tot. Ich fürchte daher, wir müssen nach wie vor allein auf Crannock Hall ausharren. Und warten – auf Hilfe von außen.«

Wann die kommen würde, war kein Geheimnis, fand Chandler. Nicht vor Ende des Sturms.

Branson fuhr fort. »Es sei denn, Sie möchten, dass ich zur Klippe fahre und es mit einem mobilen Gerät versuche. Wie schon gesagt: Ich kann natürlich für nichts garantieren, aber wenn Sie es wünschen, bin ich gerne bereit dazu.«

»Nicht doch«, winkte Chandler ab. »Das war und bleibt ein Unding. Bei dem Wetter sollte niemand das Haus verlassen müssen, Sie ebenfalls nicht. Wir warten.«

»Aber der Inspector …?«

»Smart ist hart im Nehmen«, erwiderte Chandler. »Er mag vielleicht nicht so aussehen, sondern eher wie ein gemütlicher Großvater. Und ehrlich gesagt, *mag* er es gemütlich. Doch lassen Sie sich von seinem Äußeren nicht täuschen, Branson. Wenn Smart sagt, es ist halb so schlimm, dann ist es halb so schlimm. Der kommt schon auf die Beine, mit oder ohne Arzt. Wir behalten ihn im Auge, einverstanden? Nicht mehr und nicht weniger. Und wir wollen hoffen, dass er jetzt endlich mal im Bett bleibt und sich erholt.«

Sie hatten Smart zurück in sein Zimmer gebracht. Dort angekommen, hatte sich der Inspector dankbar zu Bett begeben. Der Ausflug in die Küche hatte ihm mehr zugesetzt, als er gedacht hatte, und sein Körper verlangte nach einer Ruhepause. Chandler ging fest davon aus, dass sie länger dauern würde als die vorherige. Und er hoffte, dass sein alter Freund danach auf dem Weg der Besserung sein würde. Sie brauchten ihn. Dringend.

156

»Sehr wohl, Sir«, gab Branson zurück. »Rufen Sie mich, falls Sie erneut meine Hilfe benötigen.« Dann nickte er untertänig, verließ die Bibliothek und schloss die Tür hinter sich.

Hilfe, dachte Chandler. Langsam schritt er an den Regalen vorbei, strich mit den Fingerkuppen über Buchrücken und edles Holz. *Und ob ich Hilfe benötige, Branson! Ich bezweifle allerdings, dass Sie mir die geben können. Kennen Sie sich mit verzwickten Mordermittlungen aus?*

Die Lage war ernst, dessen war er sich sicher. Sie verschlimmerte sich sogar noch mit jedem neuen unerwarteten Ereignis. Erst der Mord an Bainbridge, dann der tote Bellamy, jetzt der Anschlag auf Smart. Die Bewohner von Crannock Hall fielen wie die Schachfiguren, einer nach dem anderen. Wie der Schnee vor den Fenstern. Und noch immer fehlte jedes einheitliche Motiv dafür, jede Spur des unbekannten Gegners.

Die Sache mit Smart war nachvollziehbar, oder etwa nicht? Jeder halbwegs vernunftbegabte Verbrecher hätte ein Interesse daran, den Chief Inspector auszuschalten. Ohne Smart und seinen messerscharfen Verstand sank die Wahrscheinlichkeit, enttarnt und überführt zu werden, gleich um ein Vielfaches. Daran hegte Chandler keinen Zweifel. Aber Bellamy? Welche Bedrohung ging denn von einem Londoner Börsenschnösel wie Francis Bellamy aus – erst recht hier draußen im Nichts? Hatte Bellamy den Mord an Lord Bainbridge vielleicht beobachtet? War es das? Hatte er zu viel gewusst und deswegen sterben müssen?

Es klang plausibel. Andererseits hatte Bellamy am Abend nach dem Mord nicht gerade gewirkt, als wäre er eingeweiht. Chandler rief sich die Szenen kurz nach dem grässlichen Leichenfund einmal mehr ins Gedächtnis, so gut er noch konnte. Dann schüttelte er den Kopf. Sonderlich verdächtig hatte Bellamy nicht gerade ausgesehen, nicht einmal nennenswert interessiert oder auch nur entsetzt. Auch später am Abend, im Korridor vor den Schlafzimmern, hatte ihn Bainbridges tragisches Schicksal anscheinend kaum gekümmert.

Dem war das alles egal, fand Chandler. *Es war nicht wichtig für ihn. Es machte ihm Umstände, das war alles. Umstände, die ihm nicht gefielen. Selbst Simon Marlowe hatte entsetzter als Bellamy gewirkt, und Marlowe ist nicht minder selbstfixiert, als der Börsenmakler es gewesen war.*

Für Bellamy waren die Menschen auf Crannock Hall kaum weiter relevant gewesen – *alle* Menschen. Er war vermutlich nur gekommen, weil ihm die Aussicht auf ein lukratives Erbe gefallen hatte. Und jetzt war er tot, genauso wie der Lord, der es ihm hätte geben sollen.

»Und wie Smart, beinahe«, murmelte Chandler.

Wo war der Zusammenhang, der gemeinsame Nenner? Was verband diese drei doch so unterschiedlichen Personen? Was, *außer* Mord?

Er hatte das Regal mit den Jessica-Tandy-Romanen erreicht, zog wahllos ein Buch heraus und blätterte darin. Dann ein zweites. Während sein Blick über die Zeilen und Kapitel flog, kam ihm die Autorin selbst in den Sinn. Auch Tandy machte auf ihn nicht gerade den Eindruck einer ausgesprochenen Menschenfreundin. Die berühmte Schriftstellerin wirkte verschlossen, fast schon mürrisch, und ihr Spott konnte mitunter verletzen. Sie war das direkte Gegenteil von der schüchtern-freundlichen Jemma Fitzpatrick, mit der sie sich erstaunlich gut zu verstehen schien. Zur Mörderin machte sie das allerdings noch nicht.

Was hätte ausgerechnet Jessica Tandy zu gewinnen, wenn Bainbridge, Bellamy und vielleicht sogar Smart starben? Geld brauchte sie mit Sicherheit nicht. Ihre Bucherfolge brachten ihr Jahr für Jahr ein stattliches Sümmchen ein, dessen war sich Chandler sicher.

Er kannte sich in der Verlagsbranche nicht sonderlich gut aus, interessierte sich kaum für mehr als die eigenen Manuskripte. Aber er wusste, was gut platzierte Bestseller auf dem Markt bedeuteten. Nein, um das hypothetische Erbe des Lords war es Tandy sicher nicht gegangen – genau wie sie selbst es schon ausgesagt hatte.

Und Bellamy? Mit dem schien die Autorin sogar noch weniger zu verbinden als mit dem Hausherrn von Crannock Hall. Tandy hatte Bainbridges Einladung gewissermaßen aus professioneller Neugierde angenommen. Weil sie hatte wissen wollen, was genau auf der Insel des Lords passieren würde. Bellamy war ihr bis zu ihrer Ankunft so unbekannt gewesen wie Chandler selbst. Ein gemeinsamer Nenner sah anders aus.

Sackgassen, wohin man auch schaut! Chandler seufzte innerlich. *Und in keiner von ihnen kommen wir weiter. Erst recht nicht ohne Smarts klugen Verstand.*

Er griff zum dritten Roman, blätterte, grübelte.

Blieb Marlowe, oder? Marlowe, der sich aus lauter Angst um Leib und Leben auf sein Zimmer zurückgezogen hatte. Marlowe, der angeblich gar nicht wusste, dass Bainbridge hinter seinem Rücken hatte gegen ihn intrigieren wollen. Marlowe, der trotz Bainbridges Einfluss bei der BBC die Hauptrolle bekommen hatte. Was hätte Marlowe noch zu gewinnen gehabt, wenn er den Lord tötete? Er *hatte* doch längst gewonnen. Die Serie war die seine, der dazugehörige Erfolg ebenso.

Hatte Marlowe aus schlichter Rachelust gehandelt? Aus verletzter Eitelkeit? War sein Zorn auf Bainbridge so groß gewesen – und so lang andauernd –, dass er …

Nein. Chandler schüttelte den Kopf. Auch das passte nicht. Der Schauspieler wirkte auf ihn nicht wie ein nachtragender Intrigant, sondern weit eher wie ein verspielter Traumtänzer. Er schien harmlos zu sein, genau wie Fitzpatrick oder die beiden Dienstmädchen.

Darauf würde ich sogar wetten, wenn ich es müsste, dachte er. *Nur bringt auch das mich keinen Schritt weiter.*

Buch Nummer vier folgte, dann Nummer fünf. Chandler blätterte nun immer schneller, gepackt von Frust und Ratlosigkeit. Doch der erhoffte Geistesblitz blieb aus. Nichts in diesem Zimmer tat ihm den Gefallen eines Deus ex Machina. Nichts offenbarte sich ihm plötzlich, wie es das geheime Büro getan hatte. Nichts verriet ihm ein bislang streng gehütetes Geheimnis. Crannock Hall schwieg, und kein Roman der Welt würde daran etwas ändern.

Dann suche ich vielleicht in der falschen Lektüre, überlegte Chandler.

Fast schon hilflos öffnete er die Tür zu Bainbridges geheimem Nachbarraum. Bevor er ihn betrat, schloss er die Bibliothek von innen ab, damit sich niemand hereinschleichen konnte, während er nicht aufpasste. Dann ging er in das kleine Reich des verstorbenen Lords. Schweigend setzte er sich an den Schreibtisch, strich über die Holzplatte, sah zum gefühlt hundertsten Mal in die Schubladen des Rollschranks.

»Wie macht Smart das nur?«, kam es ihm leise über die Lippen. »Wie kommt der immer auf neue Ideen, quasi aus dem Nichts? Ich finde beim besten Willen keine.«

Er fuhr den Laptop hoch. Bei seinem letzten Besuch in diesem Raum hatte er auch einige Personalakten auf Bainbridges Festplatte gefunden. Digitale Kladden über die wenigen festen Angestellten des Anwesens, aber auch über die beiden Gärtner vom Festland, die mehrmals im Jahr mit der Fähre übersetzten, um sich der Grünflächen hinter dem Haus anzunehmen.

Nichts an diesen Unterlagen wirkte verdächtig; auch jetzt nicht, als Chandler sie gründlicher denn je studierte. Nahezu alles, was beispielsweise Abberton vorhin ausgesagt hatte, fand sich in ihrer Akte bestätigt. Branson wirkte in den Dateien nicht minder ehrenvoll und anständig, eine wahre Zierde für jeden Haushalt. Ginny Braddock und Eleanor Jones waren unbeschriebene Blätter, jung und ohne nennenswerte Lebensläufe.

Erst recht ohne dunkle Flecken in denselben, zumindest soweit er erkennen konnte.

Lord Bainbridge schien sein Personal sehr geschätzt zu haben. Chandler staunte nicht schlecht, als er erfuhr, dass Branson schon seit über fünfundzwanzig Jahren in Diensten des Lords stand.

Was er jetzt wohl tun wird?, fragte sich Chandler. *Was machen Butler, wenn ihr Arbeitgeber stirbt?*

Vermutlich ging er in Rente, oder? Branson war kein junger Mann mehr. Würde er sich wirklich noch einmal auf ein neues Haus, einen neuen Herrn einlassen wollen? Auf ein Arbeitsverhältnis, das vielleicht weit weniger herzlich und vertrauensvoll sein würde als das zu Bainbridge? Chandler bezweifelte es irgendwie.

Der Mann ist Profi genug, um solide Arbeit zu leisten, dachte er. *Unter allen Umständen. Obwohl wir ihn nicht von der Liste der Verdächtigen nehmen können, habe ich ihn seit meiner Ankunft hier noch keiner einzigen Lüge überführt. Alles, was er uns bislang an Auskunft gegeben hat, war wahr ... oder klang zumindest ausgesprochen plausibel.*

Selbst die Probleme mit dem Telefonanschluss hatte Chandler erst vorhin eigenhändig überprüft. Es stimmte, was Branson ihnen sagte.

Aber ob er es nun will oder nicht, fuhr er fort. *Er hat einen eigenen Kopf, und das merkt man ihm mitunter an. Seine Kritik an Miss Abberton ist der beste Beweis dafür.*

Doch, doch. Das nächste Kapitel in Bransons Leben war und blieb vermutlich der Ruhestand. Chandler beschloss, ihn danach zu fragen.

Dann stutzte er. War das vielleicht ein Motiv? Hatte Branson es seinem Herrn übel genommen, dass er jemanden von auswärts zu seinem Erben hatte machen wollen? Hatte Lord Bainbridge deswegen sterben müssen, bevor die Entscheidung getroffen war? Branson hatte mehrfach behauptet, nichts von Erbschaftsplänen gewusst zu haben. Aber stimmte das?

Und Bellamy ist ihm auf die Schliche gekommen?, überlegte Chandler weiter. *Und Smart … Smart sollte ausgeschaltet werden, bevor er ebenfalls die Wahrheit erkennen konnte?*

Es klang vorstellbar, fast schon logisch. Nur war eine Theorie allein noch lange kein Beweis, und auch Branson machte auf Chandler nicht gerade den Eindruck eines kaltblütigen Serienmörders.

»Andererseits …«, sagte er leise.

Angenommen, Branson *war* der Täter. Für den Hausdiener von Crannock Hall war es bestimmt ein Leichtes, Gift in Smarts Suppenteller zu träufeln. Auf dem Weg zwischen Küche und Speisesaal hatte er fraglos Zeit genug dafür, und Abberton würde es nie und nimmer mitbekommen. Auch verschlossene Zimmer stellten für Branson wohl kein großes Hindernis dar. Smart hatte sämtliche Generalschlüssel nach dem Mord an Lord Bainbridge einsammeln lassen. Sie ruhten nun in der Nachttischschublade neben Smarts Bett. Das wusste Chandler genau. Aber hatte es sich bei den konfiszierten Schlüsseln wirklich um *alle* Generalschlüssel gehandelt? Branson mochte ein Exemplar zurückgehalten haben, für sich und spätere Untaten. Die Vorstellung passte nicht zu dem regeltreuen Butler, das war klar. Aber war sie deswegen gleich unmöglich?

Chandler rieb sich das Kinn. Ob er vielleicht …

Ein Geräusch unterbrach den Gedanken. Es war von jenseits der Geheimtür gekommen, aus dem Inneren der verschlossenen Bibliothek. Und irrte er sich, oder hatte es wie knarrende Dielenbretter geklungen?

»Hallo?«, rief er und sah fragend zum offenen Durchgang in der Regalwand. »Ist da jemand?«

Keine Antwort. Die Stille, die die ganze Zeit über in der Bibliothek regiert hatte, war zurück. Bis …

Da! Das Knarren wiederholte sich!

Chandler sprang auf. Mit einem Mal waren seine Sinne geschärfter denn je, seine Muskeln angespannt. Im Nu war er um den Schreibtisch herum. Instinktiv griff er sogar nach einem besonders dicken Folianten aus Bainbridges Beständen, den er im Zweifelsfall als Wurfgeschoss nutzen konnte. Zur Verteidigung. Es war nicht viel, aber besser als nichts.

»Hallo?«, fragte er erneut, lauter und drängender als zuvor. »Wer zur Hölle ist da?«

Durch die offene Tür sah er nichts Ungewöhnliches. Nur den dicken Teppich, die Sessel, Regale und Leitern. Doch das Gefühl, nicht mehr allein zu sein, blieb. Chandler war beileibe kein Feigling, spürte nun jedoch, wie ihm ein kalter Schauer über den Rücken zog.

Ich hatte abgeschlossen, richtig?, dachte er. *Es* kann *sonst niemand hier sein.*

Und doch …

Just als das Knarren zum dritten Mal erklang, war er am Durchgang in die Bibliothek. Chandler hob das dicke Buch wurfbereit über den Kopf, sprang regelrecht über die Schwelle – und stutzte.

Da war niemand. Das Zimmer wirkte so menschenleer und still wie zuvor.

Vorsichtig machte er einen Schritt voraus, dann einen zweiten. Sein skeptischer Blick glitt über die Möbel und Regale, suchte nach möglichen Verstecken für nicht minder theoretische Angreifer. Doch er fand nichts. Nirgendwo kauerte ein Gegner, und das Einzige weit und breit, das die Bodendielen zum Knarren brachte, waren seine eigenen Schritte.

Zuletzt ging Chandler sogar zur Flurtür, rüttelte an ihr und prüfte das Schloss. Es war nach wie vor verriegelt. Natürlich war es das. Und der Schlüssel steckte von innen.

Hier ist niemand reingekommen, wurde Chandler klar.

Ging seine Fantasie mit ihm durch? War es das, einfach nur das? Hörte er Gespenster?

Ratlos drehte er sich um, langsam um die eigene Achse, und sah einmal mehr durch den stillen Raum.

Ich weiß, was ich gehört habe, dachte er. *Was ich gespürt habe, verdammt! Aber alles, was ich sehe, widerspricht dem.*

Er taugte nicht zum Detektiv, oder? Darauf lief es hinaus. Von ihnen beiden war allein Smart für den kriminalistischen Durchblick und die schnelle Auffassungsgabe zuständig, nicht er. So war es immer schon gewesen. Chandler selbst leistete dem Inspector bloß Gesellschaft und gab ihm, wenn nötig, auch mutig Rückendeckung. Er genoss es zwar sehr, mit Smart verzwickte Rätsel zu lösen, doch er machte sich auch keinerlei Illusionen: *Ohne* Smart blieben die Rätsel ungelöst.

»Hier war jemand«, murmelte er und spürte, wie ihm abermals ein Schauer über den Rücken lief. »Hier bei mir in diesem Zimmer. Jemand, der ganz offensichtlich durch Wände gehen kann. Jemand … oder etwas?«

»Ich bitte Sie, alter Freund«, murmelte Timothy Smart. Obwohl der Inspector merklich geschwächt war, klang sein Tonfall tadelnd. »Das meinen Sie doch nicht ernst.«

Chandler war zurück in das Zimmer des Ermittlers gegangen. Smart hatte ein Weilchen geschlafen, war nun aber erneut wach und bei Sinnen. Er lag im Bett, das Gesicht ganz käsig und ein wenig fiebrig, und würde so schnell gewiss kein zweites Mal aufstehen und durchs Haus laufen. Dennoch schien er das Schlimmste hinter sich zu haben. Es konnte aufwärts gehen.

»Ein Geist?«, fuhr er gerade fort. »Ein Spukgespenst auf Crannock Hall?«

»Wenn ich es doch sage, Smart«, beharrte Chandler. »Ich würde es ja selbst nicht glauben, wenn ich es nicht erlebt hätte.

Aber da war jemand. Das garantiere ich Ihnen. In einem verriegelten Raum ohne weiteren Zugang.«

»Der einzige Geist weit und breit«, sagte Smart und stemmte sich ächzend in seinen Kissen hoch, »ist der Geist der Weihnacht. Und auch von dem spüre ich hier auf der Insel viel zu wenig für meinen Geschmack. Ich wünschte, wir hätten diesen lästigen Fall endlich hinter uns und könnten die Heimreise antreten. Es ist noch nicht zu spät, um pünktlich zum Weihnachtstag auf dem heimischen Sofa anzukommen.«

Zumindest da sah Chandler allmählich Chancen. Der Sturm draußen vor Smarts Fenster tobte nicht mehr ganz so schlimm wie zuvor, wenngleich der Schnee noch immer in halben Wagenladungen vom Himmel fiel.

»Was immer Sie da ›gewittert‹ haben wollen, mein Lieber«, fuhr Smart fort, »war bestimmt nicht das Schlossgespenst des alten Bainbridge.«

»Sondern?«

Smart sank in die Kissen zurück, nicht minder ächzend. »Ich fürchte, da bin ich überfragt. Wenigstens für den Moment.«

Chandler nahm auf der Bettkante Platz. »Wie geht es Ihnen?«, wechselte er das Thema.

Sein alter Freund verzog das Gesicht. »Es geht schon. Die Übelkeit ist größtenteils verflogen, was ein wahrer Segen ist. Vermutlich habe ich das unserer fürsorglichen Ginny zu verdanken. Sie war vorhin hier und hat mir ein paar Magentropfen aus ihrer privaten Hausapotheke verabreicht, die wirklich Wunder wirken. Aber ich reiße in absehbarer Zeit wohl noch keine Bäume aus, falls Sie das meinen. Denn an die Stelle der Übelkeit sind nun nicht minder unangenehme Hitzeschübe getreten. Auch Schüttelfrost hatte ich schon; sogar noch kurz bevor Sie kamen. Unsere Vermutung bezüglich eines heimtückischen Giftanschlags kommt mir immer plausibler vor, wenn ich ehrlich bin …«

»Sie tun mir leid, Smart«, gab Chandler zurück. »Wirklich.«

Er fragte sich, ob er in absehbarer Zeit überhaupt noch etwas zu sich nehmen sollte. Auf Crannock Hall konnte man nie wissen, woran man war, oder?

»Ach was.« Der Inspector winkte ab. »Das wird schon alles, ist nur eine Frage der Zeit. Und falls wir mit unserer Theorie richtigliegen, bin ich noch glimpflich davongekommen.«

Das war zumindest wahr. Bainbridge und Bellamy hatten weit weniger Glück gehabt als Smart. Chandler runzelte die Stirn. Wurde der unbekannte Täter vielleicht nachlässig?

Bevor er eine entsprechende Frage formulieren konnte, ging die Tür zu Smarts Schlafzimmer auf, und Branson betrat den Raum, Eleanor dicht hinter ihm. Der Butler schob einen metallenen Rollwagen vor sich her, dessen Räder bei jeder Bewegung leise quietschten, und das junge Mädchen lächelte freundlich. Auf dem Wagen standen ein quadratischer Fernseher und ein kleiner DVD-Player, die beide offenbar schon mehrere Jährchen auf dem Buckel hatten.

»Was in aller Welt wird das denn jetzt«, wunderte sich Chandler.

»Verzeihen Sie die Störung, Inspector«, entschuldigte sich Branson. Er bremste den Wagen an Smarts Bettende. »Ich habe mir erlaubt, Ihnen ein wenig Ablenkung zu organisieren. Es war Eleanors Idee, ehrlich gesagt. Dieses Gerät ...«

»Das ist nett von Ihnen, Branson«, warf Smart ein. »Und auch von Ihnen, Eleanor, doch nicht nötig. Ich brauche keinen Fernseher.«

Branson schenkte dem Mädchen einen tadelnden Blick. Eleanor ließ sich davon kaum beirren und setzte zu einer Erklärung an. »Dieses Gerät stammt aus den privaten Gemächern seiner Lordschaft. Ich dachte mir, Sie hätten vielleicht Verwendung dafür, solange Sie bettlägerig sind. Lord Bainbridge schaute nicht allzu oft fern, wissen Sie? Er verfügte allerdings über eine kleine Auswahl an DVDs.«

»An der Sie sich gerne bedienen dürfen«, ergänzte Branson nun wieder. »Es handelt sich hauptsächlich um Dokumentationen, meines Wissens. Historische Reportagen und Werke zur Heimatkunde.«

»Wenn Sie mögen, bringe ich Ihnen eine Auswahl an Disks vorbei«, versprach Eleanor, hilfsbereit wie immer. »Eine von ihnen befindet sich vielleicht sogar noch im Gerät.«

»Wie gesagt.« Smart nickte. »Ich weiß die Geste zu schätzen, aber sie ist unnötig.«

Branson faltete die Hände hinter dem Rücken. »Mag sein, ja. Aber wenn Sie gestatten, lassen wir den Apparat dennoch kurz hier stehen. Vielleicht bekommen Sie ja noch Lust auf ein wenig mediale Zerstreuung. Falls nicht, schicke ich Eleanor, um ihn wieder wegzuräumen, wenn wir Ihnen das Abendbrot bringen. Einverstanden?«

Smart brummte wenig überzeugt. »Na, meinetwegen.«

»Sehr gern, Sir.«

»Und weiterhin gute Besserung«, wünschte das Mädchen.

Damit verschwanden die Bediensteten wieder, und Chandler blieb mit seinem alten Weggefährten allein zurück.

»Ein Fernseher?« Er hob leicht pikiert die Braue. »Für Sie, Smart? Jeder weiß doch, dass Sie vor der *idiot box* sofort einschlafen.«

»Jeder, der Ihre Geschichten über uns liest«, warf Smart ein. »Unsere zuvorkommende Eleanor scheint aber nicht zu Ihren Lesern zu gehören.«

»Na ja.« Chandler lächelte und griff nach der Fernbedienung auf dem Rollwagen. »Ein wenig Zerstreuung ist vielleicht gar keine schlechte Idee. Erst recht, wenn sie Sie in den Schlaf lullt.«

Bevor Smart protestieren konnte, aktivierte Chandler das Gerät. Auch der DVD-Player erwachte prompt zum Leben, und eine Art Standbild erschien auf der alten Mattscheibe. Es zeigte ein bekanntes Gesicht.

»Fiebere ich wieder?«, murmelte Smart. »Oder ist das etwa …?«

Chandler nickte. »In der Tat. Unser Freund Marlowe.«

Neugierig geworden, drückte er die *Play*-Taste auf der Fernbedienung, und aus dem Standbild wurde ein bewegtes.

Simon Marlowe stand in den Kulissen von *Mister Mystery*. Der Schauspieler trug das berühmte Kostüm seiner TV-Figur – einen weiten Mantel, auf dem an die Milchstraße erinnernde Sternenwirbel prangten. Seine Miene war grimmig. Ihm gegenüber stand eine junge Produktionsassistentin.

»Zum hundertsten Mal, Sharon«, schimpfte der Schauspieler. »*Ich* entscheide, wann wir drehen. Nicht die Regie. Verstanden? Du rufst mich nicht einfach, weil der Regisseur mal nach mir verlangt. Ich komme erst ans Set, wenn alles für die Szene vorbereitet wurde – und ich meine *alles*, Sharon. Von den Scheinwerfern bis hin zur Kameraposition. Meine Zeit ist zu kostbar, als dass ich hier dumm herumstehe wie ein unwichtiger Statist, nur weil die anderen Gewerke noch nicht so weit sind.«

Sharon – schwarzes, glattes Haar und eine dunkle Bluse – wurde mit jedem Satz kleiner. Sie nickte und senkte den Kopf wie ein geprügelter Hund.

»Das ist keine Szene aus der Serie, oder?«, wunderte sich Smart.

Chandler schüttelte den Kopf. »Ein Blick hinter die Kulissen, vermute ich. Auf diesen DVDs gibt es ja häufig Bonusmaterial. Making-ofs von den Dreharbeiten und dergleichen. Darum scheint es sich hier zu handeln. Aber warum hat ausgerechnet Lord Bainbridge so etwas in seinem Abspielgerät?«

Die Kameraperspektive der Aufnahme unterstrich den Eindruck sogar noch. Das »Gespräch« zwischen Marlowe und der bedauernswerten Sharon war aus einiger Distanz gefilmt worden. Zwischen ihnen und der Kamera liefen weitere Arbeiter durchs Bild. Leitern standen herum, Kabel hingen von der Studiodecke. Es war eine Zufallsaufnahme, ahnte Chandler. Oder hatte jemand mit Absicht aufnehmen wollen, wie schlecht Marlowe sich am Set von *Mister Mystery* benahm?

»Und warum«, ergänzte Smart, »findet sich so eine unvorteilhafte Situation überhaupt auf den DVDs? Unser junger Freund kommt dabei ja alles andere als gut weg. Sollte Bonusmaterial nicht eher werbenden Charakter haben? Das hier kommt mir eher abschreckend vor.«

Marlowe zeterte auf dem Bildschirm weiter, als wollte er den Inspector bestätigen. »Also mach das wieder gut, verstanden? Ich bin hier der wichtigste Mann am Set, Sharon! Es ist im Interesse aller, wenn ich meine gute Laune nicht verliere. Geh und bring mir einen Tee. Na los!«

»A… Aber, Mr Marlowe«, stammelte die jüngere Assistentin. »Das gehört nicht zu meinen Aufgaben und …«

»Willst du, dass ich mich aufrege?« Prompt wurde Marlowe wieder laut. »Willst du das? Dann ist hier aber wirklich Feierabend, Sharon. Wenn ich erst schlecht gelaunt bin, ist Essig mit den Dreharbeiten. Geht das in deinen dummen Kopf?«

Die Produktionsassistentin lief los, vermutlich zur Teeküche. Marlowe sah ihr kopfschüttelnd nach, und einen Moment später endete die Aufnahme. Das animierte DVD-Menü erschien auf dem Bildschirm und lud die Betrachter nacheinander ein, sich weitere Bonus-Videos anzuschauen oder die Episode selbst zu starten.

Chandler staunte. »Unser Marlowe kann ein ganz schöner Stinkstiefel sein, wenn er möchte.«

Smart, von einem neuen Schüttelfrostanfall gepackt, zog die Bettdecke höher und schlang die Arme um den Oberkörper. Doch er nickte. »Ich frage mich, ob Mr Marlowe zu mehr als nur verbalen Wutanfällen fähig ist.«

»Vielleicht sogar zu *viel* mehr«, murmelte Chandler.

Auf dem Bildschirm des alten Fernsehers wechselte das Menü erneut, und Mister Mystery schaute den Betrachtern entgegen – lächelnd, fröhlich und voller kindlicher Unschuld.

KAPITEL 11

Der Verkehr war mal wieder die Hölle. Connor Lister-Briggs sah aus dem Fenster und auf die dicht befahrenen Straßen der Londoner Innenstadt. Jeder Hinz und Kunz schien heute mit dem Auto hergekommen zu sein. Warum? Um letzte Weihnachtsgeschenke zu besorgen?

Wo der Mittfünfziger auch hinblickte, standen die Pkw Stoßstange an Stoßstange. Hupkonzerte hallten von den Fassaden der Geschäftsgebäude wider. Hier und da wurden Fäuste geballt und wütend aus halb geöffneten Fahrerfenstern in die Kälte gereckt. Ein einsamer Polizist weiter vorn an der Kreuzung mühte sich ebenso wacker wie vergebens um Ordnung. Selbst die roten Doppeldeckerbusse für die Touristen konnten sich dem Stau nicht entziehen. Und der erneut einsetzende Schneefall machte das Chaos nicht gerade besser.

»Na bravo«, schimpfte Lister-Briggs. »Ausgerechnet heute.«

Die Weihnachtsfeier in seiner Abteilung gehörte zu den Höhepunkten des Jahres. Lister-Briggs war schon seit den frühen 1990ern bei der BBC, wo er inzwischen das Büro für fiktive Programme leitete, und hatte keine einzige je verpasst. Als ausgesprochener Freund von allem, was mit dem winterlichen Fest zu tun hatte, freute er sich schon Monate im Voraus darauf, endlich auch wieder im Büro einen heißen Grog genießen zu dürfen, ohne dafür schief angeschaut zu werden, und sich am Christmas Cake gütlich zu tun, den traditionsgemäß seine Sekretärinnen besorgten. Eigentlich machte sich der Büroleiter nichts aus Sultaninen und eingelegten Kirschen, doch wenn man sie in ein Stück Weihnachtsgebäck verpackte, dann gönnte er sogar ihnen eine zutiefst christliche Ausnahme. Weihnachten ging über alles.

Außer über einen Stau in der Innenstadt, ganz offensichtlich …

»Wir schaffen das schon«, sagte sein Fahrer gerade und so passgenau, als könnte er Gedanken lesen. Arnold Rimmer – Halbglatze, gepflegter Schnäuzer und tiefer Bariton – stand Lister-Briggs schon seit Jahren treu zur Seite und gehörte gewissermaßen zum Dienstwagen des BBC-Entscheiders wie das Leder auf den Sitzen und die kleine Minibar im Heck. »Keine Sorge, Sir. Ich habe Sie noch immer pünktlich zu Ihrem Ziel gebracht, schon vergessen? Da mache ich an Weihnachten keine Ausnahme.«

Lister-Briggs lachte humorlos. »Ihr Wort in Father Christmas' Ohr, Arnold.«

Als hätte er nur auf ein Stichwort gewartet, setzte der Fahrer des Wagens rechts von ihnen just in dem Moment zum nächsten wutentbrannten Hupkonzert an. Die Hupe des weinroten Vauxhall war so laut, dass Lister-Briggs erst nach einigen Augenblicken begriff, dass sein Handy zu klingeln begonnen hatte.

»Ein Anruf, Sir.« Rimmer streckte bereits die Hand nach dem Armaturenbrett aus. »Warten Sie, ich schalte Sie auf den Lautsprecher. Dann verstehen Sie den Anrufer besser, bei dem Lärm.«

Während Lister-Briggs noch das Handy aus dem Jackett nestelte und den Anruf annahm, verband Rimmer das Gerät schon gekonnt mit dem Autolautsprecher. Einen Moment später drang statisches Rauschen aus den Boxen des Dienstwagens.

»Was zum …?«, schimpfte Rimmer leise.

Lister-Briggs sah zum ersten Mal genauer auf das Handydisplay. Er hatte den Anruf angenommen, ohne sich um die angezeigte Nummer zu scheren. Nun aber erkannte er sie – und runzelte die Stirn. »Chandler? Robin, sind Sie das?«

»...en Tag, Connor«, kam eine Erwiderung durch die Störgeräusche, leise wie die Stimme eines fernen Spuks. »Können Sie mi... ...ören?«

»Gerade so«, antwortete Lister-Briggs. »Wo in aller Welt stecken Sie, Robin? Am Nordpol bei den Rentieren?«

Er kannte Chandler kaum. Sie frequentierten denselben Club drüben in der Boxham Street und hatten sich vielleicht zwei, drei Mal zum Squash verabredet, weiter nichts. Ihre Beziehung beruhte auf höflichem Small Talk und einem knappen Nicken, wann immer sie sich im Gang des Clubs begegneten. Warum in aller Welt rief Chandler ihn an, noch dazu so kurz vor den Feiertagen?

»Nordpol?« Der Mann am anderen Ende der schlechten Verbindung lachte. »Ja, so in etwa fühlt ... sich an. Ehrlich gesagt kann ich kaum fassen, dass ich Sie ...sächlich an der Strippe habe. Das Netz hier draußen ist ...glaublich schlecht und ...«

Der Rest der Aussage ging wieder in statischem Rauschen unter. Es wurde so laut, dass Rimmer kurzzeitig den Ton herunterdrehte.

Lister-Briggs sah den Schneeflocken zu, die auf der Windschutzscheibe landeten. »Was kann ich für Sie tun, Robin?«, fragte er verwundert. »Weshalb rufen Sie an?«

»... *Mystery*.«

Der Büroleiter stutzte. »Mystery? Soll das heißen, Sie haben ein Rätsel für mich, oder was meinen Sie damit?«

»Nein, nein«, antwortete Chandler schnell. »Es geht um *Mister Mystery*. Die Serie. Um ...« Wieder ein Rauschen. »... Marlowe!«

Lister-Briggs erschrak. Simon Marlowe?

Auch Rimmer schien in Sorge zu geraten. »Sir?«, fragte er leise.

Lister-Briggs nickte. Natürlich kannte auch er die Geschichten, die Robin Chandler veröffentlichte. Genau wie sein Fahrer wusste er daher, dass der jüngere Mann eng mit einem Inspector von Scotland Yard befreundet war und gemeinsam mit diesem Mordfälle löste. Dass Chandler ihn anrief, konnte also nur einen Grund haben. Und dass er dabei auf den Hauptdarsteller von *Mister Mystery* zu sprechen kam, klang alles andere als beruhigend.

»Marlowe?« Der Büroleiter keuchte. »Chandler, Sie machen mir Angst. Sagen Sie nicht, Sie sind wieder an einem Verbrechen dran und stehen gerade vor der Leiche von Simon Marlowe!«

Wenn er mit dieser Neuigkeit bei der BBC ankam, war Weihnachten gelaufen – mindestens. *Mister Mystery* war das Zugpferd seiner Abteilung, seit Jahrzehnten schon. Nichts im Bereich geskripteter Unterhaltung fuhr auch nur annähernd solche Quoten ein, nichts verkaufte sich auf dem Lizenzmarkt besser. Selbst die öden Krimi-Serien, von denen das Publikum trotz immer gleicher Plots und Schauplätze gar nicht genug bekommen konnte, schnitten schlechter ab. Marlowe war bei den Fans immens beliebt und noch auf Jahre hin vertraglich an die Rolle gebunden. Die Abteilung hatte viel mit ihm und *Mister Mystery* vor. Und jetzt war er tot?

»Ich stehe …«, drang es aus den Lautsprechern des Autoradios. Der Rest ging in Störgeräuschen unter.

»Chandler!« Lister-Briggs schrie nun beinahe – so aufgebracht, dass selbst der Mann im benachbarten Vauxhall erschrocken zu ihm herübersah. »Verflucht, Mann, reden Sie mit mir! Was ist mit Simon Marlowe?«

Im Geiste sah er sich vor seinen Bossen beim Sender stehen. Heute noch, anstatt auf der Weihnachtsfeier. Er würde ihnen mitteilen müssen, dass sie abermals einen neuen Hauptdarsteller brauchten. Dass die Suche nach einem altersübergreifenden Sympathieträger für die Rolle des Mister Mystery ganz von vorn beginnen musste – noch dazu, ohne dass Marlowes Inkarnation der Figur den gebührenden Bildschirmabschied bekam. Und er dachte daran, welches narrative Potenzial dabei verloren ging – von den Werbeeinnahmen ganz zu schweigen.

Richtig angefasst, war *Mister Mystery* eine wahre Gelddruckmaschine. Jeder im Sender wusste das. Simon Marlowe war perfekt für die Rolle gewesen. Aber ein toter Hauptdarsteller ließ sich nicht länger vermarkten. Ein toter Hauptdarsteller war ein Riesenproblem.

Das Rauschen ließ einmal mehr nach, wenn auch nur leicht. »… einer Klippe, Connor«, sagte Chandler. »Hören Sie? Ich stehe an einer Klippe. Und, nein, Marlowe ist nicht tot. Er ist … und quicklebendig. Ich wollte Sie nur fragen, für was für einen Typ Mensch Sie ihn halten. Ist er … Teamplayer? Oder eine …rogante Diva?«

Die Erleichterung, die in Lister-Briggs aufstieg, war wie zehn Weihnachten zusammen. Nicht tot, hallte es in seinen Gedanken wider. Marlowe ist nicht tot.

Erst dann begriff der Abteilungsleiter, dass sie nun trotzdem ein Problem hatten.

»Diva?«, wiederholte er. Dabei warf er Rimmer einen Blick zu, der halb wissend und halb warnend war. »Wie kommen Sie denn auf die Idee, Robin? Marlowe eine Diva?«

Es stimmte natürlich. Das war das Ding. Der Hauptdarsteller des Senderzugpferds war beliebt wie die selige Queen Mum und für die Öffentlichkeit enger mit der Rolle verbunden als viele seiner Vorgänger. Das aber nur, weil die Öffentlichkeit nicht wusste, wie es hinter den Kulissen aussah. Lister-Briggs war noch nie am Set gewesen, während die Dreharbeiten liefen, doch selbst er hatte die Gerüchte gehört. Die zahlreichen Storys über Marlowes Allüren und Wutausbrüche. Die Geschichten über Regisseure, die beleidigt ihren Hut nahmen, und über

Gaststars, die mitten in der Produktion ihrer jeweiligen Episoden von ihrem Engagement zurücktraten. Letzteres geschah zum Glück ausgesprochen selten, war aber stets mit aufwendigen und kostspieligen Nachdrehs verbunden – und alles das nur, weil Marlowe sich mal wieder danebenbenahm.

»Der Junge ist schwierig geworden«, so hieß es im BBC-internen Flurfunk. »Als wir ihn buchten, war er ein Niemand. Dankbar und demütig. Vielleicht ein wenig traumtänzerisch und naiv, aber vor allem gehorsam. Doch jetzt, wo sich der Erfolg einstellt … Jetzt benimmt er sich plötzlich wie der größte Zampano unter der Sonne. Und wenn er schlechte Laune hat, dann gnade uns Gott!«

Das passierte mitunter. Lister-Briggs wusste es aus früheren, anderen Produktionen. Bei einer der langweiligen Krimiserien, die er betreute, hatte sich der Hauptdarsteller binnen weniger Staffeln vom kleinlauten Befehlsempfänger hin zur giftigen Diva mit Hollywood-Allüren entwickelt. Der Kerl hatte geglaubt, die ganze Welt stünde ihm offen, nur weil England ihn Woche für Woche mit stolzen Einschaltquoten belohnte und es sein Gesicht auf die Titelseiten der TV-Magazine geschafft hatte. Mit einem Mal wollte der Schauspieler bei den Drehbüchern mitreden, seine Gage nachverhandeln, das Casting seiner Co-Stars beeinflussen und neben der Serie auch große Dramen für den Sender spielen. Shakespeare, Pinter, den gottverdammten Beckett. Er hatte tatsächlich geglaubt, er könne diese Projekte an seinen Serienvertrag koppeln, und der Sender würde es gehorsam abnicken. Stattdessen hatte die BBC ihn aus dem Vertrag entlassen und die Rolle umbesetzt. Soweit Lister-Briggs wusste, spielte der einstige Star heute billiges Panto-Theater in Bath.

Doch bei *Mister Mystery* war das nicht so einfach. Ja, theoretisch ließ sich auch Simon Marlowe durch einen verträglicheren Schauspieler ersetzen. Die Rolle und die Historie der

Sendung gaben das sogar explizit vor. Doch das Publikum liebte Marlowes Inkarnation der Figur mehr als alle anderen, und der Sender fuhr immense Profite mit ihm ein. Ohne Marlowe fing auch *Mister Mystery* gewissermaßen bei null an, musste sich ganz neu beweisen und bewähren. Und Senderchefs scheuten Experimente mehr als der Teufel das Weihwasser.

Robin Chandlers Antwort drang gewohnt lückenhaft aus den Lautsprechern des Dienstwagens. »Ich sah vorhin eine … im Bonusmaterial einer DVD. Da stellt er eine arme Produktionsassistentin in … Senkel und behandelt sie … Dreck. Und weil Smart und ich gerade einen Doppelmord aufklären müssen, bei dem Mr Marlowe zugegen i…, frage ich mich, ob er öfter zu solchen Wut…sbrüchen neigt. Wissen Sie da mehr?«

»Ein Doppelmord?« Rimmer war kein Mensch der großen Gefühlsausbrüche. Nun jedoch hob selbst er erschrocken die Hand zum Mund. »Marlowe ist in einen Doppelmord verwickelt?«

»Und offenbar höchst verdächtig«, murmelte Lister-Briggs ebenso leise. »Grundgütiger …« Mit einem Mal wünschte er sich, der Schauspieler wäre »nur« tot. Alles war besser als eine Mordgeschichte. Lister-Briggs beugte sich vor. »Chandler.« Nahezu beschwörend sah er auf sein Handy-Display. »Was reden Sie da, Mann? Marlowe hat Menschen getötet?«

»…issen wir noch nicht«, verneinte Chandler. »Wir ermitteln nur. Allerdings ließ mich die Szene auf der DVD doch stutzen.«

Diese elende Szene, dachte der Abteilungsleiter.

Er wusste genau, wovon Chandler sprach: vom Bonusmaterial auf der Erstpressung der Episode *Schatten über Artemis IV*, einem Highlight der vergangenen Staffel. Irgendwie hatte es ein zutiefst unvorteilhafter Backstage-Moment aus den Dreharbeiten auf die DVD geschafft. Offiziell hieß es, der Sender habe keine Erklärung dafür. Doch Lister-Briggs hatte Gerüchte gehört, nach denen ein britischer Lord seine Finger im Spiel dieses peinlichen »Produktionsfehlers« gehabt hätte. Ein Mann mit Beziehungen in die höchsten Kreise der BBC. Selbstredend war die Auslieferung der DVD umgehend gestoppt worden, als Lister-Briggs von der Szene erfahren hatte. Doch einige Tausend Exemplare hatten es da längst zu den Fans geschafft. Es war allein Lister-Briggss Geschick im Umgang mit der Presse zu verdanken gewesen, dass die Story keine Wellen geschlagen hatte.

»Von daher«, fuhr Chandler fort, »nochmals meine Frage, Connor: Hat Sim… …arlowe sich nicht im Griff? Wäre er in Ihren Augen zu gewalts… Ausbrüchen fähig?«

Lister-Briggs musste nicht lange überlegen. Die Antwort lag ihm auf der Zunge, kaum dass Chandler den Satz beendet hatte. Doch er hütete sich, sie laut auszusprechen. Wenn er das tat, so kam es ihm vor, dann machte er das Problem nur noch größer. Dann sägte er aktiv mit an dem Ast, auf dem der größte Serienerfolg seiner Abteilung saß.

Und das an Weihnachten, dachte er wieder. *Ausgerechnet an Weihnachten.*

Der Stau löste sich allmählich auf. Irgendwie hatte der einsame Verkehrspolizist da vorne Ordnung ins Chaos gebracht. Der Vauxhall auf der Nebenspur bewegte sich bereits langsam, und auch Rimmer hatte die Hände wieder am Lenkrad. Sie würden es zur Abteilungsfeier schaffen, das stand wohl fest. Vermutlich sogar noch pünktlich. Lister-Briggs wusste nur nicht mehr, ob er das überhaupt noch wollte. Das Gespräch mit seinem Bekannten aus dem Club hatte ihm die Feierlaune ebenso ausgetrieben wie jede Spur von Besinnlichkeit. Er brauchte keinen Grog, sondern etwas Stärkeres. Am besten eine ganze Flasche.

»Connor?«, fragte Chandler, als er nicht gleich antwortete. »Hören Sie mich noch? Ich … nicht verstanden.«

Der Mittfünfziger hob das Handy näher an den Mund und entschied sich für eine Notlüge. »Leider nein, alter Freund. Sie sind kaum zu verstehen.«

»… verdammte Insel. Wobei mir einfällt: Wir bräuchten hier … vom Festland und … schnell wie möglich.«

Rimmer erreichte die Kreuzung und setzte den Blinker. Dankend nickte er dem Polizisten zu. Dann hatten sie das Schlimmste hinter sich, und der Verkehr lief wieder normal – jedenfalls für Londoner Verhältnisse.

»Noch zehn Minuten, Sir«, sagte Rimmer leise. »Wir sind gleich da.«

Lister-Briggs nickte ebenfalls. »Ich fürchte, ich muss mich von Ihnen verabschieden, Chandler«, log er. »Mein nächster Termin steht an. Wir besprechen das im Club genauer, einverstanden? Nach den Feiertagen und ohne Störgeräusche.«

»Warten Sie«, bat Chandler. Er klang nicht einverstanden. »Ich bräuchte noch …lfe und … Fähre Bescheid sagen?«

Fähre? Lister-Briggs runzelte die Stirn. *Was hat er denn jetzt mit einer Fähre?*

»Sie sind kaum noch zu verstehen, Chandler«, rief er in den Hörer. »Bedaure. Bis zum nächsten Mal, okay? Und frohe Weihnachten!«

Dann trennte er die Verbindung, ohne auf eine Erwiderung zu warten. Die Gelegenheit war einfach zu günstig. Erleichtert steckte er das Handy zurück in die Innentasche seines Jacketts.

Ich werde mich dem Thema widmen, versprach er sich stumm. *Aber intern. Nicht mit Chandler an der Strippe, sondern auf meine Weise. Großer Gott, Marlowe! Mord?*

Der Dienstwagen fuhr die Straße entlang, vorbei an hell erleuchteten Schaufenstern und dicht bevölkerten Bürgersteigen. Die Themse war nicht mehr fern und mit ihr die Senderzentrale. Im Geiste sah er schon Einsatzfahrzeuge der Polizei vor den Toren der BBC stehen, mit blinkenden Lichtern und Durchsuchungsbefehlen. Wo in aller Welt hatte Marlowe sie da nur hineingeritten? Und was konnte er tun, um den Schaden zu minimieren – den am Sender, aber auch den an seinem größten Quotenerfolg? Ein Skandal um *Mister Mystery* wäre der reinste Sargnagel. Erst recht jetzt zu Weihnachten, wo die Leute Zeit hatten und Zeitung lasen.

Nein, beschloss er und zwang seinen schnell gewordenen Puls zurück in geregeltere Bahnen. *Darum kümmere ich mich nach dem Fest. Gründlich … und vorsichtig. Um den Schaden so klein wie möglich zu halten.*

Erst als sie auf den Hof des Senders bogen, ergriff Rimmer wieder das Wort. »Sir? Ich mag mich irren, aber hatten Sie nicht auch den Eindruck, dass Mr Chandler Sie um Hilfe gebeten hat? Um Hilfe vom Festland?«

Lister-Briggs hob eine Braue. »Hat er das?«

Seine Überraschung war nicht gespielt. Der Schreck über die Sache mit Marlowe hatte ihn schon jetzt nahezu alles andere aus dem Telefonat vergessen lassen.

»Ich bin mir nicht ganz sicher«, gestand der treue Angestellte. »Die Verbindung war unterirdisch schlecht. Es könnte alles Mögliche geheißen haben. Doch mir war, als wäre da eine Art Hilfegesuch zwischen all dem Gerede von Mord und Mr Marlowe gewesen.«

»Hm.« Lister-Briggs griff vor sich in den Fußraum des Beifahrersitzes. Dort wartete seine Aktentasche mit den kleinen Geschenken, die er für die Feier besorgt hatte. »Ein Hilfegesuch? Ich weiß nicht, Arnold. Daran kann ich mich nicht erinnern, ehrlich gesagt. Warum sollte er unsere Hilfe brauchen?«

Rimmer hielt auf den Eingang der Tiefgarage zu. »Sie haben sicher recht, Sir«, sagte er. »Mr Chandler ist ein patenter Mann, insbesondere bei seinen und Inspector Smarts Ermittlungen. Er wird sich gewiss auch selbst helfen können.«

»In der Tat«, meinte der Abteilungsleiter und löste den

180

Anschnallgurt. »Wollen wir hoffen, dass auch wir das können, hm? Gottverdammter Marlowe …«

Jenseits der Klippe endete die Welt.

Zumindest machte es den Eindruck. Wohin Robin Chandler auch schaute, fand er nur dunkle Wolken und tosende See. Ein scharfer Wind hatte das Wasser aufgepeitscht, und es schlug rauschend gegen die Felsen, die gut ein Dutzend Meter unter ihm die Grenze der Insel säumten. Vom Festland jenseits dieser Fluten fehlte ohnehin jede Spur.

Vor gut einer halben Stunde war Chandler von Crannock Hall aus aufgebrochen – zu Fuß und wider besseres Wissen. Seitdem hatte der Schnee zwar nachgelassen, aktuell fiel keine einzige neue Flocke vom Himmel, doch dafür hielt sich der Sturm selbst kein bisschen zurück. Er zog und zerrte an Chandlers Kleidung – so sehr, dass er nun abermals einen Schritt zurücktrat. Weg vom Abgrund, vor dem er buchstäblich stand. Sicherheitshalber.

Frustriert steckte er das Handy in die Hosentasche. Das Telefonat war eine hoffnungsvolle Idee, unterm Strich aber ein Reinfall gewesen und definitiv nicht die Strapazen des Unwetters wert. Zwar hatte sich Bransons Angabe bestätigt – es gab Netzempfang auf der Insel, man musste nur den richtigen Standort finden –, aber unterm Strich änderte das wenig. Lister-Briggs hatte kaum ein Wort von dem verstanden, was Chandler in die Sprechmuschel des Telefons gerufen hatte. Und Antworten hatte er ohnehin nicht geliefert.

Zumindest keine, die ich gehört hätte, dachte Chandler grimmig.

War Simon Marlowe zu Mord fähig? Was das anging, war er so schlau wie vor dem Gespräch. Oder? Chandler kniff die Lider enger zusammen, dachte nach. Hatte Lister-Briggs nicht doch merklich gestutzt, als die Frage nach Marlowes Tempera-

181

ment aufgekommen war? Hatte der Mann von der BBC mit einer Antwort gezögert, weil er die Wahrheit hatte für sich behalten wollen – aus Imagegründen und aus Sorge um die Produktion?

Oder bilde ich mir das nur ein?

Beides schien vorstellbar zu sein, wenn er ehrlich zu sich war. Chandler hatte gehofft, von seinem Clubbekannten mehr über den Schauspieler zu erfahren. Über den *wahren* Marlowe, falls es so etwas überhaupt gab, den Mann hinter der Rolle und auch hinter der leicht naiven Traumtänzer-Fassade. Aber vielleicht war der Gedanke selbst schon naiv gewesen. Vielleicht legte die BBC einfach eine schützende Hand über ihren Star, wenn es hart auf hart kam. Zur Not sogar auf Kosten der Wahrheit.

Er wusste es nicht. Das Einzige, was er mit Sicherheit sagen konnte, war dies: Wenn er nicht bald zurück ins Haus ging, fror er sich die Zehen ab.

»Und nicht nur die«, murmelte er.

Chandler schlug den Kragen des warmen Mantels höher, den Branson ihm zum Glück aufgezwungen hatte, und zog die gefütterte Pelzmütze tiefer ins Gesicht. Die Mütze hatte einen breiten Rand, doch auch der konnte dem grässlich kalten Wind, der vom Meer herüberwehte, wenig entgegensetzen.

Ein letztes Mal zog er das Handy hervor und wählte die landesweite Nummer des Polizeinotrufs. Doch der Erfolg blieb nun aus, und Chandler fluchte leise. Das Gespräch mit Lister-Briggs schien ein seltener Glücksfall gewesen zu sein, denn jetzt war der spärliche Netzempfang von eben auch schon wieder abgebrochen. Als er die Zentrale der Festlandfähre anwählte, deren Nummer Branson ihm ebenfalls mitgegeben hatte, kam er genauso wenig durch.

Das darf doch nicht wahr sein!, schimpfte er innerlich.

Chandler trat vor bis an die Klippe und setzte abermals neu

an. Es musste doch wohl möglich sein, jemanden zu erreichen, verflucht! Eben war es doch auch gegangen. Und sie brauchten Unterstützung hier draußen. Erst recht jetzt, da Smart angeschlagen war.

Just als er die Wahlwiederholungstaste drücken wollte, fiel sein Blick erneut unten auf den Strand – dorthin, wo sich der einsame Fähranleger befand und Wellen gegen die rauen Felsen schlugen. Und mit einem Mal stutzte er.

Steht da jemand?

Es war nicht hell genug, um sich wirklich sicher zu sein. Im ersten Moment dachte er an ein Trugbild. An irgendeine seltsame Reflektion oder ein Schattenspiel, das seinen Augen Dinge vorgaukelte, die es in Wirklichkeit nicht gab. Dann aber bewegte sich der Schemen, den er zwischen den Felsen zu erkennen glaubte – und schaltete obendrein eine Art Leuchte ein!

Ein Mensch! Chandlers Brauen flogen in die Höhe. Ungläubig sah er in die Tiefe. *Ein Mensch mit einer Taschenlampe oder Laterne.*

Auf die Entfernung konnte er sich nicht sicher sein, was Details anging. Mann oder Frau, alt oder jung – all das blieb seinem fragenden Blick nach wie vor verborgen. Auch das Gesicht der Person dort unten konnte er nicht erkennen, ebenso wenig irgendwelche anderen Hinweise auf ihre Identität. Aber sie war da, ganz ohne Zweifel. Sie stand am Wasser, allein vor den Wellen.

Mit einem Mal war das Handy vergessen. Chandler merkte kaum, wie er es zurück in die Tasche steckte. Der Fremde dort unten hielt ihn völlig in seinem Bann.

Ist das jemand von uns?, dachte er. *Jemand aus dem Haus?*

Es klang nur logisch, denn wer sonst sollte sich auf Bainbridges Insel verirrt haben? Andererseits: Alle Bewohner von Crannock Hall waren hinter den schützenden Mauern des Anwesens versammelt, oder?

Fitzpatrick las bestimmt in irgendeinem Buch und hatte Besseres zu tun, als sich den Naturgewalten auszusetzen. Tandy arbeitete angeblich in ihrem Zimmer und war ohnehin viel zu wacklig auf den alten Beinen, um bei Wind und Wetter über einen Felsenstrand zu spazieren. Marlowe hatte sich eingeschlossen …

Oder sollen wir das nur denken?

… und die vier Bediensteten hatte Chandler bei seinem Aufbruch sogar noch mit eigenen Augen gesehen. Die konnten unmöglich jetzt schon hier am Wasser sein. Oder?

»Warum sollten sie?«, murmelte er. »Wer treibt sich überhaupt freiwillig dort unten herum, bei dem Mistwetter? Ich selbst habe Branson davon abgeraten.«

Die Gestalt war überaus verdächtig, das war ihm klar. Das mochte ein Mensch sein, den er bislang gar nicht auf dem Schirm gehabt hatte. Jemand, der zusätzlich zu den Bewohnern von Crannock Hall noch auf Lord Bainbridges Insel war.

Chandler beschloss, es herauszufinden. Bei seiner Ankunft mit der Fähre – es schien bereits eine Ewigkeit her zu sein – hatte er eine Art Trampelpfad betreten, der vom Strand bis hinauf auf die Spitze der Klippe geführt hatte. Ein ebenso steiler wie schmaler Weg, der an der weißen Wand aus Erdreich und Fels entlangführte, teilweise auch über steinerne Stufen.

Ob er ihn wiederfand, jetzt auf die Schnelle? Er musste es versuchen – zumal sich die Person dort unten gerade in Bewegung setzte! Sie verließ ihren Posten zwischen den Felsen und hielt nun auf die hohe Felswand zu.

Ich sollte mich beeilen, erkannte Chandler.

Sofort lief er los. Zum Glück konnte er sich auf sein Gedächtnis verlassen, und schon nach weniger als einer Minute hatte er das obere Ende des Trampelpfads gefunden. Es lag halb hinter einer wild wuchernden Hecke verborgen, aber es war da.

Chandler warf einen weiteren Blick in die Tiefe. Der Fremde

war noch immer zu erkennen, schien nur langsam voranzukommen.

»Kein Wunder, bei dem ganzen Matsch da unten«, murmelte er. »Da kann man doch bei jedem Schritt ausrutschen und sich das Genick brechen.«

Ein Vorankommen auf dem Strand war schwierig. Das, fand Chandler, war von Vorteil. Denn es gab ihm eine Chance.

Er lief los. Der Trampelpfad war ebenfalls kein allzu sicherer Untergrund, das stand außer Frage. Erst recht, da es direkt neben ihm senkrecht in die Tiefe ging. Doch der Wind, der vom Meer hereinkam und an seinem kurzen Haar zerrte, als wollte er es ihm ausreißen, spielte Chandler nun sogar in die Karten. Er half ihm dabei, das Gleichgewicht zu wahren, denn er drückte ihn nahezu gegen die schroffe Felswand.

Vorsichtig, aber doch zielsicher zog Chandler weiter. Die Sohlen seiner Stiefel waren perfekt für dieses unebene Gelände, und er dankte dem umsichtigen Branson in Gedanken. Nur ganz selten musste er die Arme ausstrecken, um die Balance zu halten, und kein einziges Mal rutschte er auf dem serpentinenartigen Pfad aus.

Die Gestalt unten hatte weit weniger Glück. Chandler sah, wie sie mit den Elementen kämpfte, wie Schlick, Matsch und die hohen Felsen ihr Fortkommen erschwerten. Sie hatte ihn noch immer nicht bemerkt, schien gar nicht nach oben zur Felswand zu schauen. Vermutlich rechnete sie gar nicht erst damit, beobachtet zu werden. Chandler konnte es ihr nicht verdenken. Auch er hatte ja schließlich nicht mit Gesellschaft hier draußen gerechnet.

Wo willst du hin?, fragte er sich, während er in die Tiefe stieg und sich, wo immer er nur konnte, an der Klippenwand festhielt. *Und wer bist du?*

Kurz vor Ende des Pfades machte selbiger eine weitere Biegung. Für ein paar wenige Schritte versperrte ein mannshoher

Felsvorsprung Chandler die Sicht auf den Strand. Als er ihn endlich passiert hatte, war die Gestalt fort.

Chandler kniff die Lider noch mehr zusammen, suchte das Gelände ab. Doch er fand sie nicht mehr. Mit einem Mal wirkte der Strand, als hätte es seinen unbekannten Besucher nie gegeben.

Du kannst *nicht weit sein*, dachte Chandler grimmig. *Hörst du? Das lasse ich nicht zu.*

Im Nu brachte er die letzten Meter Strecke hinter sich. Es fiel ihm leicht – auch, weil er nun tatsächlich ausrutschte. Mit rudernden Armen und mehr Tempo, als ihm lieb war, erreichte er den Strand und musste sich an der Felswand abstützen, um nicht der Länge nach hinzufallen.

Der Strand war nicht allzu breit und führte an der gesamten Klippe entlang. Chandler hörte das Rauschen des Meeres, roch sein salzig-herbes Aroma. Die Wolkendecke am Himmel war während der vergangenen Minuten noch eine Spur wilder geworden, noch dunkler. Nicht mehr lange, und der nächste Schneefall würde einsetzen. Und Schnee verdeckte Spuren.

Jetzt oder nie.

Chandler trat vor, sah zu Boden. Irgendwo hier mussten Fußabdrücke sein, richtig? Niemand verschwand, ohne Spuren zu hinterlassen.

Erst als er ein paar Meter gegangen war, rechts das wilde Meer und links von sich die Felswand, bemerkte er den Höhleneingang. Eine dunkle Öffnung, nahezu pyramidenförmig und mit schroffen, natürlichen Kanten, befand sich etwa auf Bodenhöhe in der Felswand. Sie war ihm bei seiner Ankunft mit der *LISSY* gar nicht aufgefallen, denn sie war nicht groß – einen knappen Meter breit und ziemlich schmal. Außerdem lag sie an einer Stelle, wo der weiße Stein der Klippe besonders uneben war und große Schatten werfen konnte. Ein perfektes Versteck.

Bingo, dachte Chandler.

Sofort hielt er auf die Öffnung zu, kam aber nur zwei Schritte weit, bevor seine Stiefel auf dem matschigen Untergrund den Halt verloren. Chandler wusste kaum, wie ihm geschah, als er plötzlich nach hinten kippte. Für einen kurzen Moment war ihm, als schwebte er, über sich nichts als die geballten Sturmwolken. Dann sah er den Erdboden wieder: im Augenwinkel und rasend schnell näher kommend.

Einen Sekundenbruchteil später schlug sein Kopf gegen einen der Felsen, die aus dem Schneematsch ragten. Und die Welt wurde schwarz.

KAPITEL 12

»Mr Chandler? Großer Gott, Mr Chandler!«

Die Stimme klang freundlich … und regelrecht entsetzt. Sie drang durch das Nichts, das ihn umgab, störte seinen Frieden. Und mit ihr kam der Schmerz zurück.

Chandler stöhnte. Er wollte seinen Frieden, klammerte sich krampfhaft an die schwarze Leere. Niemand durfte ihn von hier fortlocken! Absolut niemand!

Doch die Stimme ließ sich nicht verscheuchen. Mehr noch: Sie bekam Verstärkung. Mit einem Mal spürte Chandler Hände an seinem Körper, mit festem Griff und immenser Kraft. Er war wieder schwerelos, aber anders als zuvor. Er wurde getragen.

»Nein«, protestierte er schwach und wusste nicht, ob man ihn jenseits der Schwärze überhaupt hörte. »Nicht.«

Dann gab sein Geist erneut auf, und die Dunkelheit nahm ihn zurück.

Als er das nächste Mal zu sich kam, spürte er weichen Untergrund unter sich. Waren das Kissen? Ein warmes Bett? Mehrere Stimmen hallten durch das Nichts hinter seinen Lidern, und ihm war, als müsste er sie wiedererkennen, wenn er sich nur genug auf sie konzentrierte.

»Mr Chandler? Können Sie mich hören?«

»Ich … Ich habe ihn einfach gefunden, blutend am Boden und zwischen den Felsen. Beinahe hätte ich ihn nicht bemerkt, bei dem wenigen Licht. Was in aller Welt wollte er da draußen?«

»Ist er von der Klippe gestürzt?«

»Das bezweifle ich, Miss Abberton. Andernfalls wäre er gewiss nicht nur mit einer Platzwunde an der Schläfe davongekommen.«

»Wissen Sie, ob da nicht noch mehr ist? Er könnte innerlich verbluten, jetzt in diesem Moment!«

»Verbluten? Um Himmels willen, wie schrecklich!«

Drei Personen, erkannte Chandler. Zwei Frauen, ein Mann. Und, ja, er kannte die Stimmen. Er hatte noch keine Gesichter dafür, keine Namen, doch sie waren ihm vertraut. Und einen kurzen, schwachen Moment lang hasste er sie dafür, dass sie ihn aufweckten. Dass mit ihnen auch der Schmerz wiederkam.

Dann öffnete er die Augen.

Das Licht war wie eine Explosion. Von einem Sekundenbruchteil auf den anderen war es da, grell und gnadenlos. Es vertrieb die selige Schwärze, nahm die gesamte Welt ringsherum ein. Erst nach und nach gewöhnten sich seine Augen daran, und die Welt bekam wieder Konturen.

Das war das Kaminzimmer, richtig? Chandler erkannte den funkelnden Weihnachtsbaum, die langen Vorhänge und die holzvertäfelten Wände. Die gute Stube von Crannock Hall.

Ich liege auf dem Sofa, zuckte es ihm durch den Kopf. *Beim Kamin.*

Sofort spürte er das wärmende Feuer an seiner Seite. Es half, die Kälte zu vertreiben, die in seinen Gliedern zu stecken schien.

Ein Mann beugte sich über ihn. Faltige Züge, sorgenvoller Blick.

»Branson«, hauchte Chandler.

Die Miene des Mannes hellte sich auf. »Willkommen zurück, Sir! Da sind Sie ja.«

Allmählich traten weitere Details in sein Sichtfeld. Da waren

189

Jemma Fitzpatrick und Tamsin Abberton. Die Köchin hielt einen Verbandskasten in den Händen, ihre jüngere Begleiterin wirkte den Tränen nah. Beide sahen ihn voller Sorge an.

»W... Was ist ... passiert?«, fragte er stockend.

»Das wollte ich Sie eigentlich fragen«, erwiderte Branson. »Miss Fitzpatrick fand Sie bewusstlos am Strand und hat uns alarmiert. Miss Abberton und ich sind sofort mit einem Pferdekarren rausgefahren und haben Sie zurück ins Haus gebracht. Haben Sie Schmerzen, Sir?«

»Es geht schon«, antwortete er und stemmte sich auf. Im ersten Moment drehte sich das Zimmer vor seinen Augen, und ein scharfes Stechen schien durch seine rechte Schläfe zu fahren, dann ging es eigentlich. »Alles in Ordnung.«

»Na ja.« Miss Abberton klang skeptisch. »Das möchte ich zumindest bezweifeln. Sie können von Glück reden, dass die Wunde an Ihrem Kopf nicht tief ist. Sind Sie ausgerutscht, Mr Chandler?«

Er hob die Hand an die noch immer wild pochende Schläfe und merkte erst jetzt, dass ein dünner Verband rund um seinen Kopf führte. Dort, wo er den stechenden Schmerz verspürt hatte, prangte ein Stück Mull, das von dem Verband an Ort und Stelle gehalten wurde.

»Sie haben mich verarztet«, begriff er.

»In der Tat«, sagte Branson. »Miss Abberton und Miss Fitzpatrick waren so frei. Und wie ich erkenne, hat das Feuer bereits begonnen, Ihre Kleidung zu trocknen. Ich glaube, Sie waren nicht allzu lange allein am Strand. Eine Lungenentzündung oder dergleichen bleibt Ihnen hoffentlich erspart.«

»Das hört man gern«, murmelte Chandler etwas überrumpelt. Dann dankte er seinen Helfern, bevor er Fitzpatrick kritisch ins Auge nahm. »Was haben Sie am Strand gemacht, Jemma?«

Die Frau aus Plymouth hob seufzend die Schultern. »Ehrlich

gesagt, kann ich Ihnen das gar nicht genau erklären. Ich ... Ich hatte plötzlich Stubenkoller. So nennt man das wohl. Ich wollte – nein, ich *musste* – einfach mal raus an die frische Luft, schlechtes Wetter hin oder her. Also bin ich drauflosgegangen, den Weg entlang durch den Wald, und kam irgendwann an der Klippe an. Dann bemerkte ich etwas unten zwischen den Steinen. Erst auf den zweiten Blick wurde mir klar, dass es ein Mensch war. Ich dachte, Sie wären tot, Mr Chandler.«

»Viel gefehlt hat sicher nicht«, meinte Miss Abberton, durch und durch pragmatisch. »Sie hatten Glück, Sir, dass Miss Fitzpatrick so gute Augen hat. Und da unten hätten Sie sich ohnehin genauso gut das Genick brechen können. Was wollten Sie eigentlich da? Telefonieren?«

Chandler stand schwankend vom Sofa auf und dankte Branson stumm, als dieser ihn stützte. Die Kleider an seinem Leib waren noch immer klamm und seine Glieder steifer, als ihm lieb war, aber das wärmende Feuer wirkte wahre Wunder, und allmählich kehrte die gewohnte Energie in ihn zurück. Dicht gefolgt von den Erinnerungen.

»Das würde ich zunächst gerne mit Inspector Smart besprechen«, gestand er, »wenn Sie gestatten. Ist er wach?«

»Mir ist nichts Gegenteiliges bekannt, Sir«, antwortete Eleanor. Sie war soeben im offenen Türrahmen erschienen und deutete nun einen höflichen Knicks an. »Ich war vor zwanzig Minuten noch bei ihm und habe ihm einen Tee gebracht. Er scheint sich allmählich zu erholen.«

»Und das werde ich ebenfalls«, versprach Chandler den anderen. Er löste sich von Branson. »Dank Ihrer guten Fürsorge. Bis dahin haben wir aber einen Fall aufzuklären. Von daher entschuldigen Sie mich bitte, ja?«

»Selbstverständlich, Sir«, sagte Branson. Sein Tonfall blieb neutral, doch sein besorgter Blick sprach Bände. »Rufen Sie, falls Sie Hilfe benötigen.«

Chandler versprach es und ging zum Treppenhaus – humpelnd und steif, aber auf eigenen Beinen.

Hinter seiner Stirn überschlugen sich die Gedanken. Jedenfalls, soweit es die Schmerzen zuließen. Was hatte Miss Fitzpatrick wirklich dort draußen am Meer gesucht? Wollte er ihr die Geschichte vom Stubenkoller glauben? Konnte er es? Und wer war die Gestalt am Strand gewesen? Verflucht, wenn er sich nur an mehr Details erinnern könnte …

Bevor er Smart aufsuchte, machte Chandler einen Zwischenstopp in seinem eigenen Zimmer. Es dauerte ein wenig, bis er die klammen Sachen aus- und trockene Kleidung angezogen hatte. Seine Bewegungen waren noch nicht so geschmeidig, wie er es gerne gehabt hätte, und wann immer er zu ruckartig vorging, dröhnte der Schädel sogleich wieder. Doch es gelang.

Zufrieden betrachtete er sich im Spiegel. In dem frischen Hemd, der dunklen Hose und der Strickweste aus seinem Reisekoffer mochte er zwar keinen Schönheitswettbewerb gewinnen, aber wenigstens holte er sich nicht den Tod.

Smart erschrak sichtlich, als Chandler dessen Schlafzimmer betrat. »Was in aller Welt ist denn mit Ihnen passiert?«

Der Inspector sah deutlich besser aus als vorhin, war aber immer noch blass und leicht fiebrig. Er saß aufrecht im Bett und blätterte in einem Tandy-Roman, den er nun mit besorgter Miene sinken ließ. Seine Stimme war brüchig, doch das das konnte den Schrecken in seinem Tonfall nicht verbergen. »Sagen Sie nicht, das war unser unbekannter Täter, mein Lieber.«

Chandler setzte sich auf die Bettkante und betastete sich den wehen Schädel. »Ich fürchte, die Ehre gebührt allein mir, Smart. Ich bin ausgerutscht, unten am Wasser. Allerdings war ich da auf der *Spur* unseres Unbekannten.«

Mit wenigen Worten beschrieb er dem Inspector, was er draußen an der Klippe erlebt und beobachtet hatte. Er begann mit dem Gespräch mit Connor Lister-Briggs und dem Verdacht bezüglich Simon Marlowe. Dann beschrieb er die rätselhafte Gestalt mit der Laterne und den vermeintlichen Höhleneingang, in dem sie verschwunden sein musste. Zu guter Letzt erwähnte er Jemma Fitzpatrick, der er seine Rettung verdankte, und Tamsin Abbertons strengen Blick am Kamin.

Smart hörte interessiert zu und nickte dann. Er wirkte nachdenklich. »Eine Gestalt, hm? Ja, das passt.«

Chandler hob fragend die Braue. »Sie klingen nicht gerade überrascht, Smart.«

»Ich bin es auch nicht«, gestand der Inspector.

Dann war es an ihm zu berichten. Chandler staunte nicht schlecht, als Smart ihm von der rätselhaften Person im Schnee erzählte, die er schon an seinem ersten Abend auf der Insel gesehen haben wollte.

»Sie stand direkt unter unseren Fenstern, alter Freund«, fuhr Smart fort. »Als hätte sie eben noch zu uns hochgeschaut. Um zu überprüfen, in welchen Zimmern Licht gemacht wird und wo nicht. Wo jemand wohnt und wo nicht.«

»Smart!« Chandler keuchte. »Sie meinen …?«

Der Mann von Scotland Yard nickte. »Das mag unser Täter gewesen sein, ja. Der Mörder von Lord Bainbridge und Francis Bellamy.«

»Grundgütiger …«

Als Nächstes kam Smart erneut auf seinen Abstecher in das kleine Haus jenseits des Waldrandes zu sprechen. »Ich habe dort niemanden angetroffen«, erinnerte er seinen Begleiter. »Aber für einen kurzen Moment hatte ich da ebenfalls das Gefühl, dass jemand zugegen war. Jemand, der sich versteckt hielt, um nicht bemerkt zu werden. Wenngleich ich beim besten Willen nicht sagen könnte, wo. Das Haus ist winzig.«

»Na, so was«, murmelte Chandler. »Wie bei mir in der Bibliothek, oder? Die ganze Zeit über haben wir uns gefragt, ob der Mörder einer von uns sein könnte. Und jetzt? Jetzt stellt sich heraus, dass wir vielleicht *doch* nicht allein auf diesem Eiland sind. Hier gehen seltsame Dinge vor sich, Smart. Dinge, die absolut nichts mit weihnachtlichem Frieden zu tun haben.«

»Sie sagen es, Chandler.« Der Inspector schloss kurz die Augen. Das Gespräch schien ihn mehr anzustrengen, als er zugab. »Und genau deshalb habe ich einen Vorschlag für Sie.«

Neugierig hob Chandler die Braue.

»Ich fürchte«, gestand Smart, »es braucht noch eine Nacht, bis ich bei dieser Ermittlung wieder tatkräftig an Ihrer Seite stehe. Meine Kräfte kehren zwar zu mir zurück, allerdings langsamer, als ich es mir wünschen würde. Und wir haben ja beide gesehen, was passiert, wenn ich zu schnell wieder loslege. Dennoch bin ich der Ansicht, Sie brauchen einen Partner. Jemanden, mit dem Sie Ideen und Theorien besprechen können. Jemanden, der Ihnen den Rücken frei hält, wenn Sie sich in die sprichwörtliche Höhle des Löwen begeben. Sie wissen ja, wie viel mir Ihre Gesellschaft in all den Jahren bedeutet hat. Ohne Sie an meiner Seite hätte ich unsere Fälle nie und nimmer gelöst.«

»Smart, ich …« Chandler schluckte. »Ich weiß gar nicht, was ich sagen soll. Sie schmeicheln mir, das schon, aber Ihr Lob ist nicht gerechtfertigt. Sie sind das detektivische Genie von uns beiden, nicht ich.«

»Nun stellen Sie Ihr Licht mal nicht unter den Scheffel, alter Knabe«, widersprach der Inspector. »Wer von uns beiden durchschaute damals das ›Phantom von Notting Hill‹, wie Sie es nannten?«

»Ich habe nur darauf hingewiesen, dass der Maler Garman Linkshänder war«, erinnerte sich Chandler. »Das war noch lange kein Beweis. Es gibt Milliarden von Linkshändern auf der Welt.«

»Es war der entscheidende Schritt, der uns auf die richtige Fährte brachte«, beharrte Smart und nannte gleich das nächste

Beispiel. »Wer von uns misstraute dem Wirt des *Scottish Arms*, Sie oder ich? Oder nehmen Sie den Fall vor der walisischen Küste. Wer von uns wusste, dass der Kapitän der *Stormbride* unmöglich einen solchen Knoten gebunden hätte, wie man ihn an der Leiche seines Maats fand?«

Chandler erinnerte sich an jeden einzelnen dieser Fälle. Doch obwohl das Lob seines alten Freundes ihm runterging wie Öl, fragte er sich, auf was Smart damit überhaupt abzielte.

»Deswegen«, fuhr der geschwächte Ermittler fort, »schlage ich vor, dass Sie sich einen neuen Partner zulegen. Wenigstens bis zu meiner Genesung.«

»Hier?« Chandler riss die Augen auf, lachte ungläubig. »Ihre Argumente in allen Ehren, Smart. Aber ist Ihnen entgangen, dass die Auswahl an geeignetem Personal auf Crannock Hall recht überschaubar ist? Meines Wissens sind Sie der einzige professionelle Detektiv in unserer Runde. Ich bezweifle, dass sich Branson oder gar die gute Ginny zur Verbrecherjagd eignen. Zumal ich sie nach wie vor nicht ganz als Täter ausschließen würde.«

Smarts Mundwinkel zuckten wissend. »Von denen war auch nie die Rede, mein Lieber.« Dabei strich er über das Buch, in dem er gelesen hatte, als wären so alle Fragen beantwortet.

»Auf gar keinen Fall!«, sagte Jessica C. Tandy. Die berühmte Autorin saß an dem kleinen Sekretär in ihrem Zimmer und verschränkte streng die Arme vor der Brust. Hinter dem Fenster neben ihr fiel Schnee. *Viel* Schnee. »Hören Sie, Mr Chandler?«, fuhr Tandy fort. »Schlagen Sie sich das gleich aus dem Kopf. Ich stehe nicht zur Verfügung.«

Chandler nickte. »Das verstehe ich. Aber …«

Seit seinem Gespräch mit Smart war keine Viertelstunde vergangen. Chandler war sofort aufgebrochen, um die Autorin zu suchen und Smarts Idee mit ihr zu besprechen. Er hatte im

Kaminzimmer nachgesehen, das menschenleer gewesen war, und im Speisesaal, wo die Hausangestellten gerade für das Abendessen deckten. Erst dann hatte er es an Mrs Tandys Zimmertür versucht – erfolgreich.

Die Autorin schien den Nachmittag arbeitend verbracht zu haben. Zumindest deutete der kleine Stapel Papier auf dem Sekretär darauf hin. Die Seiten waren eng und mit der Hand beschrieben, und neben ihnen lagen ein kunstvoll gravierter Montblanc-Füllfederhalter und ein kleines Tintenfass. Entstand dort etwa das nächste Buch?

»Wir könnten Ihre Unterstützung wirklich gut gebrauchen«, fuhr er fort. Er erklärte nicht länger, er bettelte. »Sie sind die Einzige hier mit kriminalistischem Gespür. Die Einzige außer Smart und vielleicht noch mir. Das hat er selbst gesagt, Mrs Tandy.«

Mit einem einzigen Wort wischte sie das Lob beiseite. »Papperlapapp. Ich bin Schriftstellerin, Mr Chandler. Jegliches Gespür, das ich besitzen mag, ist reine Fiktion. Wissen Sie, warum meine Kriminalromane so clever konstruiert sind? Weil ich sie *konstruiere*. Verstehen Sie? Da ist nichts dem Zufall überlassen. Da weiß ich schon auf Seite eins, wer woran die Schuld trägt und wie er überführt werden wird. Nochmals: Ich bin keine Detektivin, ich denke mir nur welche aus. Das ist ein gewaltiger Unterschied. Was Sie brauchen, ist jemand, der sich mit *echten* Verbrechen auskennt. Nicht jemanden, der welche erfindet.«

»Inspector Smart sagt …«

»Inspector Smart ist ein Fan«, fiel sie ihm mit sanftem, aber bestimmtem Ton ins Wort. »Ein charmanter Fan, ohne Frage. Aber ein Fan. Fans urteilen selten rational, Mr Chandler.«

»Sei dem, wie dem sei«, lenkte er ein. »Fakt bleibt dennoch, dass wir … dass ich Hilfe brauche, um die Rätsel von Crannock Hall endlich zu lösen. Und von allen Anwesenden, die nicht gerade bettlägerig sind, stellen Sie mit Abstand die beste Option dar. Sie mögen sich Ihre Mörder nur ausdenken, Mrs Tandy, doch Sie wissen, *wie* Mörder denken. Darüber ist sich jeder im Klaren, der einmal einen Roman von Ihnen gelesen hat. Ich hege keinen Zweifel daran, dass diese Ermittlung von Ihrem scharfen Verstand und Ihrem Sinn für Verbrechen profitieren würde.«

Der Schnee vor dem Fenster wurde immer heftiger. Die Sonne, die Chandler an diesem Tag kaum einmal gesehen hatte, war längst hinter dem Wald untergegangen, und der namenlosen Insel stand eine weitere winterlich kalte Nacht bevor. Ohne Kontakt zur Außenwelt, wie auch seine unglücklichen Versuche auf der Klippe bewiesen hatten.

»Mein Sinn für Verbrechen, hm?«, murmelte Tandy. Sie klang wenig überzeugt, schien aber allmählich nachzugeben. Zumindest ließ sie die Arme sinken und sah Chandler anklagend an. »Ich will Ihnen in keiner Weise zustimmen, Mr Chandler. Doch ich habe tatsächlich den Eindruck, dass Sie bislang den einen oder anderen verdächtigen Hinweis übersehen haben. Zumindest scheint mir etwas aufgefallen zu sein, von dem Sie offenbar gar keine Kenntnis haben.«

Erstaunt hob er eine Braue. »Ach ja?«

Sie nickte. »Verstehen Sie das bitte nicht als Kritik«, erwiderte sie. »Ich mag mich irren. Aber … Ach, was soll's? Ich sag's Ihnen einfach freiheraus. Ist Ihnen je aufgefallen, dass unsere Freundin Miss Fitzpatrick Sie anlügt?«

Im ersten Moment war er zu perplex, um zu antworten. Im zweiten Moment öffnete er den Mund, bekam jedoch nur ein ratloses »Äh« heraus. Moment drei brachte ihn endlich weiter, wenn auch nur ein wenig. »Wie genau meinen Sie das?«

Tandy schlug die Beine übereinander. »Es sind die kleinen Dinge, die einen Kriminalroman auszeichnen. Wann immer ich neue Geschichten ersinne, achte ich darauf, dass meine Figuren winzige Fehler machen, die den meisten Lesern hoffentlich gar nicht auffallen. Die die Leser erst bemerken, wenn sie am Ende des Buches ankommen und die große Auflösung präsentiert bekommen. Nun, die liebe Jemma hat exakt solch einen Fehler geliefert, und ich habe den Eindruck, er ist Ihnen und Mr Smart komplett entgangen. Aus Unkenntnis?«

Chandler zermarterte sich das Hirn, ohne auch nur den geringsten Hinweis zu finden. Worauf spielte die Autorin nur an? »Erleuchten Sie mich bitte, Mrs Tandy. Seien Sie so gut.«

Ihre Mundwinkel zuckten. Ein Funkeln trat dabei in ihren Blick, den Chandler sehr gut kannte. So funkelten auch Smarts Augen, wann immer er eine heiße Spur fand. »Vor ein paar Stunden, es muss kurz nach dem Lunch gewesen sein, da saß ich mit Jemma im Kaminzimmer. In den gemütlichen Sesseln vor dem Weihnachtsbaum. Irgendwann entschuldigte ich mich, um auf mein Zimmer zu gehen und an meinem Manuskript zu arbeiten. Doch ich fand meinen Füller nicht gleich und ging durchs Haus, um ihn zu suchen. Dabei kam ich erneut am Kaminzimmer vorbei und hörte, wie Jemma sich mit Inspector Smart unterhielt.«

Chandler nickte. Das musste tatsächlich nach dem Lunch gewesen sein. Zu der Zeit war er selbst noch oben in Lord Bainbridges geheimem Büro gewesen. Und Smart war vor Fitzpatricks Augen zusammengebrochen.

»Jemma meinte, sie sei vor ihrer Reise nach Crannock Hall noch nie aus ihrer Heimatstadt herausgekommen«, fuhr die Autorin fort. »Aus Plymouth.«

Abermals nickte er. »In der Tat. Smart hat mir davon erzählt. Das war das Gespräch, bei dem er sich plötzlich so krank fühlte.«

»Das mag sein. Ich hörte nur ein wenig, als ich am Kaminzimmer vorbeiging. Ich bezweifle, dass er und Miss Fitzpatrick überhaupt Notiz von mir genommen haben. Doch ich wunderte mich, Mr Chandler. Denn mir hatte unsere liebe Jemma zuvor etwas ganz anderes berichtet!«

Chandler blinzelte verwirrt. »Wie bitte?«

»Sehen Sie?« Wieder schmunzelte die Autorin. »Dachte ich mir doch, dass Sie das nicht wussten. Als ich mich mit Jemma unterhalten habe, meinte sie, sie sei in den Sommermonaten stets gern auf Reisen. Bevorzugt in größere Städte wie London oder auch Edinburgh. Vor Jahren war sie auch mal auf Kreta, sagte sie. Die Hitze dort sei aber nicht ihr Fall. Sie verstehen also meine Überraschung, Mr Chandler, als ich das Gespräch mit Inspector Smart an diesem Mittag mit anhörte, in dem sie sich als naive Unschuld vom Lande präsentierte, die kaum mehr als die eigenen vier Wände kennt.«

Die Autorin stellte wieder beide Beine auf den Boden, sichtbar fertig mit ihren Schilderungen. »Man darf sich durchaus fragen, ob unsere Miss Fitzpatrick es sonst ebenfalls nicht ganz so genau mit der Wahrheit nimmt. Und falls ja, wo.«

»Das …« Chandler fuhr sich mit der Hand über das Gesicht. Er war tatsächlich erstaunt. »Das ist in der Tat interessant.«

»Ich hätte Sie natürlich informiert«, so Mrs Tandy weiter. »Aber ich dachte mir nicht allzu viel dabei. Ehrlich gesagt bin ich davon ausgegangen, dass Jemma den Widerspruch schon selbst aufklären würde – Ihnen und Inspector Smart gegenüber. Oder dass Sie von allein darüber stolpern würden. Immerhin hatte ich ja auch nur einen Bruchteil der Unterhaltung mitbekommen. Wie sollte ich beurteilen können, was sonst noch gesprochen worden war? Aber jetzt, wo Sie hier vor mir stehen und Hilfe erhoffen … Jetzt konnte ich doch nicht anders. Ich musste Sie darauf ansprechen. Und Ihr verblüffter Gesichtsausdruck zeigt mir, dass das gut war.«

Chandler nickte. Einmal mehr musste er an Miss Fitzpatricks Geschichte vom Strand denken. Gab es noch mehr Gelegenheiten, bei denen die junge Frau gelogen hatte? »Ihre Beobachtungsgabe ist Gold wert, Mrs Tandy. Aber Sie wissen schon, dass Sie mir mit dieser Geschichte das beste Argument für Ihre Mithilfe bei den weiteren Ermittlungen geliefert haben.«

Tandy sah zu ihrem Papierstapel, den Seiten ihres nächsten Buches, dann zum Schneegestöber vor dem Fenster. Schließlich seufzte sie. »Ach, wem mache ich hier etwas vor? Ja, Mr Chandler. Ich bin dabei. Es lässt mir ja doch keine Ruhe, genauso wenig wie Ihnen. Aber ich warne Sie: Erhoffen Sie sich nicht zu viel von mir. Ich bin keine Detektivin.«

Aber Sie verstehen es, zu beobachten, dachte Chandler erleichtert. *Und manchmal ist das schon die halbe Miete …*

Die letzten Plätzchen waren so weit. Mildred Smart musste nicht auf die Uhr schauen, die über dem Esstisch in der kleinen Küche hing, um das zu wissen. Sie hatte es einfach im Gefühl – zumal der köstliche Duft, der unsichtbar durch das Zimmer waberte, ebenfalls half.

Zufrieden ließ sie die Zeitung sinken, in deren Lektüre sie vertieft gewesen war, und erhob sich von ihrem Stuhl. Die Handschuhe, mit denen sie das Blech aus dem heißen Ofen nehmen konnte, warteten bereits neben dem Herd, umgeben von all den anderen Resten ihrer jüngsten Back-Session: Die beiden Rührschüsseln, die Beutel mit dem Mehl und dem weißen Zucker, die geleerten Cranberry-Dosen und auch die Tüte mit den übrig gebliebenen Rosinen standen alle noch auf der Arbeitsplatte und warteten darauf, dass sie fertig wurde und gründlich aufräumte.

Das, so hatte Mildred sich versprochen, würde sie auch tun. Sobald die Plätzchen abkühlten.

Die Neunundfünfzigjährige schaltete den Backofen aus und öffnete die Tür. Der Duft, der ihr nun mit geballter Kraft entgegenschlug, war Weihnachten pur. Auch der Anblick der kleinen Köstlichkeiten auf dem Blech ließ in ihren Augen keinerlei

Wünsche offen. Noch ein wenig Puderzucker hier, etwas Kuvertüre dort, und der Vorrat an süßen Naschereien für die Feiertage wäre perfekt.

Timmy wird die Plätzchen lieben, dachte sie, als sie das Blech zum Abkühlen auf die breite Fensterbank stellte. *Mehr als gut für ihn ist, bei seinem Cholesterinspiegel. Aber es ist Weihnachten, da macht sogar das Cholesterin eine Ausnahme. Oder?*

Sie musste schmunzeln, denn diese selbstredend unhaltbare Ausrede stammte von Timmy selbst. Mildred wusste genau, dass sie ihrem geliebten Gatten eigentlich keine allzu süßen oder fettigen Speisen vorsetzen sollte. Ihr gemeinsamer Hausarzt Mortimer Gillicuddy hatte es ihnen ja schließlich genau erklärt.

Aber Timmy liebte diese Art von Köstlichkeiten nicht nur, er lebte geradezu für sie. Er behauptete sogar, ohne sie wäre er im Beruf weit weniger erfolgreich und Englands innere Sicherheit wäre gefährdet. Auch wenn er da natürlich nur scherzte – so hoffte Mildred zumindest –, konnte und wollte sie ihm sein Vergnügen zumindest unter dem Weihnachtsbaum nicht nehmen. Das musste auch Morty verstehen. Schließlich hing die innere Sicherheit des Empire davon ab.

Mildred begann mit dem Abwasch. Während das Leitungswasser ins Spülbecken plätscherte, räumte sie die Schüsseln und benutzten Löffel, das Nudelholz und die gewundenen Stäbe des Mixers, die Ausstechförmchen und auch den Messbecher zusammen. Dann gab sie etwas Seifenlauge in das Spülbecken, tauchte die erste Rührschüssel in die handwarmen Fluten und …

Klopf, klopf, klopf.

Fragend runzelte sie die Stirn. Wer klopfte denn da an die Haustür, noch dazu um diese Zeit?

Timmy wird es nicht sein, überlegte sie, und die Gewissheit verpasste ihr erneut einen leichten Stich. Er *hat einen Schlüssel.*

Sie ließ den Abwasch kurzerhand stehen, wischte sich die teigverschmierten Hände an der geblümten Schürze ab und ging durch den schmalen Flur zur Tür, die gegenüber der kleinen Küche lag. Es war dunkel draußen, früher Abend, doch dank der Straßenlaternen vor dem Haus konnte sie die Umrisse eines nicht allzu großen und schmalschultrigen Mannes im Milchglasfenster erkennen, das mittig in die Haustür eingelassen war. Vorsichtig öffnete sie sie einen Spaltbreit.

Der Mann auf den Stufen der kleinen Vortreppe musste Ende dreißig sein. Er hatte ein käsiges Gesicht und eine Halbglatze. Sein leicht ungelenk wirkender Körper steckte in einem dunklen Anzug, der an ihm wirkte, als hätte er ihn von einem älteren und muskulöseren Bruder geerbt. Dazu trug er einen regenfeuchten Trenchcoat, schwarze Halbschuhe und einen Hut. Letzteren allerdings drehte er nun nervös in den Händen.

»Mrs Smart?«, erkundigte er sich. Es klang freundlich. »Mrs Mildred Smart?«

»Ja?«, gab sie nicht minder fragend zurück. Dabei öffnete sie die Tür keinen Millimeter weiter. Dies war zwar eine gute Nachbarschaft, in der jeder auf den anderen achtete, aber sicher blieb sicher. »Wer sind Sie?«

»Nigel, Madam. Nigel Paddington.« Er deutete allen Ernstes eine kleine Verbeugung an. Dabei wäre er fast auf den noch schneefeuchten Treppenstufen ausgerutscht. »Ich hatte kürzlich das Vergnügen, Ihren Gatten bei einem seiner Fälle zu unterstützen. In Bristol. Ich bin dort bei der Truppe, verstehen Sie?«

»Sie sind ein … Kollege von Timothy?«

»Ganz recht.« Paddington nickte unsicher. »Ist er vielleicht zu Hause?«

Mildred entspannte sich. Es war immer ein kleiner Schreck, wenn jemand von der Polizei bei ihr klingelte. Da war die erste Befürchtung natürlich, dass Timmy etwas zugestoßen sein mochte. Aber das hatte Paddington ja bereits ausgeschlossen.

Wäre Timmy krank oder gar Schlimmeres, würde sein Kollege gewiss nicht nach ihm fragen.

»Da muss ich Sie leider enttäuschen, Mr Paddington«, begann Mildred.

»Nigel, Madam«, bat er, und einmal mehr spielten seine nervösen Hände mit der Krempe seines Hutes. »Nennen Sie mich ruhig Nigel.«

Sie lächelte. »Nigel. Mein Mann war schon seit Tagen nicht zu Hause. Aber kommen Sie. Unterhalten wir uns im Warmen, ja?«

Dankbar folgte der sichtlich fröstelnde Mann ihr ins Haus. In der Küche nahmen sie am Esstisch Platz. Durch die offene Tür, die den kleinen Raum mit dem Wohnzimmer verband, konnte man bereits den leuchtenden Weihnachtsbaum sehen. Dabei waren es bis zum Fünfundzwanzigsten noch drei Tage.

»Möchten Sie einen Tee, Nigel?«, fragte Mildred. »Ich wollte mir auch einen aufbrühen.«

»Gern, Mrs Smart.« Sein neugieriger Blick ging zur Fensterbank. »Sind das frische Plätzchen?«

»Kommen gerade aus dem Ofen«, bestätigte sie. »Mein Timmy liebt Süßspeisen über alles. Zu sehr, wenn ich ehrlich sein soll.«

»Er erzählte so etwas, ja«, erinnerte sich Paddington. »Verstehe ich das eigentlich richtig, dass Sie ihn noch *gar* nicht zu Hause hatten seit Bristol? Ich bin rein zufällig in der Gegend, wissen Sie? Und ich dachte mir, ich statte ihm einen kleinen Besuch ab. Die Gelegenheit war günstig.«

Sie schüttelte den Kopf. »Er wollte auf irgendeine Insel, hat er mir am Telefon erklärt. Robin sei dort und brauche seine Unterstützung. Kennen Sie Robin Chandler ebenfalls?«

»Bedaure, nicht persönlich. Nur aus den Geschichten, die er zu Papier bringt.«

»Ach, die Geschichten.« Mildred kicherte, während sie heißes Wasser in die Tassen gab. »Timmy fühlt sich geschmeichelt von den Sachen, die Robin über ihn schreibt, aber erzählen Sie das niemandem. Offiziell tut er nämlich gerne so, als wären sie ihm ein Dorn im Auge.«

»Ich schweige wie ein Grab«, versprach Paddington und zwinkerte ihr amüsiert zu. Dann nahm er seinen Tee entgegen. »Aber seit seinem Aufbruch zu Mr Chandler und dieser Insel hat er sich nicht mehr gemeldet?«

Abermals verneinte sie. »Ich schätze, die beiden haben einfach zu viel zu tun. Sie wissen ja, wie das ist. Wenn Timmy und Robin auf ein Rätsel stoßen, vergessen sie gern mal die Welt um sich herum. Dann gibt es nur die Spurensuche für sie, nur die Jagd nach Antworten und Verbrechern.«

Paddington runzelte die Stirn. »Oder es liegt am Wetter«, schlug er vor. »Wenn mich die Erinnerung nicht trügt, wollte der Inspector nach Cornwall. Die dortige Küste erlebt seit Tagen einen wahren Horror-Winter mit Stürmen und mehr Schnee als in den vergangenen fünf Jahren zusammen, so heißt es in den Nachrichten. Von daher ist es gut möglich, dass Mr Smart und Mr Chandler schlicht nicht nach Hause *können*. Und je nachdem, wo sie gelandet sind, mag auch das Telefonnetz zu wünschen übrig lassen. Da draußen wohnt ja kaum jemand, und Fische telefonieren eher selten.«

»Ja, die Vermutung hatte ich auch schon«, gestand sie und nahm wieder ihm gegenüber Platz. »Aber ich glaube nicht, dass wir uns Sorgen machen müssen.«

Paddington, der genau dies gerade zu tun schien, hob eine Braue. »Ach ja?«

»Deswegen«, meinte Mildred und deutete zur Fensterbank, wo die frischen Backwaren langsam auskühlten. »Es ist bald Weihnachten, Nigel. Und mein Timmy liebt dieses Fest, jede einzelne funkelnde Kerze und jede einzelne Kalorie daran. An Weihnachten wird er regelrecht zum Kind. Wussten Sie, dass er

früher hier von Haus zu Haus gegangen ist, um Weihnachts-
lieder zu singen? Nicht allein natürlich, sondern mit seinen
Freunden aus dem Pub.«

Paddington prustete fast los. »Inspector Smart, ein Carol
Singer?«

Sie nickte. »Schwer vorstellbar, nicht? Bei der tiefen Stimme?
Aber es ist wahr. Daran sehen Sie, wie gern er diese Feiertage
hat. Timmy mag es besinnlich und gemütlich, Nigel. Er wird
tun, was immer möglich und nötig ist, um auch in diesem Jahr
pünktlich zum Fest nach Hause zu kommen. Darauf können Sie
sich verlassen.«

»Ihre Zuversicht ist bewundernswert«, fand Paddington,
nippte an seinem Tee und schloss dann genießerisch die Augen.

»Das ist keine Zuversicht«, erwiderte Mildred sanft. »Sondern
reine Menschenkenntnis. Ich kenne meinen Timmy, Nigel. Um
den brauchen wir uns keine Gedanken zu machen, erst recht
nicht an Weihnachten.«

Es klang überzeugend, fand sie. Und Paddingtons Bedenken
schienen auch wie weggeblasen zu sein. Sie selbst war allerdings
noch nicht überzeugt. Denn obwohl sie dem unerwarteten Gast
nichts als die Wahrheit gesagt hatte, blieben die Zweifel hinter
ihrer Stirn. Timmy hatte sich nicht wieder gemeldet, das war
schlicht eine Tatsache. Und auch Menschen, die es gemütlich
mochten, konnten schlimme Dinge widerfahren. Erst recht bei
einer Verbrecherjagd.

Drei Tage, sagte Mildred Smart sich nicht zum ersten Mal an
diesem winterkalten Abend. *Es sind noch drei Tage. Alles kann
noch gut werden. Nein: Alles* wird *noch gut werden.*

Und einmal mehr hoffte sie, dass sie sich irgendwann selbst
glaubte.

TEIL 4

Alte Kindheitserinnerungen sowie die Nähe unserer Lieben lassen zur Weihnacht unser Herz erweichen. Das gesamte Jahr hindurch profitiert unser Gemüt davon, wenn wir zum Fest erneut Kind sein dürfen.

Laura Ingalls Wilder

Von Besinnlichkeit fehlte hier jede Spur, alter Knabe. Das war kaltblütiger Mord.

Timothy Smart

KAPITEL 13

Der Mann in Schwarz floh durch den Schnee, und Timothy Smart folgte ihm. Smarts keuchender Atem zauberte feine weiße Wölkchen in die klirrend kalte Luft. Bei jedem Schritt knirschte es unter seinen Sohlen. Bis zum Waldrand war es nicht mehr weit.

»Stehen bleiben!«, rief Smart abermals. »Geben Sie auf, Mensch! Das Spiel ist aus.«

Doch der Unbekannte dachte gar nicht daran. Er trug einen Kapuzenmantel, und noch immer konnte Smart sein Gesicht nicht erkennen. Seit einer gefühlten Ewigkeit verfolgte er ihn nun schon, und noch immer hatte der Kerl einen kleinen Vorsprung. Smart wusste: Wenn er erst einmal im Wald angekommen war, wo die Schatten lauerten, dann war alles offen. Dann konnte der Unbekannte jederzeit wieder verschwinden.

So weit lasse ich es nicht kommen, dachte der Inspector. *Und ihn auch nicht.*

Denn das da vorne war niemand Geringeres als der Mörder von Crannock Hall. Der Fremde, den er am Abend seiner Ankunft schon unterhalb seines Fensters gesehen hatte. Die Person in den Schatten der kleinen Waldhütte und die, der Chandler zum Strand hinunter gefolgt war. Smart wusste nicht, woher er diese Gewissheit nahm, aber sie war felsenfest. Der Unbekannte war die Antwort auf sämtliche offenen Fragen ... und trug sämtliche Schuld.

»Stehen bleiben, verdammt!«, rief Smart erneut.

Sein Brustkorb schmerzte vor Anstrengung. Auch seine Seite stach höchst unangenehm, und trotz der Stiefel, die er trug, konnte er die Zehen nicht länger spüren. Für Verfolgungsjagden war er nicht gemacht, erst recht nicht im Winter. Das überließ er gern jüngeren Kollegen. Doch außer ihm war hier niemand, der den Job übernehmen konnte. Entweder, er stoppte den Mörder, oder der Mörder entkam. Darauf lief es hinaus.

Also weiter. Noch zehn Meter blieben dem Mann in Schwarz bis zum Waldrand. Dann noch acht. Noch sechs. Noch ...

Mit einem Mal hatte Smart seine Dienstpistole in der behandschuhten Rechten. Er wusste nicht, wo sie herkam, und erinnerte sich auch nicht daran, sie aus einer seiner Manteltaschen gezückt zu haben. Doch dies war nicht der richtige Moment für lange Überlegungen, sondern für Taten. Das war ihm klar.

Dankbar reckte er den Arm in die Höhe und feuerte einen Warnschuss gen Himmel, der seine Worte von vorhin unterstreichen sollte. Der Knall war laut, erst recht in der Stille des kristallklaren Morgens. Selbst Smart zuckte dabei zusammen. Von den dunklen Bäumen des Waldes stoben einige Vögel entrüstet schnatternd und flatternd auf. Und tatsächlich: Der Mann in Schwarz blieb stehen, die Hände hoch erhoben. Keine drei Schritte vom rettenden Waldrand entfernt.

Endlich.

»Es ist vorbei«, sagte Smart. Klang er dabei so atemlos und angestrengt, wie er sich fühlte? Hoffentlich nicht. Er wollte drohend wirken, entschlossen und streng. »Geben Sie auf, das hat doch alles keinen Sinn mehr. Und drehen Sie sich um, verstanden? Ganz langsam und ohne ruckartige Bewegungen.«

Der Unbekannte gehorchte. Stück für Stück wandte er sich um. Dabei blieben seine erhobenen Hände, wo sie waren. Erst jetzt bemerkte Smart, wie alt und faltig sie wirkten. Wer auch immer der Unbekannte sein mochte, zu den jüngeren Bewohnern von Crannock Hall gehörte er schon mal nicht. Und zu den Frauen ohnehin nicht. Wer blieb da denn überhaupt noch?

Branson?, erschrak der Inspector. *Sind Sie das etwa? Die ganze Zeit über waren Sie es?*

Die Gestalt hatte sich umgedreht. Nun stand sie Smart direkt gegenüber, doch ihr Gesicht blieb in den Schatten verborgen, die die Kapuze warf.

»Zeigen Sie mir Ihr Gesicht«, drängte Smart. Trotz aller Anspannung stieg die alte detektivische Neugierde wieder in ihm auf. Er war am Ziel, endlich am Ziel. »Sie brauchen sich nicht länger zu verstecken. Ich weiß, dass Sie es sind, Branson!«

Die faltige Hand, die gerade zur Kapuze gehen wollte, stockte kurz. Dann erklang ein leises Glucksen aus den Schatten, die das Antlitz des Mannes verbargen.

Das klingt aber nicht wie Branson, wunderte sich Smart.

Einen Sekundenbruchteil später ergriff der Mörder das Wort. »Branson?«, wiederholte er mit tiefer, erstaunlich gütig klingender Stimme. »Ach du meine Güte, Timmy. Erkennst du mich etwa noch immer nicht?«

Dann zog er sich die Kapuze vom Kopf. Darunter kam ein Gesicht zum Vorschein, das Timothy Smart tatsächlich kannte. Allerdings nicht von Lord Bainbridges Insel der Verlorenen, sondern aus den eigenen Kindertagen! Der Mörder des alten Lords und des Londoner Bankers Bellamy war niemand Geringeres als …

»Father Christmas!« Smart erwachte mit einem entsetzen Aufruf auf den Lippen. Erst einen Moment später begriff er überhaupt, dass er nur geschlafen und geträumt hatte. Und nicht länger allein im Zimmer war.

»Father Christmas?«, wiederholte Robin Chandler. Dabei verzog sich sein Mund zu einem schmalen Lächeln. »Na, mit dem hat mich noch nie jemand verwechselt. Hat der nicht einen weißen Rauschebart? Und eine eher großzügig geschnittene Hüfte?«

»Ich sagte doch, dass der Inspector schläft«, tadelte Chandlers Begleiterin. Jessica C. Tandy verschränkte die Arme vor der Brust und sah den jüngeren Mann anklagend an. »Und Sie wollten es mir nicht glauben. Jetzt haben wir den Salat und ihn aufgeweckt. Dabei muss er sich doch erholen.«

»Glauben Sie mir, Mrs Tandy«, murmelte Smart. Verschlafen fuhr er sich über das Gesicht und registrierte erfreut, dass es kein bisschen verschwitzt wirkte. Irrte er sich, oder ging es ihm eine gehörige Spur besser? »Sie haben mir einen Gefallen getan. Im Traum hat sich unser Täter nämlich als Father Christmas herausgestellt. Das hat mich ziemlich entsetzt, ehrlich gesagt.«

»Na, den können wir ausschließen«, meinte Chandler. »Da bin ich mir halbwegs sicher.« Er wurde wieder ernst. »Aber wie geht es Ihnen, Smart? Sollen wir später wiederkommen und Sie schlafen lassen?«

»Damit Sie überprüfen können, ob vielleicht ein paar Rentiere vom Nordpol hinter all dem stecken?«, murmelte Tandy.

»Ganz im Gegenteil«, erwiderte Smart und setzte sich im Bett auf. Auch das, so stellte er fest, gelang ihm schon deutlich besser als vorhin. »Sie wären nicht hier, wenn es nicht Dinge zu besprechen gäbe. Und angesichts der Dunkelheit vor meinem Fenster wage ich zu vermuten, dass sich besagte Dinge beim Dinner ereignet haben. Das ich wohl leider verpasst habe.«

»›Dinge‹ ist zu viel gesagt«, erwiderte die Autorin. Sie wurde wieder ernst. »Aber ansonsten haben Sie recht, Inspector. Mr Chandler und ich haben die Ermittlungen fortgesetzt und würden uns gern mit Ihnen beraten, sofern Sie sich dazu in der Lage fühlen.«

Mit wenigen Worten beschrieb sie Smart, wie Chandler sie zur Teilnahme überredet hatte. Auch die Lüge, die Jemma Fitzpatrick ihm dem Anschein nach aufgetischt hatte, kam dabei zur Sprache. Danach übernahm Smarts Kompagnon wieder selbst.

»Wir hatten gehofft, Miss Fitzpatrick beim Dinner darauf anzusprechen«, sagte Chandler. »Doch ich fürchte, dazu sind wir gar nicht gekommen.«

Das Abendessen lag knapp eine halbe Stunde zurück, erfuhr Smart. Die Dinner-Gesellschaft hatte abermals aus nur drei Anwesenden bestanden, da Simon Marlowe nach wie vor das Zimmer hütete und alles und jeden verdächtig fand.

»Ich kann es ihm nicht ganz verübeln«, gestand Chandler. »Auch ich habe zunächst gezögert, bevor ich mich an den Pasteten mit Fleischsoße gütlich getan habe. Wir wissen ja schließlich, was Ihnen beim Lunch passiert ist, Smart.«

»Wir glauben, es zu wissen«, betonte er. »Beweise haben wir nicht.«

»Jedenfalls erwies sich Jemma als reinste Quasselstrippe«, nahm Tandy den Faden wieder auf. »Sie plapperte und plapperte, Inspector. Wir bekamen kaum ein eigenes Wort unter. Jemma fragte mich nach meinen Fortschritten beim Manuskript und unseren Mr Chandler hier nach der Verletzung an seiner Schläfe.«

»Die übrigens kaum noch Probleme bereitet«, warf der Erwähnte schnell ein. Dabei fuhr er mit der Hand zu seinem Verband. »Wirklich. Ich glaube, die Mullbinden können allmählich runter. Und den Rest erledigt eine Mütze Schlaf dann sowieso. Was, Smart?«

»Der reinste Wasserfall, dieses Mundwerk«, bemerkte Tandy, immer noch nicht fertig mit ihrem Tadel. »Dabei wirkt sie doch sonst so schüchtern, als bekäme sie die Lippen kaum auseinander. Dabei fand ich sie anfangs ausgesprochen sympathisch.«

»Hm«, machte Smart.

Ein Moment aus seinem Gespräch mit Fitzpatrick kam ihm wieder in den Sinn und ließ ihn stutzen. Am Kamin, kurz bevor er zusammengebrochen war, hatte die junge Frau von ihrer Arbeit mit den Tieren des Ozeans gesprochen, richtig? Davon, wie sehr sie ihren Job mochte. Was genau hatte sie gesagt?

Dass es im Meer viel friedlicher sei als auf dem Land, erinnerte er sich plötzlich. *Ihre genauen Worte waren: Im Meer gibt es keine bösen Menschen.*

Irgendetwas daran ließ ihn innehalten. Weniger die Formulierung als die Art, *wie* Fitzpatrick den Satz ausgesprochen hatte. Nicht gerade wie die Unschuld vom Lande, die mit dem Bösen nie in Kontakt gekommen war. Da war Wut in ihren Worten gewesen, oder? Vielleicht sogar mehr als nur Wut …

Und ich bin nicht darauf eingegangen, ärgerte er sich. *Auch das darf ich wohl meiner angeschlagenen Kondition anlasten. Als ich mit Miss Fitzpatrick gesprochen habe, war mein detektivisches Gespür arg in Mitleidenschaft gezogen – genau wie der Rest von mir.*

»Und Branson war so zuvorkommend wie eh und je«, fuhr Chandler derweil fort. »Falls Sie das fragen wollten, Smart. Er kümmerte sich gewohnt gut um uns Gäste und meinte, er habe auch Marlowe einen Teller aufs Zimmer gebracht. Unser Freund von den darstellenden Künsten langweile sich nach Strich und Faden, so Bransons Worte. Doch er wolle nach wie vor nicht unter Menschen sein.« Er lachte humorlos. »Dabei kommt es mir in Gesellschaft fast schon sicherer vor. Immerhin starben Bainbridge und Bellamy allein.«

»Auch mit ihm würde ich gern noch ein Gespräch führen«, erklärte der Inspector. »Und mit Miss Fitzpatrick. Und mit Mr Branson. Und …«

Er seufzte, unterbrach sich selbst und ließ den Rest der Aufzählung unausgesprochen. Der Stand der Ermittlungen ließ zu wünschen übrig, das war ebenso klar wie bedauerlich. Ebenfalls klar war, dass sich an ihm so schnell vermutlich auch nichts ändern würde. Das bewies schon allein der Blick aus dem Fenster.

Beim Frühstück geht es weiter, dachte er. *Ganz bestimmt. Und dann auch wieder mit mir am Tisch. Hoffe ich.*

Chandler nahm das Gespräch wieder auf. »Wir dachten, wir nutzen den angebrochenen Abend für eine Statusbesprechung«, gestand er. »Für einen Austausch unter sechs Ohren – über all das, was wir bislang wissen und nicht wissen. Vielleicht bringt uns das ein Stück weiter und macht den kommenden Tag effizienter als den vergangenen.«

Smart nickte. »Eine gute Idee. Wenn wir den Wald vor lauter Bäumen nicht mehr gesehen haben, hat es uns schon oft geholfen, innezuhalten und alles noch einmal durchzugehen. Und ich bin sehr gespannt auf Ihre Sicht der Dinge, Mrs Tandy. Das ohnehin.«

Also legten sie los. Smart blieb im Bett, die warme Decke über den Beinen. Chandler ging im Raum auf und ab wie ein Dozent, stand mal vor der geschlossenen Flurtür und mal vor dem kleinen Kamin. Tandy, die ganz offensichtlich Feuer gefangen hatte, lehnte sich an die Fensterbank, die Arme immer noch vor der Brust verschränkt. Sie war es, die die Liste eröffnete.

»Punkt Nummer eins in unserem Reigen«, sagte sie, »Lord Mortimer Bainbridge. Was wissen wir über ihn?«

»Er war gut vernetzt«, antwortete Chandler. »Vor allem in jüngeren Jahren und in höchsten Kreisen. Beim Adel, bei den Medien … Im Alter wurde er aber eigenbrötlerisch und zog sich auf den Familienstammsitz zurück.«

»Von wo aus er weiterhin sein Netzwerk nutzte«, betonte Smart. »Erinnern Sie sich an die Mails, die er der BBC schrieb, als Simon Marlowe für die Rolle des Mister Mystery gecastet werden sollte. Bainbridge war regelrecht entrüstet darüber.«

»Und doch lud er Marlowe zu sich ein«, sagte Tandy. »Als er

215

nach einem Erben suchte. Genau wie Sie und mich, Mr Chandler. Ist das nicht sonderbar? Und genau wie Mr Bellamy.«

»Was uns zu Leiche Nummer zwei führt.« Chandler nickte. »Besehen wir uns Bellamy ein weiteres Mal, einverstanden? Ein Finanzhai aus London, eine gute Generation jünger als der Lord und für seine Skrupellosigkeit berüchtigt. Auch Bellamy verkehrte in bester Gesellschaft, denn für genau diese verwaltete er Geld – höchst erfolgreich, nach allem, was man so hört.«

»Dem war allerdings nicht immer so«, erinnerte sich Smart. »Wie Sie mir bereits sagten, hat Mr Bellamy in jüngeren Jahren auch das ein oder andere Mal danebengegriffen. Auf Kosten seiner Kunden, befürchte ich.«

»Und jetzt sind beide tot«, spann Tandy den Faden weiter. »Unser Gastgeber lag bäuchlings in seiner Bibliothek, eine hässliche Wunde am Hinterkopf, und der bedauernswerte Francis wurde im Schlaf erstickt. Mit dem eigenen Kissen, wie wir wohl annehmen können.«

»Allzu viele Gemeinsamkeiten sehe ich zwischen den beiden Morden nicht«, brummte Chandler.

Smart hob warnend den Finger. »Nicht so schnell, alter Knabe. Es gibt durchaus Parallelen. Finden Sie nicht auch, Mrs Tandy?«

Die Autorin nickte. »Beide Zimmer waren von innen verschlossen, die Bibliothek und Francis Bellamys Schlafgemach. Zumindest hätten sie es sein sollen, in Bellamys Fall. Schließlich hatten wir das am Abend vor seinem Tod noch alle so vereinbart.«

»Korrekt.« Nun war Smart es, der nickte. Mrs Tandys Beobachtungsgabe war so gut wie erhofft – mindestens. »Und die zweite Parallele ist sogar noch offensichtlicher.«

Chandler drehte sich zu ihm um. »Das Haus, richtig? Beide Männer starben auf Crannock Hall.«

»Binnen weniger Stunden«, bestätigte Smart. »Wir sind also

nicht schlecht beraten, einen direkten Zusammenhang zwischen den Morden zu vermuten.«

»Was uns abermals zur Ausgangsfrage führt.« Chandler seufzte. »Was verbindet Bainbridge und Bellamy?«

»Das Erbe?«, schlug Tandy vor. »Der Lord war vermögend, und Bellamy stand auf der angeblich existenten Liste der Personen, der er sein Hab und Gut vermachen wollte.«

Smart beugte sich vor. »Möglich, aber wir dürfen nicht vergessen, dass diese Liste bislang nur Theorie ist. Selbst Branson wusste nichts von ihrer Existenz. Und überhaupt: Von allen geladenen Gästen dürfte Mr Bellamy wohl derjenige gewesen sein, dessen Finanzen die wenigste Hilfe von außen nötig hatten.«

»Abgesehen von Ihnen natürlich, Mrs Tandy«, warf Chandler ein. »Sie sagten ja bereits, Sie seien nur aus Neugierde hergekommen.«

»Beruflicher Neugierde, in der Tat«, bestätigte sie. Dabei warf sie Chandler einen wissenden Blick zu. »Ähnlich wie Sie selbst. Genau wie alle hier hatte ich zuvor noch nie von Lord Bainbridge gehört. Selbst Mr Marlowe will ihn nicht gekannt haben, wenngleich wir jetzt wissen, dass Bainbridge umgekehrt sehr wohl von Marlowe wusste.«

»Er wusste von Ihnen allen«, meinte Smart. »Von jeder einzelnen Person, die er hierher bat. Die Frage ist: Warum?«

»Exakt.« Tandy nickte fest. »Das ist wirklich die entscheidende Frage, nicht wahr? Wenn ich ein Verbrechen plane – in meinen Büchern, wohlgemerkt; *nur* in den Büchern – dann ist das das wichtigste Element meiner Vorbereitungen. Ich muss sehr genau wissen, in welcher Beziehung mein Opfer und mein Täter zueinander stehen. An diesem Detail hängt alles, Gentlemen. Die komplette Plausibilität der Geschichte. Warum gerade diese beiden Personen – und warum jetzt?«

»In Marlowes Fall ist die Frage nach dem Warum vielleicht

schnell beantwortet«, fand Chandler. Seine Fingerkuppen strichen über den Kaminsims, doch er war so in Gedanken versunken, dass er es kaum merkte. »Bainbridge hielt den Kerl für unwürdig, die Rolle des ach so britisch-wichtigen Mystery zu übernehmen. Falls Marlowe davon wusste, ergibt das vielleicht ein Motiv. Wut auf den einflussreichen Kritiker? Bainbridge wäre allerdings schlecht beraten gewesen, sich seinen eigenen Mörder ins Haus zu holen, das ist klar. Vielleicht hat er nicht gewusst, dass Marlowe von seinen Intrigen wusste?« Er stutzte. »Aber das würde immer noch nicht erklären, warum der Lord jemanden bei sich haben wollte, den er nicht mochte? Du meine Güte, ist das alles kompliziert! So viele Variablen, so viele Sackgassen ...«

»Und Miss Fitzpatrick?«, kam Tandy auf die nächste Figur in diesem seltsamen Spiel zu sprechen. »Auch sie behauptet, den Lord nicht gekannt zu haben. Glauben wir ihr das?«

»Bis heute habe ich es ihr geglaubt«, antwortete Chandler zerknirscht.

»Miss Fitzpatrick ist definitiv ein weiteres Gespräch wert, genau wie unser Schauspieler«, fand Smart. »Ich zögere allerdings nach wie vor, sie mir als Mörderin vorzustellen. Halten Sie mich für einen alten Romantiker, aber sie machte auf mich in den vergangenen Tagen weit eher den Eindruck eines Rehs im Scheinwerferlicht. Sie wirkt nicht gerade, als könnte sie jemandem Böses wünschen – geschweige denn antun.«

»Die Unschuld vom Lande«, kommentierte Tandy spöttisch. »Natürlich. Auf die Nummer fallen die Herren der Schöpfung immer wieder gern herein ...«

Smart nickte stumm. Da mochte Tandy durchaus recht haben ...

Chandler steckte die Hände in die Hosentaschen. Er wirkte entschlossen. »Falls Fitzpatrick bewusst gelogen hat, als sie behauptete, nie aus Plymouth herausgekommen zu sein, dann ... Ja, dann was? Welchen Unterschied macht das?«

»Ganz mein Gedanke«, sagte Smart. »Es beweist noch lange nicht, dass sie ein Motiv besitzt oder dass sie und Lord Bainbridge auch nur den Hauch einer gemeinsamen Vergangenheit hatten, die wir nicht kennen. Wie auch immer diese ausgesehen haben sollte.«

»Womit wir erneut am Anfang angekommen wären«, murmelte die Schriftstellerin. »Fragen über Fragen, und nirgendwo eine Antwort.«

»Nehmen wir das Personal«, schlug Chandler vor. »Auch die Hausangestellten gehören zum Kreis der möglichen Täter. Ist Branson ein Doppelmörder? Wären Ginny und Eleanor zu so etwas fähig? Oder Miss Abberton? Die Mädchen sind vielleicht noch etwas grün hinter den Ohren, aber bestimmt keine brutalen Killer, oder? Und Miss Abberton wirkt eher mütterlich als mörderisch, zumal ihre Kochkünste sich durchaus sehen lassen können.«

»Unschuld geht durch den Magen«, spottete Mrs Tandy. Dabei warf sie Chandler erneut einen tadelnden Blick zu. »Dann ist ja alles klar …«

»Branson ist emotionaler, als er tut«, bemerkte Smart und wurde wieder sachlich. »Er lässt es sich meist nicht anmerken, kann jedoch durchaus einen Groll hegen, wenn er es möchte. Aber macht ihn das schon zu einem Mörder?«

»Und Ginny hat Bainbridges Leiche gefunden«, ergänzte Tandy. »Mithilfe ihres Generalschlüssels. Erinnern Sie sich, dass Bellamys Tür nicht länger verschlossen war, als Jemma dort anklopfte?«

Smart kratzte sich am Kinn. Es fiel ihm schwer, in den Hausmädchen von Crannock Hall brutale Mörderinnen zu sehen – oder auch nur irgendetwas anderes als hilfsbereite junge Damen. Sie hatten ihn den Tag über ausgesprochen fürsorglich behandelt und waren ihm auch sonst eher wie die guten Seelen dieses Hauses vorgekommen, nicht wie dessen böse Geister.

Zumal: Die beiden verband vermutlich *noch* weniger mit Francis Bellamy als den Lord. Auch Branson hatte kein Motiv, das Smart sich bislang vorstellen konnte. In Bainbridge hat er seinen langjährigen Arbeitgeber verloren; er hätte sich also ins eigene Fleisch geschnitten. Und Bellamy war ihm sicher unbekannt gewesen, bevor dieser auf die Insel kam. Weshalb dann der Mord?

Wo ist der Grund?, dachte der Inspector. *Warum sollte jemand ausgerechnet diese beiden Männer töten?*

Doch Chandler war noch längst nicht fertig. »Dann wäre da ja der Mord Nummer drei. Besser gesagt: der Mord*versuch*. Ich meine natürlich Ihre Suppe, Smart.«

»Und zwar nur die Ihre«, betonte Tandy. »Wir anderen sind ja ungeschoren davongekommen, obwohl wir ebenfalls von ihr gegessen haben. Falls da wirklich etwas in Ihrer Portion war, Inspector, dann beschränkte es sich ganz allein auf Ihren Teller.«

»Was Sinn ergeben würde«, fand Chandler. »Immerhin sind Sie auf der Jagd nach dem Mörder.«

»Genau wie Sie, mein Lieber«, erwiderte Smart. Es war nur halb ein Widerspruch. Schließlich wusste er aus leidiger Erfahrung, dass Ermittler schnell ins Visier derer geraten konnten, die etwas zu vertuschen hatten. »Aber falls da wirklich ein Anschlag auf mich verübt wurde, dann ausgesprochen wenig erfolgreich. Es wäre unserem Giftmischer doch ein Leichtes gewesen, mich auszuschalten. Stattdessen bin ich schon fast wieder in alter Form und bei Kräften, wie Sie sehen.«

»Unser unbekannter Täter wollte vielleicht nur Zeit gewinnen«, meinte nun auch Tandy. »Sie einfach ein Weilchen außer Gefecht setzen, anstatt Sie gleich umzubringen.«

Smart nickte. »Und dafür bin ich ihm – oder ihr? – sehr dankbar, in der Tat.«

»Zeit gewinnen wofür?«, überlegte Chandler laut. Dabei blickte er zum Fenster, vor dem der Abend allmählich in die nicht minder kalte Winternacht überging. »Um sich aus dem Staub zu machen, bevor Sie ihn enttarnen konnten? War das die Mutter des Gedankens? Falls ja, hat sich unser Unbekannter gehörig geschnitten. Denn das Wetter erlaubte ja auch heute keine Flucht von der Insel. Hier kam niemand an und auch niemand weg, einmal mehr.«

»Ja, der Winter spielt uns allen übel mit«, stimmte Smart zu. »Den Gerechten wie den Ungerechten. Der Plan unseres Unbekannten ist nicht aufgegangen, das dürfen wir wohl mit Fug und Recht annehmen. Und daraus erwächst uns eine neue Chance, ihn zu finden. Er ist nach wie vor hier.«

»Wie die Gestalt am Strand zu beweisen scheint«, sagte Chandler. »Ich wäre heute noch liebend gern zurück zu der Höhle gegangen, Smart. Wirklich. Aber bei den Lichtverhältnissen und der Witterung …«

»Da haben Sie vollkommen richtig entschieden, Chandler. Für die Höhle ist morgen auch noch Zeit. Bis dahin hat der Schneesturm hoffentlich nachgelassen, und heller als jetzt wird es so oder so. Und wie wir ja schon festgestellt haben: Der Täter läuft hier genauso wenig weg wie Sie und ich. Jedenfalls bislang.«

»Dann obliegt es wohl mir einmal mehr, auf die Sackgasse hinzuweisen, die wir gerade erreicht haben«, meine Jessica Tandy. »Lauter Fragen, Gentlemen, und keine Antworten.«

Dabei seufzte sie frustriert, und Smart konnte es ihr nicht verübeln. Seit Lord Bainbridges Tod war viel zu wenig passiert, und zwar nicht nur wegen seines kurzen Schwächeanfalls. Ihr »Team« war inzwischen auf drei Personen angewachsen, doch sie stocherten nach wie vor im Trüben.

Und Weihnachten kommt immer näher, dachte er. *Drei Tage verbleiben. Nicht auszudenken, wie das wäre, wenn wir dann noch immer hier festsäßen. Allein im Niemandsland – mit zwei Toten und einem Mörder.*

Er schüttelte den Kopf, obwohl seine zwei Besucher den Grund dafür nicht nachvollziehen konnten. So durfte er nicht denken, Himmelherrgott. Es würde sich schon alles finden. Sie hatten noch immer Zeit … und noch immer alle Chancen der Welt. Sie konnten den Mörder überführen und Bainbridges Insel verlassen. Sie brauchten nur ein wenig Glück.

Das und einen frischen Ansatz, sagte er sich. *Gleich morgen früh.*

»In Ordnung«, wandte er sich an Chandler und Tandy. »Ich glaube, damit haben wir alles angesprochen, was bislang relevant zu sein scheint. Ich schlage vor, wir nehmen uns diesen Überblick zu Herzen, legen ihn uns heute Nacht unters sprichwörtliche Kopfkissen und beginnen die Ermittlungen gleich morgen früh aufs Neue. Von Anfang an und mit frischem Geist.«

»Irgendwo habe ich das schon mal gehört«, murmelte Chandler. Es klang niedergeschlagen.

»Der Inspector hat recht«, stimmte Tandy jedoch zu. »Heute erreichen wir nichts mehr. Es geht gleich auf zweiundzwanzig Uhr zu, und Mr Smart wirkt auf mich, als bräuchte er dringend noch ein wenig Schlaf. Nach dem Frühstück sehen wir weiter, einverstanden? Idealerweise *mit* Ihnen, Inspector.«

»Ich will es gerne versuchen, Gnädigste«, versprach er ihr. »Glauben Sie mir. Ausgesprochen gerne.«

Chandler und Tandy wünschten eine gute Nacht und erinnerten den Inspector daran, hinter ihnen abzuschließen, bevor er wieder einschlief. Als sie gegangen waren, stand Smart artig auf – seine Beine wirkten kaum noch wacklig, wie er erleichtert feststellte – und verriegelte die Tür zum Flur. Dann legte er sich erneut ins Bett.

Morgen, dachte er, sah an die Zimmerdecke und lauschte dem Tosen des Windes draußen vor dem Haus. *Morgen bringen wir es zu Ende. Und danach geht es* endlich *zurück aufs Festland.*

222

Mit diesen frommen Wünschen im Kopf schloss er die Augen und fiel in einen angenehm traumlosen Schlaf.

Das Licht des fahlen Mondes fiel durch den Spalt zwischen den Vorhängen. Smart sah es durch halb geöffnete Augen und gähnte herzhaft. Wie spät es wohl sein mochte?

Der Hunger hatte den Inspector geweckt – zu seiner eigenen Überraschung. Das ausgesetzte Abendessen schien seinem Stoffwechsel nicht gerade gutgetan zu haben, und nun, da er verschlafen zwischen den Kissen lag, spürte er, wie sein verwöhnter Bauch leise zu knurren begann.

Vielleicht sollte ich das als gutes Zeichen nehmen, dachte er. *Mildred würde zwar schimpfen, wenn ich mitten in der Nacht einen Imbiss einlege. Aber nach* dem *Tag ist es ein gehöriger Fortschritt, dass ich überhaupt wieder Appetit bekomme.*

Er zögerte kurz, bevor er die Beine über die Bettkante schwang. Wurde ihm etwa gleich wieder schwindelig? Kam die elende Kraftlosigkeit zurück, die ihn stundenlang in die Federn gezwungen hatte?

Nein, stellte er erfreut fest. *Alles bestens.*

Nichts drehte sich mehr vor seinen Augen. Und in seinem Inneren schien ebenfalls Frieden eingekehrt zu sein, vom Hunger mal abgesehen. Die einzige Erschöpfung, die er noch verspürte, war der späten Stunde geschuldet, nicht irgendwelchen Giftstoffen. Da war er sich beinahe sicher.

»Und falls doch«, murmelte er, »werde ich es schon bald merken.«

Er stand auf, trat ans Fenster und sah hinaus in die Nacht. Seit er eingeschlafen war, mussten erneut Stunden vergangen sein. Die Wolkendecke hatte Risse bekommen, und auch der Schnee fiel nicht mehr ganz so erbittert wie noch am Abend. Das, fand Smart, war ebenfalls ein gutes Zeichen.

Als er auch nach mehreren Minuten noch keinerlei Übelkeit

oder andere Schwäche verspürte, beschloss er, seinem Magen nachzugeben und sich einen Imbiss zu gönnen. Er musste ja bei Kräften bleiben. Ein gesunder Geist in einem gesunden Körper, hieß es nicht so? Nun, um den Geist gesund zu halten, durfte sein Körper nicht darben – so einfach war das. Wer hungerte, fing keine Mörder.

»Der gute Morty mag das anders sehen«, erklärte er dem Mond. »Der hält wenig von Mitternachtsimbissen. Aber Dr. Gillicuddy jagt auch keine gerissenen Verbrecher, sondern Krankheitserreger. Die handeln mitunter logischer.«

Smart dachte nach. Gleich neben Miss Abbertons Küche war ihm bei seinem letzten Besuch ein kleiner Vorratsraum aufgefallen, richtig? Es wäre doch verhext, wenn er dort nicht ein wenig Brot und vielleicht etwas Käse finden würde.

Die liebe Tamsin Abberton hat sicher nichts dagegen, hoffte er, *dass ich ungefragt ihr kleines Reich betrete. Es handelt sich ja um einen Notfall, wenn man so möchte. Zumindest findet mein hungriger Bauch das. Und falls doch, werde ich mich beim Frühstück in aller Form bei ihr entschuldigen.*

Er trat vom Fenster weg und zog sich an. Die Küche lag in einem anderen Stockwerk, und auch wenn er auf dem Weg dorthin nicht mit Gesellschaft rechnete, wollte er dieser nur ungern in den Pantoffeln und dem Morgenmantel gegenübertreten, die Ginny ihm zur Verfügung gestellt hatte. Seine eigene »Hausgarderobe« war nicht Teil seines spärlichen Reisegepäcks, da er ja davon ausgegangen war, nach dem Abstecher nach Bristol gleich wieder zu Mildred zu fahren. Als er fertig war, schloss er seine Zimmertür auf, lauschte kurz in die Stille des Korridors und ging los.

Der Flur war menschenleer. Auch hier half das fahle Mondlicht, das durch die Fenster fiel, dass Smart den Weg zur Treppe überhaupt finden konnte. Mucksmäuschenstill zog er an den Türen seiner Gefährten vorbei, horchte hier und da am kalten

Holz und hörte doch nichts, nicht einmal ein Schnarchen. Über die Treppe gelangte er ins Erdgeschoss, das ebenso verlassen dalag. Smart kannte den Weg in die Küche noch vom Besuch am Nachmittag, und erst als er sie erreicht und ihre Tür hinter sich geschlossen hatte, schaltete er das Licht ein.

Miss Abbertons kleines Reich hatte sich nicht verändert. Schweigend ging Smart zur hinteren Wand, öffnete die Vorratskammer und stieß einen leisen Jubel aus, als sein Blick nicht nur auf vollgepackte Regale mit Konserven fiel, sondern auch auf einen großen Kühlschrank. In diesem fanden sich nicht nur Reste der Suppe, die er liebend gern einem Labor übergeben hätte, sondern auch ein paar Scheiben kalter Braten.

Gerettet, seufzte er innerlich.

Mit dem Teller, auf dem die Scheiben ruhten, einem Senfglas und dem Endstück eines Sauerteigbrotes setzte er sich an den kleinen Tisch, an dem er Miss Abberton befragt hatte, und stillte seinen Hunger. Es tat gut, wieder feste Nahrung in sich zu wissen, und er stellte erfreut fest, dass ihm von ihr kein bisschen übel wurde. Im Gegenteil: Je mehr er aß, desto mehr wuchs sein Appetit!

Alles wieder wie immer. Smart schmunzelte. *Unkraut vergeht nicht.*

Als er fertig war, gehörte der Braten der Vergangenheit an. Smart spülte den Teller, stellte den Senf zurück in die Kammer und löschte das Deckenlicht wieder. Dann zögerte er.

Warum blieb er nicht noch einen Moment auf? Das Bett lief ihm nicht weg, und im Augenblick war er kein bisschen müde.

Ich könnte die Gelegenheit nutzen und mit unserem Neustart beginnen, überlegte er. *Ohne Störung und ohne Begleiter.*

Die Idee gefiel ihm. Mehr noch: Er wusste sogar sehr genau, wo sein Neustart beginnen sollte. Einmal mehr bei den wichtigsten Menschen in dieser ganzen traurigen Geschichte – den Opfern.

Smart verließ die Küche mit einer Kerze, die er ebenfalls in Abbertons Kammer fand, ließ das Obergeschoss mit den Schlafzimmern unbeachtet und ging stattdessen in den Keller. Das flackernde Licht seiner Kerze wies ihm den Weg, und schon auf der schmalen Treppe, die in die Tiefe führte, bedauerte er seinen Entschluss. Am Tag war der Keller von Crannock Hall schon kalt gewesen, doch nun, quasi bei Nacht und Nebel, war er das reinste Eishaus.

Da hilft auch kein Morgenmantel, dachte er. *Erst recht kein geliehener. Brr.*

Er erreichte das Zimmer, das Branson zur Leichenkammer umfunktioniert hatte, betrat es und schaltete einmal mehr das Deckenlicht ein. Dann stutzte er.

Gleich zwei der drei langen Tische waren leer.

Das weiße Laken, mit dem sie die Toten abgedeckt hatten, war noch immer an Ort und Stelle. Doch ein lebloser Körper darunter fehlte.

»Was in aller Welt …«, murmelte der Inspector. Spielte seine Fantasie ihm wieder Streiche? Sah er Dinge, die gar nicht wahr waren? »Da fehlt einer.«

Smart trat zum ersten Tisch, auf dem noch immer ein Mensch ruhte, und schlug das Laken kurzerhand zurück. Darunter kam Francis Bellamy zum Vorschein. Der junge Banker aus London sah aus wie in der Stunde, als sie ihn im Bett gefunden hatten. Seine Augen waren geschlossen, sein Mund stand einen Spalt offen, und trotz der eingefallenen Wangen hatte seine Miene etwas Erstauntes an sich. Fast so, als wunderte er sich über sein Schicksal.

Doch wo war der Hausherr? Abermals sah Smart zum zweiten Tisch. Hatte Branson seinen Arbeitgeber umgebettet? Es war die einzig plausible Erklärung, auch wenn Smart den Grund dafür nicht kannte.

Chandler wird ihn kennen, ahnte er. *Und vielleicht auch*

Mrs Tandy. Vielleicht haben sie einfach vergessen, es mir mitzu-teilen.

Für einen kurzen Moment erwog er, seinen treuen Gefähr-ten aus dem Schlaf zu klopfen und um die entsprechende Aus-kunft zu bitten. Aber das war natürlich Unsinn. Chandler konnte nichts dafür, dass Smart zu mitternächtlicher Stunde einen Arbeitsanfall bekommen hatte. Die Auskunft kam zum Frühstück immer noch früh genug.

»Das hat schon alles seine Richtigkeit«, murmelte er, und seine Mundwinkel zuckten amüsiert. »Bei Branson geht es gar nicht anders.«

Also Bellamy. Für den Anfang würde Smart sich mit dem Banker begnügen müssen. Das, fand er, war auch nicht weiter tragisch. Dann kam er eben früher zurück ins Bett.

Die nächste halbe Stunde lang widmete er sich dem Toten. Smart untersuchte ihn, so gut er nur konnte, besah sich jeden Hemdknopf und jeden einzelnen Schnürsenkel, leuchtete mit seiner Kerzenflamme in Nasenlöcher und Ohrmuscheln, prüfte die Fingernägel ebenso wie den Inhalt von Bellamys Brief-tasche. Nirgends stieß er auf Auffälligkeiten. Die Leiche des Mannes barg keine weiteren Geheimnisse – zumindest keine, die sich ohne eine etwaige Obduktion und Laboranalysen wür-den finden lassen. Das war bedauerlich, aber zu erwarten.

Ehrlich gesagt wäre ich überrascht gewesen, überhaupt noch etwas zu finden, dachte er. *Überrascht und ein wenig entsetzt. Über meine eigene Schlampigkeit beim ersten Durchgang.*

Dennoch zahlte es sich aus, gründlich zu sein. Erst recht bei einem Neustart.

Smart gähnte leise, als er sich aufrichtete. Er hatte die meiste Zeit vornübergebeugt an der Leiche gestanden, und die alten, kalten Knochen knackten allmählich. Es wurde höchste Zeit für eine Rückkehr ins warme Bett.

Leise verließ er den Kellerraum, löschte das Licht hinter sich und ging im Schein seiner Kerze durch das stille Haus. Kein Laut drang an seine Ohren, abgesehen vom Wind vor den Fenstern und dem Ticken der alten Standuhr im Kaminzimmer. Niemand sonst schien auf den Beinen zu sein und von seinem kleinen Ausflug Notiz genommen zu haben. Das freute den Inspector, denn er wollte niemanden wecken.

Im Obergeschoss angekommen, passierte er einmal mehr die geschlossenen Türen seiner Schicksalsgefährten. Dann verriegelte er sein Zimmer hinter sich, trat zum Bett und ...

Nanu?

Smart stutzte, als ihm ein eisig kalter Windhauch in den Nacken fuhr. Für einen kurzen Augenblick fühlte es sich an, als hätte die leblose Hand des armen Bellamy seinen Hals gestreift, aber das war natürlich Unsinn. Dennoch wunderte Smart sich, zumal sich das Gefühl wiederholte!

Hier zieht's doch irgendwo, dachte er.

Es war ihm vorher schon aufgefallen, wie er sich plötzlich erinnerte. Schon am ersten Abend. Und Chandler ebenfalls!

Fragend drehte Smart sich um und suchte nach der Quelle des Luftzugs. Doch da, wo die Logik sie vermuten ließ, war nichts.

Zumindest nichts außer den Bücherregalen an meiner Wand.

Smart trat zum rechten Regal und hob die Kerze höher. Ihr Licht erhellte die Buchrücken. Langsam und prüfend ließ er die Kerze wandern, bewegte sie an den Büchern vorbei nach rechts und nach links, nach oben und unten. Er bemühte sich, sie so gerade und ruhig zu halten, wie es nur möglich war. Erst als die Flamme auffällig zu zittern begann, merkte er, dass er den Atem angehalten hatte.

Die Flamme zitterte weiter. Mehr noch: Ihr Flackern nahm zu, je näher er sie an den dicken Band mit dem gesammelten Briefverkehr von Geoffrey Chaucer führte. Dorthin, von wo der Lufthauch kommen musste!

Ich wusste gar nicht, dachte Smart, *dass es einen Briefband von Chaucer gibt.*

Neugierig streckte er die freie Hand nach dem dicken Folianten aus und zog ihn aus dem Regal. Einen Herzschlag später klackte es laut in seinem stillen Zimmer – und das Bücherregal schwang dort, wo es an den benachbarten Kamin grenzte, wie selbstverständlich nach hinten!

KAPITEL 14

»Sie machen Witze«, murmelte Robin Chandler. Ungläubig starrte er voraus und auf die Schwärze jenseits der Schwelle. »Ernsthaft, Smart. Das ... Das ist nicht wahr.«

Smart deutete nun ebenfalls auf die Öffnung in seiner Zimmerwand, schaute seinen treuen Begleiter dabei aber wissend an. »Sieht das für Sie aus wie ein Witz?«

»Ja«, antwortete Chandler. Langsam trat er auf das dunkle Loch zu. »Und zwar wie ein sehr, sehr schlechter ... Grundgütiger, Smart. Ein Geheimgang? In Ihrem Zimmer?«

Seit dem Fund waren nur wenige Minuten vergangen. Smart hatte zunächst genauso perplex vor dem Durchgang gestanden, in den sich sein Bücherregal verwandelt hatte, wie Chandler gerade. Konnte er seinen Augen trauen? War das dort vor ihm Wirklichkeit?

Dann aber hatte er sich gefasst und getan, was getan werden musste. Manche Dinge *konnten* einfach nicht bis zum Morgen warten. Er war zu Chandler geeilt und hatte an dessen Tür geklopft, bis der jüngere Mann endlich aufgewacht war.

»Bei allen Heiligen, Smart«, hatte Chandler gesagt, ein verschlafenes Gesicht in einem vorsichtig geöffneten Türspalt, unrasiert und mit zerzaustem Haar. »Steht der Krampus vor der Tür, oder warum sind Sie so alarmiert? Es ist gerade mal kurz nach eins, Mann!«

Smart hatte genickt. »Und doch ist gerade etwas vielleicht

Entscheidendes passiert, alter Freund. Etwas, das Sie unbedingt erfahren müssen – und zwar sofort.«

Erst als Chandler kreidebleich wurde, hatte Smart begriffen, wie falsch man die Aussage hatte verstehen können.

»Ein Mord?«, hatte Chandler nämlich prompt gekeucht. »Schon wieder?«

»Nein, das zum Glück nicht. Doch eine definitive Spur zum Täter, wie ich zu hoffen wage. Kommen Sie, Chandler! Die Jagd hat begonnen.«

Und nun, keine zwei Minuten später, standen sie hier. Seite an Seite vor dem Loch in Smarts Wand. Dem Durchgang ins Dunkel hinter den Mauern von Crannock Hall.

Der Gang, der an Smarts Kaminregal begann, war fensterlos, kalt und nicht sonderlich breit. Gerade weit genug, um sich darin vorwärtszubewegen, ohne stecken zu bleiben. Aber auch schmal genug, um jemandem, der das Zimmer nur oberflächlich in Augenschein nahm, nicht direkt aufzufallen.

Für einen Besucher von außerhalb, der nicht in die Geheimnisse von Crannock Hall eingeweiht war, mochte es wirken, als wären die Wände zwischen den einzelnen Zimmern und dem Korridor einfach ungewöhnlich dick oder unvorteilhaft geschnitten. Das hatte bei solch alten Gemäuern ja auch eine gewisse Tradition, fand Smart. Bis zu dieser Nacht war er nicht einmal auf die Idee gekommen, dass sich mehr als Stein und Mörtel in den Mauern verbergen könnte. Jetzt tadelte er sich innerlich dafür. Rostete sein Verstand allmählich ein?

»Wissen Sie, wo der hinführt?«, fragte Chandler und riss ihn damit aus seinen inneren Selbstvorwürfen. Der jüngere Mann stand nun direkt vor dem Loch und spähte hinein wie ein Höhlenforscher. »Haben Sie bereits nachgesehen?«

Smart schüttelte den Kopf. »Ich dachte mir, wenn ich den Gang schon betrete, dann nur in Ihrer werten Gesellschaft. Einverstanden?«

Sein Kompagnon nahm dankend die Glock, die Smart ihm reichte, und verstaute sie in der Tasche seines Morgenmantels. »Mehr als das, Smart. *Weit* mehr.«

Dann zogen sie los, zwängten sich in die Enge und dem unbekannten Ziel entgegen. Smart hatte dieses Mal wenigstens daran gedacht, sich die Taschenlampe zu nehmen, die ihm der Kapitän der *LISSY* vermacht hatte und die seit seiner Ankunft ungenutzt in der Schublade seines Nachttisches gelegen hatte. Ihr dankenswert heller Lichtkegel wies ihnen den Weg und glitt dabei über die ersten paar Meter unverputzter Mauerwände, staubigen Fußbodens und kleiner Spuren von Mäusedreck. Spinnweben hingen von der Decke des geheimen Ganges, und mehr als einmal zuckte Chandler sichtlich zusammen, als sein Kopf Bekanntschaft mit den gazeartigen Netzen machte.

»Brr«, murmelte der jüngere Mann. Er ging voraus, eine Hand allzeit in der Tasche seines Morgenmantels. »Was für ein trostloser Ort!« Sie sprachen beide leise, beinahe im Flüsterton, und das schon die ganze Zeit über. Niemand von ihnen hatte es als Regel vorgegeben, es war einfach passiert. Es passte zu der düsteren Szenerie, in die sie geraten waren.

»Sie sagen es«, stimmte Smart ihm zu. Er bildete das Schlusslicht, die Taschenlampe hoch erhoben, und leuchtete voraus, so gut er konnte. »Kein Vergleich zum Rest des Anwesens. Selbst in den Gesindekammern war es gemütlicher. Und es zog längst nicht so sehr.«

Das kam noch dazu. Die Enge, der Schmutz und die Finsternis waren eine Sache, die eisige Luft eine ganz andere. Sie wehte den zwei nächtlichen Gefährten geradezu entgegen – fast so, als stünde am anderen Ende dieses rätselhaften Ganges eine Windmaschine oder zumindest eine äußerst überambitionierte Klimaanlage.

Doch Smart ahnte schon längst, was die kalte Luft wirklich bedeutete: Der geheime Durchgang hatte irgendwo ein Ende, das ins Freie führte. In den Winter, der Crannock Hall vom Rest der Welt abschnitt. Der kalte Luftzug, den er in seinem Zimmer bemerkt hatte, kam vom Sturm.

Chandler blickte zu Boden. »Nennen Sie mich naiv, Smart, doch auf mich macht das nicht gerade den Eindruck, als wäre in den letzten Jahren irgendjemand hier gewesen. Jedenfalls niemand außer dem Ungeziefer? Sehen Sie den Staub? Müssten wir darin nicht Fußspuren sehen, wenn es anders wäre?«

»Das klingt zumindest plausibel«, stimmte er zu. »Aber es beweist auch noch nicht viel. Entscheidend ist, wo der Gang endet, mein Lieber. Und, vor allem, warum.«

»Und das hier.« Chandler war plötzlich stehen geblieben, nicht mehr als zehn Schritte vom Eingang des Ganges entfernt. »Das vielleicht auch.«

Erst jetzt sah Smart, was sein Begleiter meinte. In der rechten Wand des Ganges befand sich eine Art Einbuchtung. Dort wich das nackte Mauerwerk einer schmucklosen Holzplatte. Sie war grau lackiert und fiel in der Dunkelheit kaum neben den Mauersteinen auf. Doch sie war da.

Smart rief sich den Grundriss des Gästeflügels von Crannock Hall ins Gedächtnis. Dann runzelte er die Stirn. »Denken Sie, was ich denke?«

»Ich wünschte, es wäre nicht so«, bestätigte Chandler. »Aber: Ja, Smart. Leider schon.«

Ohne weitere Aufforderung trat er vor, legte die Hände an das glatt lackierte Holz und begann, abwechselnd zu drücken und zu ziehen. Im ersten Augenblick passierte nichts, und auch der zweite erwies sich als erschreckend unbedeutend. Doch dann klackte es ebenso laut wie vertraut.

Automatisch wich Smart einen Halbschritt zurück. »Sie haben den Mechanismus gefunden«, flüsterte er. »Und gleich erfolgreich ausgelöst. Gute Arbeit, Chandler.«

Sein Begleiter nahm die Hände vom Holz und trat ebenfalls

zur Seite. Im selben Moment gab die Holzplatte, nun frei von jeglicher Gegenwehr, nach. Sie schwang auf und präsentierte Smart ihre Vorderseite, die sich als weiteres schmales Bücherregal herausstellte.

Eine zweite Geheimtür. Smart spürte, wie seine Fingerkuppen zu kribbeln begannen. Die Anspannung in seinem Inneren war groß, die Neugierde allerdings auch. *Und ich ahne, wohin sie führt.*

Er trat wieder vor, und Chandler tat es ihm gleich. Das Regal war tatsächlich eine Tür, und auf ihrer anderen Seite lag eines der anderen Schlafzimmer auf Smarts Seite des Flures. Francis Bellamys Zimmer.

Es war menschenleer und hatte sich seit Smarts letztem Besuch kaum verändert. Die Leiche lag natürlich nicht länger im Bett, doch Bellamys Reisegepäck stand noch immer in der Ecke neben dem Kleiderschrank.

»Na, sieh mal einer an«, murmelte Chandler. Staunend trat er ein, und Smart folgte ihm. »Ein zweiter Zugang.«

»Unter den Umständen nützt es uns natürlich ausgesprochen wenig«, sagte Smart leise, »unsere Zimmertüren hinter uns abzuschließen. Falls der Mörder Kenntnis von dem Geheimgang hat, kann er sich trotzdem frei durch das Haus bewegen.«

Chandler hob erschrocken die Brauen. »Meinen Sie, derartige Geheimtüren finden sich in *all* unseren Zimmern? Auch bei mir? Bei Marlowe?«

Anstatt zu antworten, ging Smart kurz zurück in den schmalen Gang. Fitzpatricks Zimmer lag ebenfalls neben seinem eigenen. Nun, da er wusste, wonach er Ausschau halten musste, konnte er vielleicht …

Bingo!, dachte er schon nach wenigen Metern und kehrte zurück zu seinem Begleiter, der nach wie vor an Bellamys Bett stand.

»Die Wahrscheinlichkeit ist nicht gerade klein, Chandler«, antwortete er dann. »Zumindest habe ich soeben eine ganz ähnliche Regalrückwand auf Höhe von Miss Fitzpatricks Schlafzimmer gefunden. Ich habe sie nicht geöffnet, doch sie ist da.«

»Grundgütiger«, hauchte Chandler. Seine Augen weiteten sich. »Smart, vielleicht trifft das auch auf die Bibliothek zu! Vielleicht hat sie ebenfalls einen zweiten Zugang, den nur der Täter kennt!«

Der Inspector nickte. »Der Gedanke kam mir auch schon. Wir sollten es überprüfen.«

Sie kehrten zurück in den verwinkelten Gang und folgten ihm ein ganzes Stück. Smart zählte stumm die Schritte und überlegte, wo genau sie sich gerade im Haus befinden mussten. Als sie das von ihm vermutete Ende des Flügels erreichten, fanden sie sich plötzlich an einer Art Kreuzung wieder. Zwei neue Wege gingen rechtwinklig von dem einen ab, dem sie die ganze Zeit gefolgt waren. Der linke bestand aus einer ebenso schmalen wie steilen Holztreppe, die in die Tiefe führte. Der rechte verlief kerzengerade weiter und blieb dabei auf der Etage der Schlafzimmer. Die kalte Luft, stellte Smart fest, kam aus Richtung der Treppe.

»Und was jetzt?«, fragte Chandler. »Rechts oder links?«

Smart musste nicht lange nachdenken. »Rechts. Die Bibliothek erstreckt sich über gleich zwei Etagen, und bei unseren bisherigen Besuchen haben wir uns stets auf der unteren aufgehalten. Dort, wo auch die Leiche des bedauernswerten Lord Bainbridge lag.«

»Ja, und?«

»Ich vermute, der Eingang zum Geheimgang liegt auf der anderen Ebene. Im Obergeschoss, genau wie unsere Zimmer. Mag sein, dass ich mich irre, aber ich würde dort zuerst nachsehen.«

»Einverstanden«, meinte Chandler. »Mich interessiert allerdings mindestens genauso, wo diese Treppe hinführt.«

»Nur Geduld, alter Knabe«, beruhigte Smart ihn lächelnd. »Auch das müssen und werden wir herausfinden. Eins nach dem anderen.«

Sie bogen nach links. Smart ging erneut im Geiste den Schnitt des Anwesens durch, vermutete ihren Standort und schätzte die verbliebenen Meter bis zum Ziel. Die Bibliothek war nicht mehr fern.

Nach wenigen Minuten erreichten sie eine weitere verräterische Einbuchtung. Smart stellte die Taschenlampe auf den Boden und packte mit an, als Chandler die grau lackierte Holzplatte bewegte. Gemeinsam schafften sie es, den verborgenen Mechanismus auszulösen. Es klackte abermals, und als sie die Hände von der Rückwand nahmen, glitt das Regal ihnen nahezu lautlos entgegen.

Jenseits der entstandenen Öffnung lag die Bibliothek. Das Bücherregal, das als Tür fungierte, befand sich im obersten Stock des großen Raumes, ganz wie von Smart vermutet, und führte direkt auf die kleine Balustrade. Fahles Mondlicht fiel durch das Fenster und ließ die hohen Bücherwände, die leeren Sessel und den Perserteppich unten am Boden nahezu gespenstisch wirken. Kein Laut drang an Smarts Ohren.

Dann trat Chandler vor. Am Geländer blieb er stehen und sah nach unten. »Da hat er gelegen, Smart. Direkt unter uns auf dem Teppich.«

Der Inspector nickte. »Und wir haben uns gewundert, wie jemand ihn ermorden soll, wenn doch die Tür zum Korridor verschlossen ist. Ich gestehe, dass ich sogar die Dienstmädchen als Täterinnen in Erwägung gezogen habe. Wegen der Generalschlüssel, auf die sie Zugriff haben. Aber so …«

»So könnte es jeder gewesen sein«, beendete Chandler den Gedanken. »Jeder, der von dem Geheimgang wusste.«

Nachdenklich ließ Smart den Lichtkegel seiner Lampe wandern. Er streifte über Buchrücken und dunkles Edelholz, über Sitzmöbel und Teppiche. Schließlich blieb er an der Stelle kleben, an der der nicht minder geheime Durchgang zu Bainbridges Büro versteckt war.

»Der Hausherr selbst *wird* von dem Gang gewusst haben«, sagte er. »Davon gehe ich aus.«

Chandler nickte. »Er hatte wohl ein Faible für Verstecke dieser Art. Die Annahme liegt nahe. Aber wer wusste es sonst noch? Branson?«

»Eine logische Vermutung«, fand Smart und widersprach doch. »Wenn auch nicht mehr als eine solche. Branson wusste nach eigenen Angaben ja nicht einmal von Lord Bainbridges Suche nach einem Erben.«

»Sie meinen, der Lord hatte sogar vor seinem treuen Diener noch Geheimnisse«, murmelte Chandler. »Das kann natürlich stimmen ...«

»Wir müssen erneut mit Branson sprechen, alter Knabe«, sagte Smart. »Gleich morgen früh. Das hatten wir sowieso vor, und nichts von alldem hier hat daran etwas geändert.«

»Einverstanden. Und was tun wir bis dahin?«

Smart richtete den Lichtkegel zurück auf die Geheimtür im Obergeschoss. »Wir gehen nach links.«

Ein weiteres Mal betraten sie den dunklen Gang. Chandler schloss die Geheimtür hinter ihnen, und Smart hörte, wie der Mechanismus im Regal sie einmal mehr arretierte. Von der Bibliothek aus betrachtet, würde niemand dort einen versteckten Durchgang vermuten.

Genau wie ich ihn nie vermutet hatte, ärgerte er sich in Gedanken. *Ich fürchte, ich werde alt ...*

Sie folgten dem staubig-engen Weg zurück bis zur Kreuzung, dann nahmen sie die schmalen Holzstufen in die Tiefe. Zu Smarts Überraschung sparte der Geheimgang das Erdgeschoss komplett aus und ging einfach weiter – tiefer und tiefer. Die Luft, die ihnen entgegenwehte, schien dabei noch kälter zu werden.

»Was in aller Welt wird das, Smart?«, murmelte Chandler. »Gehen wir in den Keller?«

»Oder sogar noch weiter hinunter«, erwiderte er nachdenklich. Ein Verdacht stieg in ihm auf. »Vielleicht sogar *viel* weiter.«

Nach einem guten Dutzend zusätzlicher Stufen sah er ihn bestätigt: Am Ende der Holztreppe befand sich eine Art Tunnel, der nicht gemauert, sondern buchstäblich ins Erdreich der Insel gegraben worden war – ein schlauchähnlicher Korridor unter dem schneebedeckten Land. Smart musste ihm nicht folgen, um sein Ende zu erahnen, denn das ganz leise Rauschen, das plötzlich an seine Ohren drang, sprach eine deutliche Sprache.

Auch Chandler äußerte einen entsprechenden Verdacht. »Sagen Sie nicht, da geht es zum Strand.«

Smart nickte. »Es wäre zumindest plausibel, finden Sie nicht? Die eisige Luft hier im Gang ist ein erstes Indiz, und das Rauschen, das wir gerade erahnen können, dürfte vom unruhigen Wasser herrühren. Vom Wind auf dem Meer vor der Küste. Denken Sie auch an die Gestalt, die Sie gestern am Strand gesehen haben.«

»Sie ist verschwunden, bevor ich sie erreicht habe. In einer Höhle.«

»Ich vermute, dieser Tunnel führt dorthin«, sagte Smart. »Den ganzen Weg bis ans Meer. Wen auch immer Sie da beobachtet haben, Chandler – er ist durch diesen Tunnel verschwunden.«

»Und zurück nach Crannock Hall gekommen«, staunte Chandler. »Du meine Güte …«

Für den Moment hatten sie genug gesehen. Smart hegte kein Interesse mehr, dem Tunnel bis zu seinem Ende zu folgen. Es hätte eine kleine Ewigkeit gedauert, und mehr als das nachtdunkle Wasser erwartete sie dort um diese Zeit ganz gewiss nicht. Außerdem war ihm bitterkalt. »Lassen Sie uns zurückgehen, einverstanden?«, schlug er vor.

Chandler willigte dankbar ein. »Nichts dagegen. Aber eins sage ich Ihnen: Gleich morgen früh nehmen wir Branson erneut in die Zange. Gründlich. Und nach ihm alle anderen.«

»In der Tat«, versprach der Inspector.

Sie stiegen die Stufen hinauf und kehrten durch den Gang zurück, der an den Schlafzimmern vorbeiführte. Diesmal ging Smart voraus, und bei jedem neuen Schritt spürte er die Müdigkeit in seinen Knochen mehr. Die erste Aufregung über die Entdeckung des Tunnels war vergangen, und nun, so schien es ihm, forderte die Nacht ihren verdienten Tribut. Es wurde allerhöchste Zeit für ein wenig Schlaf vor dem Frühstück.

Aber eins ist gewiss, sagte er sich. *Wir machen gewaltige Fortschritte. Und in all den Stunden, die ich schachmatt in meinem Bett lag, war ich nur einen Katzensprung von ihnen entfernt. Wer hätte das gedacht?*

Sie erreichten das letzte, kerzengerade Stück des Ganges im Obergeschoss. Die anderen Geheimtüren waren nach wie vor geschlossen, und als Smart das Ohr an die Regalrückwand presste, hinter der er Jemma Fitzpatricks Zimmer vermutete, hörte er absolut nichts. Die junge Frau aus Plymouth schlief vermutlich den Schlaf der Gerechten – und warum auch nicht?

Am hinteren Ende des Ganges stand noch immer die Tür zu seinem eigenen Zimmer offen. Smart gähnte herzhaft, als er über die Schwelle trat, und drehte den Kopf dabei in Chandlers Richtung.

»Da wären wir, alter Knabe«, sagte er. »Was halten Sie davon, wenn wir uns eine kurze Pause gönnen? Nur ein paar Stunden Schlaf bis zum Morgengrauen und dann …«

Nun stutzte er. Denn Robin Chandler, der noch immer im

dunklen Gang stand, hatte die Augen weit aufgerissen und war kreidebleich geworden.

»Was … Was haben Sie, Chandler?«, fragte Smart.

Dann keuchte er laut, denn sein Freund zog blitzschnell die Hand aus der Tasche seines Morgenmantels. Und richtete die Glock auf ihn.

Überraschungen gehören zum Alltag eines Kriminalermittlers. Verbrecher lügen mitunter, dass sich die Balken biegen, und auch so mancher eigentlich rechtschaffene Informant nimmt es mit der Wahrheit nicht so genau, wie man es sich mitunter wünscht. Timothy Smart wusste das.

Und doch … Mit *dieser* Überraschung hätte er selbst in wildesten Fieberträumen nicht gerechnet. »Chandler? Was in aller Welt tun Sie da?« Fassungslos starrte er auf den Lauf seiner eigenen Dienstwaffe. Die Mündung der Glock deutete genau auf ihn und verscheuchte seine Müdigkeit so schnell, wie sie gekommen war. An ihren Platz trat Angst.

»Das einzig Richtige, Smart«, knurrte sein Gegenüber. Dann streckte er den anderen Arm vor, berührte den Inspector an der Schulter – und schob ihn mit grober Bestimmtheit zur Seite. »In Deckung, Mann!«

Erst jetzt begriff Smart, dass der Angriff gar nicht ihm galt. Chandler wollte ihn nicht verletzen oder gar töten – natürlich nicht –, sondern jemand anders!

Ruckartig drehte er sich wieder um. Chandler war inzwischen aus dem Geheimgang getreten und ebenfalls in Smarts Zimmer angekommen. Die ausgestreckte Hand mit der Waffe wies nach wie vor geradeaus – und in die Ecke neben Smarts Bett. Dorthin, wo ein mannshoher Schemen in den Schatten kauerte.

»Keine Bewegung, verstanden?«, befahl Chandler. »Wer Sie auch sind, seien Sie vernünftig. Ich warne Sie kein zweites Mal.«

Smart schluckte trocken. Da war jemand in seinem Zimmer!

Er selbst hatte ihn nicht früh genug bemerkt, weil seine Aufmerksamkeit allein auf Chandler geruht hatte. Doch sein Freund hatte nur über Smarts Schulter zu schauen brauchen, um den Schemen zu erkennen.

»So«, fuhr Robin Chandler fort. »Und jetzt raus da. Kommen Sie ins Licht, aber ganz langsam und mit erhobenen Händen. Das Spiel ist aus!«

Die Gestalt, die bislang keinen Laut gemacht und auch keinerlei Regung gezeigt hatte, räusperte sich. Es klang indigniert. »Nun ja«, erklang eine brüchig anmutende Männerstimme. »Ich würde Ihrem Wunsch ausgesprochen gern entsprechen, Mr Chandler. Erst recht angesichts der Schusswaffe, mit der Sie mir hier drohen. Aber Sie widersprechen sich, und das macht es mir unnötig schwer. Möchten Sie, dass ich mich nicht bewege, oder möchten Sie, dass ich langsam aus den Schatten trete? Entscheiden Sie sich, ich bin für beide Optionen offen.«

Smart runzelte die Stirn. Wer in aller Welt redete da?

»Kommen Sie raus«, fuhr nun auch er die fremde Gestalt an. Dabei hatte er Mühe, sein laut pochendes Herz zu ignorieren. »Langsam, wie er es gesagt hat. Und nehmen Sie die Hände hoch, kapiert?«

Der dunkle Schemen zuckte merklich mit den Schultern. Dann hob er beide Arme – was mit einem theatralischen Seufzen einherging – und trat vor. Smart richtete den Strahl der Taschenlampe auf ihn und keuchte.

Auch Chandler rang hörbar mit der Fassung. »Das glaube ich jetzt nicht«, murmelte er. Sein völlig entgeisterter Blick hing wie gefesselt an dem Mann aus den Schatten. »L… Lord Bainbridge? Sind Sie das?«

Die Person neben dem Bett war jenseits der siebzig. Sie hatte weißgraues Haar, das mittig gescheitelt war und ihr bis kurz über die Ohren reichte. Die aristokratischen Züge waren streng, der Blick der kristallblauen Augen kalt. Tiefe Falten prägten das Gesicht des alten Mannes, doch der helle karierte Anzug, den er am schmalen Körper trug, sah aus, als hätte er ihn frisch aus dem Schrank genommen. Ein weinrotes Einstecktuch und eine ockerfarbene Krawatte mit Windsorknoten vervollständigten das Bild eines Briten alter Schule. An seinem Schädel prangte nicht die Spur einer Wunde.

»Nicht zuletzt angesichts der Tatsache, dass Sie schon seit Tagen unter meinem Konterfei dinieren«, setzte Bainbridge zu einer Erwiderung an, »finde ich Ihre Frage ausgesprochen überflüssig, Mr Chandler. Sie sind Gast in meinem Haus und kennen mein Gesicht *mindestens* von dem Ölgemälde im großen Saal. Also? Wer sonst sollte ich sein?«

»A… Aber Sie …« Chandler schluckte hörbar. »Sie sind doch tot.«

Smart fasste sich deutlich schneller. »Da scheinen wir einem Irrglauben erlegen gewesen zu sein, alter Knabe. Oder einer gezielten Irre*führung*. Denn Lord Bainbridge steht vor uns, und der einzige Geist, dessen Existenz ich hier anerkennen würde, ist und bleibt der der Weihnacht.« Nun wandte er sich an den Hausherrn. »Sie sind also nicht tot, Mylord. Das ist offenkundig und natürlich sehr erfreulich. Allerdings schulden Sie uns eine ausführliche Erklärung, finde ich.«

»Chief Inspector Timothy Smart.« Bainbridge deutete eine Verbeugung an, doch sie wirkte ironisch. »Ich hätte es wissen müssen. Sie stören meine Kreise, Sir, und das schon seit Ihrer Ankunft auf meiner Insel.«

Chandler hatte genug. Kopfschüttelnd setzte er sich auf die Bettkante. Die Schusswaffe hatte er längst sinken lassen, hielt sie aber noch in der Hand. »In Ordnung«, sagte er brummend. »Jetzt mal ganz langsam und von Anfang an, ja? Ich fürchte, ich komme nicht mehr mit. Was in drei Teufels Namen geht hier vor sich?«

»Ein Spiel«, antworteten Smart und Bainbridge zeitgleich.

Dann nickte der Lord, nun ganz ohne Ironie. »In der Tat, Inspector. Ein Spiel. Oder besser ausgedrückt: ein Test. Wollen Sie es erläutern, oder soll ich? Mir scheint, Sie haben die Sachlage bereits erfasst.«

Smart trat vor. »Also gut, ich will es gerne versuchen. Sie haben Ihr Ableben nur vorgetäuscht, Sir. Das alles – die verschlossene Bibliothek, der Blutfleck auf dem Teppich, die vermeintliche Wunde an Ihrem Hinterkopf – war von Anfang an eine pure Scharade.«

»Aber Smart!«, warf Chandler ein. »Wie soll das möglich sein? Wir haben die Leiche mit eigenen Augen gesehen. Mehr noch: Wir haben sie *untersucht*.«

Nun war der Inspector es, der den Kopf schüttelte. »Wir haben es versucht, Chandler. Das ist ein Unterschied. Für eine ausführliche und korrekte Analyse des Tatorts und des vermeintlichen Opfers fehlten uns die Mittel, weil wir von der Außenwelt abgeschnitten sind.«

Chandler wollte schon wieder protestieren, doch Smart hob bittend die Hand und fuhr fort.

»Ja, wir haben die Leiche gesehen. Das stimmt natürlich. Ich habe höchstpersönlich nach ihrem Puls getastet und auch ihre ausbleibende Atmung festgestellt. Aber es gehört nicht viel dazu, eine nur schnelle und oberflächliche Untersuchung zu sabotieren. Nicht, wenn man weiß, wie man es machen muss.« Er wandte sich an den Lord. »Gehe ich recht in der Annahme, Mylord, dass Ihr Pulsschlag schon immer nur schwer zu messen war?«

Bainbridges Mundwinkel zuckten amüsiert. »Eine Laune der Natur, die schon so manchen Arzt staunen ließ«, bestätigte er. »Ich habe einen Puls, selbstverständlich. Aber er ist deutlich schwerer zu ertasten als bei anderen Menschen. Man muss wissen, wie. Als Kind hörte ich einmal, wie einer dieser überforderten Weißkittel zu meiner entsetzten Mutter sagte, rein logisch betrachtet müsse ich wohl ein ›untoter Wiedergänger‹ sein und kein Kind aus Fleisch und Blut. Können Sie sich das vorstellen? Die Ärmste wusste nicht, ob sie lachen oder weinen sollte. Wir haben dann schlicht den Arzt gewechselt, glaube ich.« Er lachte leise.

»Und den Atem haben Sie einfach angehalten, als wir Ihre Atemtätigkeit überprüft haben, korrekt?«, setzte Smart nach. »*Lange* angehalten, meine ich.«

Der Lord wirkte stolz. »Alles eine Frage des Trainings. In jüngeren Jahren habe ich problemlos drei Minuten am Stück geschafft. Als Taucher bei der Marine. Von diesen Spitzenwerten bin ich heute zwar weit entfernt – das Alter ist ein elendes Kreuz, nicht wahr? –, doch gezielt eingesetzt, kann mein Talent nach wie vor überzeugen. Ich habe den Atem angehalten, wann immer Sie oder einer der übrigen Anwesenden in meiner Nähe waren, Inspector. Und den Rest der Zeit habe ich in Ihrer Gegenwart einfach nur sehr, sehr flach geatmet. Das war leichter, als Sie vielleicht denken.«

Ohne Zweifel. Smart biss die Zähne zusammen. *Was für ein Reinfall! Das hätten wir merken müssen, verflixt!*

»Und das Blut?« Chandler wehrte sich noch immer gegen die offenkundige Wahrheit. Sein Blick wanderte ratlos von einem Mann zum anderen. »Die Wunde am Hinterkopf? Die war doch real, verdammt! Ich weiß, wie Wunden aussehen!«

»Und ich, Mr Chandler, weiß es ebenfalls.« Bainbridge klang geradezu stolz. »Deshalb war es nicht sonderlich schwer, es Branson beizubringen. Der ist eine wahrhaft treue Seele, das muss ich wirklich sagen. Er hätte wohl nie gedacht, dass Theaterschminke und Mummenschanz einmal zu seinem Tätigkeitsfeld zählen würden. Und dann hat er es zur Perfektion gebracht! Aber als ich ihm auftrug, mir – streng nach Anleitung – eine tödlich aussehende Verletzung an den Hinterkopf zu zaubern, hat er kaum mit der Wimper gezuckt. Es geht nichts über gutes Personal, Gentlemen. Da kann man gar nicht wählerisch genug sein.«

Nun lachte der Lord wieder, wenn auch nur kurz. »Nehmen Sie es dem alten Branson bitte nicht allzu übel, Gentlemen. Ja? Er kann nichts dafür. Er hat seine Rolle exakt so gespielt, wie ich es ihm aufgetragen hatte. Wenn überhaupt, dann tadeln Sie mich für den ganzen Spuk – nicht ihn. In meinen Augen ist ein Butler nur dann für seinen Posten geeignet, wenn er die Aufträge seines Hausherrn ohne die geringste Skepsis ausführt. Ohne Rückfragen und ohne Kritik. Zum Glück zählte Branson stets zu dieser Gruppe, andernfalls hätte ich es nie so lange mit ihm ausgehalten.«

»Das war Schminke?« Chandler traute sichtlich seinen Ohren nicht. »Im Ernst?«

Smart verstand allmählich immer mehr. »Ich nehme an, da kamen Ihre guten Kontakte zur BBC zur Geltung«, wandte er sich an Bainbridge. »Von dort erhielten Sie das nötige Rüstzeug, korrekt?«

»Die Schminke, das Kunstblut …«, zählte der Lord bestätigend auf. »Sogar eine Wund-Attrappe schickte man mir auf Anfrage aus dem Fundus des Senders. Ein ovales Ding aus Plastik, Draht und Gummi, das man sich zwischen die struppig gekämmten Haare stecken soll und das schon in Dutzenden Krimiserien verwendet wurde. Richtig positioniert und mit der korrekten Menge an Blut umkränzt, sieht das dann selbst in einer Nahaufnahme noch immer täuschend echt aus. Zumindest auf den ersten Blick.«

Dass ich das noch erleben muss, dachte Smart. Er war zugleich niedergeschlagen, entsetzt und fasziniert. *Ich bin auf eine TV-Attrappe hereingefallen. Ausgerechnet ich. Grundgütiger!*

Wenn seine Kollegen beim Yard davon erfuhren, konnte er sich auf Spott und Schande einstellen. Damit würden sie ihn aufziehen bis zu seiner Pensionierung – mindestens. Zugegeben: Die Welt des Films und des Fernsehens brachte die tollsten Attrappen und Tricks hervor. Es fiel schwer, da Schritt zu halten. Das machte sein Versagen ein wenig verzeihlicher, hoffte Smart. Er war gewissermaßen den Maskenbildnern und Effektezauberern der BBC aufgesessen, die ihre Kunst perfektioniert hatten. Aber trotzdem: Es hätte ihm auffallen müssen. Schon allein der Berufsehre wegen.

»Ich hatte diese ganze Aktion bereits seit Monaten geplant und mit Branson eingeübt, müssen Sie verstehen«, fuhr Bainbridge fort. Er kam langsam in Fahrt, das sah Smart ihm an. Es schien ihm eine geradezu diebische Freude zu bereiten, sich und sein Tun zu erklären. Er war stolz auf das, was ihm gelungen war, so fragwürdig es von außen betrachtet auch sein mochte.

Bainbridge schmunzelte. »Da blieb alle Zeit der Welt, um die Details gründlich zu erproben. Bransons und meine ersten Versuche mit den Schminktiegeln und Applikationen aus dem Fernsehfundus waren auch nicht gerade überzeugend, das kann ich Ihnen versichern. Wir haben oft neu angefangen, immer wieder Rückfragen gestellt und auf bessere Anweisungen der BBC-Maskenbildner gewartet. Aber mit Geduld und Spucke – oder mit Geduld und Schminke, nicht wahr? – kommt man stets ans Ziel. Das garantiere ich Ihnen. Man muss es nur wollen.«

»Aber warum, um Himmels willen?« Chandler konnte es noch immer nicht fassen, und Smart hatte vollstes Verständnis für ihn. »Okay, Sie haben getrickst. Sie haben sich tot gestellt und eine Menge Leute erschreckt. Aber was sollte das alles? Warum haben Sie uns alle so hinters Licht geführt?«

Der Hausherr steckte die Hände in die Hosentaschen. Es wirkte trotzig. »Es war ein Test, wie schon gesagt. Ein Charaktertest. Und ich versichere Ihnen nochmals, er war bis ins kleinste

Detail von mir durchdacht und vorbereitet worden. Einzig mit Ihnen, Inspector, hatte ich nicht gerechnet. Sie waren mein Denkfehler.«

»Inwiefern?«, fragte Smart.

Bainbridge hob eine Braue. »Liegt das nicht auf der Hand? Ihr Name ist mir selbstredend vertraut und Ihr Ruf ebenso. Ich hätte wissen müssen, dass Mr Chandler Zugriff auf Sie hat, auch hier draußen im Niemandsland von Cornwall. Und mit Ihnen vor Ort ... Nun, dann waren selbst meiner gründlich vorbereiteten Scharade plötzlich Grenzen gesetzt. Einem Simon Marlowe oder einer Jemma Fitzpatrick kann ich mühelos etwas vorspielen, aber Ihnen, Sir? Dem besten Mann von Scotland Yard? Als ich Sie hier ankommen sah, da ahnte ich schon, dass es schwierig werden würde. Dass es nur eine Frage der Zeit sein würde, bis Sie mir auf die Schliche kommen. Und dieses elende Winterwetter ...« Er seufzte frustriert. »Das spielte Ihnen sogar noch in die Karten, nicht wahr? Weil es Ihnen immer mehr Zeit gab. Erst eine Nacht, dann noch eine. Auch mit den Wetterkapriolen hatte ich so nicht gerechnet.«

»Dann verdanke ich also Ihnen meinen Schwächeanfall vom gestrigen Nachmittag«, sagte Smart. »Das waren Sie.«

Der Lord stritt es nicht ab. »Ein simples Gift, Inspector. Nichts Dramatisches. Die Dosierung war sehr genau gewählt, wie Ihnen gewiss jeder Arzt bestätigt hätte. Ich wollte Ihnen selbstredend nicht schaden. Mir ging es einzig und allein darum, Sie vorübergehend außer Gefecht zu setzen. Bevor Sie die Wahrheit erkennen würden.«

Smart war trotz aller Empörung auch erleichtert. Ein Rätsel war gelöst, und diese Auflösung deckte sich mit dem, was er schon vermutet hatte. Zumal er auch längst keine Auswirkungen des feigen Giftanschlages mehr an sich feststellen konnte. Strafbar blieb dieser allerdings schon.

»Ich fürchte, dafür werden Sie geradestehen müssen, Mylord«, erklärte er. »Einen Menschen zu vergiften ist kein Kavaliersdelikt, auch nicht mit einer niedrigen Dosierung.«

»Unter anderem dafür!«, betonte Chandler. Er war wieder aufgestanden, und die Schusswaffe in seiner Rechten deutete einmal mehr auf den Gastgeber. »Bei Francis Bellamy waren Sie ja schließlich nicht so ›gnädig‹.«

Bainbridge verzog das Gesicht. »Wo denken Sie hin, Mr Chandler?«, entgegnete er. Es klang angewidert. »Mit Mr Bellamys bedauernswertem Ableben hatte ich nicht das Geringste zu tun. Ich bin gern bereit, für meine Taten Verantwortung zu übernehmen – aber *nur* für meine Taten! Ist das klar?«

Ein Seufzer stieg aus Smarts Kehle, tief wie der Marianengraben. »Nein, Lord Bainbridge. Ich fürchte, klar ist hier nach wie vor erschreckend wenig …«

Den Rest der Nacht verbrachten sie redend. Während der Wind um die alten Mauern pfiff und aufgewirbelte Schneeflocken vor dem Fenster tanzten, saßen Smart, Chandler und der Lord vor dem von Bainbridge frisch entfachten Kamin im Erdgeschoss. Sie blieben allein – der Rest des Hauses schlief um diese späte Stunde nach wie vor –, und der Sherry, den Bainbridge in drei Gläser einschenkte, schmeckte nicht nur köstlich, sondern half auch zusätzlich, die Kälte des Winters auf Abstand zu halten.

»Ich beginne am Anfang, einverstanden?«, sagte der Lord. Er lehnte sich gemütlich in seinem Ohrensessel zurück und schlug die Beine übereinander. »Unterbrechen Sie mich, falls Ihnen Teile der Geschichte schon bekannt sein sollten. Andernfalls rede ich einfach weiter.«

»Wir sind ganz Ohr«, brummte Chandler. Es klang unwirsch.

Ihr Gastgeber störte sich nicht daran. »Ich bin kein junger Mann mehr. Das muss Ihnen bekannt sein, Gentlemen, denn es steht mir buchstäblich ins Gesicht geschrieben. Und, ja, ich bin durchaus vermögend. Ohne ins Detail gehen oder gar in Eigenlob abschweifen zu wollen, kann ich mit Fug und Recht behaupten, dass ich es in meinen Tagen zu Geld gebracht habe. Ein Teil meines Wohlstands ist das Resultat meines Stammbaums und gewissermaßen ererbt, das steht außer Frage. Aber der zweite, nicht minder beeindruckende Teil ist selbst verdient und erwirtschaftet. So ist es meistens in meinen Zirkeln, finden Sie nicht auch? Erfolg als Kombination aus Erbe und Arbeit? Das Haus, in dem wir sitzen, wurde zum Beispiel von meinen Vorfahren errichtet, doch ohne meine eigenen Verdienste wären in ihm schon längst die Lichter ausgegangen.«

»Ohne jeden Zweifel«, stimmte Smart zu. »Ein beeindruckendes Lebenswerk, gewiss.« Es kam ihm so vor, als wartete der Lord auf einen bestätigenden Kommentar. Smart wollte tun, was immer nötig war, um den Mann am Reden zu halten. Die Antworten auf Chandlers und seine vielen Fragen schienen zum Greifen nah zu sein, endlich.

Bainbridge nickte knapp. »Wie Ihnen ebenfalls bekannt sein dürfte, mangelt es mir allerdings an einem Erben. Eigene Kinder hatte ich nie, und die Brut meiner Cousins und Cousinen … Nun, belassen wir es bei der Feststellung, dass ich noch nie ein Freund von Taugenichtsen war. Lieber werfe ich mein Geld ins Meer, als es Menschen wie ihnen zu vermachen.«

»Also doch!« Chandler schlug mit der Faust in die flache Hand. »Es *ging* um einen Erben. Die ganze Sache mit den Einladungen, das war Ihr seltsamer Versuch, jemanden zu finden, der in Ihre Fußstapfen tritt.«

»Die Bainbridge-Linie ist eine stolze und ehrenvolle«, bestätigte der Lord. »Es wäre eine Schande, sie eines Tages mit mir enden zu lassen. Und, Mr Chandler, es geht mir nicht allein um einen Erben. Sondern …«

»Um einen Nachfahren«, begriff Smart. »Sie wünschen sich

jemanden, den Sie adoptieren können. Der Teil Ihres Stamm-baums wird.«

»Ich hatte niemanden in diesen Plan eingeweiht«, bestätigte Bainbridge. »Nicht einmal Branson. Aber ja, Inspector. Genau so war es. Genau so *ist* es.«

Chandler machte große Augen, erwiderte jedoch nichts. Als potenziellen Stammhalter eines Lords hatte auch er sich gewiss noch nie gesehen.

»Warum gerade diese fünf?«, erkundigte sich Smart. »Wie kamen Sie ausgerechnet auf Chandler, Marlowe, Bellamy und die beiden Damen? Sie alle sind so verblüffend unterschiedlich, Mylord. Und so ganz anders als Sie selbst, wenn Sie die Bemer-kung gestatten.«

Ihr Gastgeber lachte wieder. »Das will ich meinen. Genau das war der Punkt!« Dann wurde er ernst. »Ich wollte keine Kopie meiner Selbst als Nachfahren, Inspector. Die alte Garde hat ausgedient, es wird Zeit für neues, frischeres Blut, auch in meinem Stammbaum. Und für frischere Denkmuster als die unseren, finden Sie nicht ebenfalls? Crannock Hall bildet da keine Ausnahme.«

»Sagt der Mann, der Marlowe eine simple TV-Rolle miss-gönnt«, ätzte Chandler. Er konnte sich offenbar nicht zurück-halten. »Von wegen frisches Blut ist willkommen ...«

Bainbridge hob anerkennend den Blick. »Sie haben gut re-cherchiert, Gentlemen. In der Tat, ich war gegen Simon Marlo-wes Besetzung. Entschieden dagegen sogar. Doch ich wurde überstimmt, und ein Mann muss wissen, wann er verloren hat. Auch das gehört dazu.«

»Also gaben Sie Mr Marlowe eine zweite Chance?«, vermu-tete Smart. »Sogar als es um Ihr Erbe ging?« Klang das plausi-bel? Er bezweifelte es, immerhin hatte er die Mails selbst gele-sen. Bainbridge war alles andere als ein Fan von Marlowe gewesen. Und jetzt hielt er ihn für einen Adoptionskandidaten?

Doch Bainbridge nickte. »Korrekt. Überrascht Sie das? Mein Ziel war von jeher, ein breites Feld an möglichen Kandidaten abzudecken. Unterschiedlichste Charaktere, wenn Sie so wollen. Mr Marlowe kam mir zugegebenermaßen erst als Letztes in den Sinn, doch als der Gedanke einmal da war, ließ er sich nicht mehr vertreiben. Ich wollte herausfinden, ob ich vielleicht mit meiner Meinung über Marlowe falschgelegen und vorschnell geurteilt hatte. Mr Marlowe weiß nicht, was ich von ihm hielt. Meine Ansichten von damals dürften für ihn also noch kein Grund sein, mir einen Korb zu geben. Und tatsächlich: Er beantwortete meine Einladung nach Crannock Hall schneller als alle anderen Kandidaten.«

Sichtlich mit sich zufrieden nahm Bainbridge einen Schluck aus seinem Sherryglas. Smart staunte nicht schlecht. Dieser Mann gehörte zu den exzentrischsten Personen, denen er je begegnet war. Und doch kam Bainbridge sich offenbar kein bisschen so vor. Für ihn schien all das, was er da berichtete, vollkommen logisch und sinnvoll zu sein.

»Und was ist mit Mrs Tandy?«, wunderte sich Chandler. »Ohne ihr irgendwie zu nahe treten zu wollen, sieht frisches Blut ja doch ein wenig anders aus. Die gute Dame ist über siebzig.«

Der Lord schmunzelte, als er sein Glas sinken ließ. »Ich gebe zu, bei Mrs Tandy ließ ich mich von meiner Bewunderung leiten, weniger von meinen Auswahlkriterien. Ich bin ein großer Verehrer ihrer Kunst, und ich wollte einfach wissen, ob sie meine Einladung annehmen würde. Und was sie tun würde, falls sie nach Crannock Hall kommen würde.«

»Ich bin mir immer noch nicht ganz sicher, wie Sie ausgerechnet auf diese Gruppe kamen, Sir«, führte Smart ihn zurück zur Ausgangsfrage. »Wie fanden Sie beispielsweise Miss Fitzpatrick? Warum gerade Francis Bellamy und nicht irgendjemanden sonst?«

251

Abermals lachte der Lord. »Durch puren Zufall, ob Sie es nun glauben wollen oder nicht. Mir schwebte jemand aus der Hauptstadt und aus dem Finanzwesen vor. Und jemand aus der Provinz, dem unteren Mittelstand. Ein Mensch mit Talent und einer ohne. Jemand mit Ambitionen und jemand … Na ja. Eben eine bunte Mischung aus Personen, wie schon erwähnt. Ich glaube, Miss Fitzpatricks Namen wählte ich schlicht aus dem Telefonbuch. Ich war allerdings erfreut, als sich die Frau, die den Hörer abnahm, als einfaches und anständiges Mädchen entpuppte. Ein Glücksstreffer, sozusagen. Von Mr Bellamy hatte ich während eines Gesprächs mit einem Bekannten von der Themse gehört. Auch er schien mir interessant genug zu sein für einen Versuch. Sie selbst hingegen, Mr Chandler, waren ein kleines Gedankenspiel. Verzeihen Sie mir die Kritik, doch ich finde Ihre publizierten Aufzeichnungen schlicht unlesbar – und mir gefiel der Gedanke, ausgerechnet Sie auf die große Jessica Tandy treffen zu lassen. Als Erbe kamen Sie mir nie in den Sinn, wenn ich so ehrlich sein darf, doch die Vorstellung, Sie und Mrs Tandy am selben Tisch zu wissen … Nein, das war einfach *zu* köstlich. Das durfte ich nicht ungenutzt verstreichen lassen.«

Chandler stand vor Verblüffung der Mund offen. Smart hingegen presste die Lippen aufeinander, um nicht laut aufzulachen. Spätestens jetzt war klar, wen Lord Bainbridge vorhin gemeint hatte, als er von einer Person ohne Talent gesprochen hatte. Damit tat er dem armen Chandler zwar unrecht, aber über Geschmack ließ sich bekanntlich nicht streiten.

»Selbstverständlich musste ich auch viel aussieben«, fuhr Bainbridge fort, ohne auf Chandlers Reaktion zu warten. »So mancher Name, den ich eine Zeit lang auf meiner Liste hatte, erwies sich bei genauerer Betrachtung als ungeeignet. Einige Wochen lang schwebte mir beispielsweise eine junge Dame aus Bath als Kandidatin vor, die eine Seele von Mensch zu sein schien. Krankenpflegerin, engagierte sich ehrenamtlich in einer

Schule. Mitte zwanzig und so rein wie der Schnee vor unseren Fenstern. Sollte man meinen. Als ich ihr Umfeld genauer recherchierte, merkte ich, dass sie Verbindungen zur OMRLP pflegte. Ihr Bruder war sogar der regionale Vorsitzende dieses Haufens. Da musste ich sie von meiner Liste nehmen, denn so ein Unfug kommt mir selbstredend nicht ins Haus – und erst recht nicht in die Familie!«

Chandler hob ratlos die Schultern. »Klären Sie mich auf. OM… was?«

»Official Monster Raving Loony Party«, erklärte Smart. »Eine winzige und recht bedeutungslose politische Gruppierung mit bewusst absurden Forderungen. Ich glaube, ihre Gründung geht auf einen Sketch von Monty Python zurück. John Cleese und Konsorten, erinnern Sie sich? ›Spaßpartei‹ ist wohl die korrekte Bezeichnung für sie.«

»Du meine Güte.« Chandler rollte mit den Augen. »Okay, Lord Bainbridge. Sie hatten also irgendwann Ihre Liste, auch ohne Spaßparteien. Und dann?«

»Na, dann kamen sie alle her«, antwortete der Angesprochene. »Tatsächlich hat jede einzelne Person, der ich letzten Endes eine Einladung schickte, auch zugesagt. Sie alle erschienen auf Crannock Hall, Mr Chandler. Warum? Vermutlich, weil Geld eben doch die Welt regiert – ungeachtet dessen, was mitunter behauptet wird. Sie alle kamen zu mir.«

»Und Sie stellten sich tot«, merkte Smart an.

»So ist es.« Die Miene des betagten Adligen hellte sich auf. »Das war von Anfang an meine Absicht gewesen. Ich wollte sehen, wie meine Vorauswahl unter extremen Bedingungen reagiert. Wer von ihnen wie mit meinem Ableben umgeht. Wer sich mit Ruhm bekleckert, wer Ambitionen zeigt und, ja, wer vielleicht die Ellenbogen auspackt und seine Mitbewerber ausstechen würde. Es sollte eine Art Wettbewerb werden, ohne dass die Teilnehmer davon wussten. Und mein vermeintlicher

Tod war gewissermaßen der Startschuss für diesen Wettbewerb. Die Aktion, auf die dann eine *R*eaktion folgen würde – eine, die mir in letzter Konsequenz zeigen würde, wer das Zeug dazu hatte, in meine Fußstapfen zu treten und sie auszufüllen.«

Smart traute seinen Ohren kaum. Die ganze Sache klang beinahe irrsinnig. Konnte sich ein Mann von Lord Bainbridges Status seine Erben nicht auf einfachere Weise suchen? Auf ... nun ja, würdevollere?

Auch Chandler schüttelte den Kopf. »Was für ein bizarrer Gedanke!«

»Sie sind hier, Mr Chandler, oder etwa nicht?«, gab Bainbridge zurück – mit einem Mal ungewöhnlich scharf. »Wenn Sie Kritik üben möchten, dann bitte auch an sich selbst.«

Smart beschloss, die Wogen zu glätten. Insgeheim stimmte er seinem Kompagnon natürlich zu, doch es half niemandem, den Lord zu reizen. Bainbridge würde mauern, wenn er die Lust an dieser Unterhaltung verlor. Und noch waren nicht alle Fragen beantwortet.

»Für Kritik ist später immer noch Zeit«, sagte Smart schnell. »Falls denn gewünscht. Was mich viel mehr interessiert, wäre die Akte Bellamy. Sie haben uns bereits versichert, der Mord an ihm gehe nicht auf Sie zurück, Lord Bainbridge. Wissen Sie denn, wer die Schuld daran trägt? Und warum Bellamy überhaupt sterben musste?«

Ihr Gastgeber beruhigte sich schnell. Der Zorn, der kurz in ihm aufgeflammt war, wich einer seltsamen Mischung aus Verwunderung und Bedauern. »Ich wünschte, dem wäre so, Inspector. Aber ich muss Sie enttäuschen. Da stehe ich ebenso vor einem Rätsel wie Sie selbst. Was mit Bellamy passiert ist, hätte ich mir in meinen kühnsten Albträumen nicht ausmalen können. Es ist absolut schrecklich.«

»Und dennoch sahen Sie keinen Grund«, nörgelte Chandler, »deswegen von Ihrem Plan abzulassen und die Scharade abzubrechen. Ein Mensch war auf Crannock Hall gestorben – dieses Mal wirklich –, aber Sie machten mit Ihrem Schmierentheater einfach weiter. Richtig?«

Bainbridges Miene ließ keinen Zweifel daran aufkommen, dass Chandler sich jegliche Chancen auf das Erbe nun endgültig verspielt hatte. »Tragödien sind tragisch, Sir«, erwiderte er merklich kühl. »Doch das Leben geht weiter, und auf meinen Versuchsablauf hatte das bedauernswerte Schicksal unseres Bekannten keine großen Auswirkungen. Der *Wettbewerb* lief weiter, mit oder ohne Mr Bellamy. Selbstverständlich nehme ich Anteil an seinem Los, aber ich muss auch an meine eigenen Ziele denken. Hätte ich mich Ihnen schon gestern Nacht zu erkennen gegeben, hätte es das gesamte Experiment zunichtegemacht. Dann wären all meine akribischen Vorbereitungen vergebens gewesen, von der langwierigen Auswahl der Personen bis hin zu den beeindruckenden Anstrengungen des guten Branson, seine Schminkkünste zu vervollkommnen.«

Smart lagen ein halbes Dutzend Erwiderungen auf der Zunge, die er sich allesamt verkneifen musste. Stattdessen bemühte er sich um einen neutralen Tonfall und stellte eine weitere Frage, obwohl er die Antwort darauf längst ahnte. »Warum dann *jetzt*, Mylord? Wenn Ihnen Ihr … sagen wir, Versuchsaufbau so wichtig ist, warum offenbaren Sie sich uns dann *jetzt*?«

Bainbridge seufzte schwer. »Ihretwegen, Inspector Smart. Einzig und allein Ihretwegen.«

Die Gläser waren wieder leer. Doch niemand stand mehr auf, um sie zu füllen. Das Holz im Kamin prasselte nicht länger. Selbst der Wind vor den Fenstern schien sich einen Augenblick eine Pause zu gönnen, als hinge auch er plötzlich an den Lippen des Lords.

»Sie haben mein Büro gefunden«, begann der Hausherr. Er hielt die Hände vor sein Gesicht, die Fingerkuppen zu einer Art

Dreieck aneinandergelegt, und sein Blick war ebenso ankla-gend wie nachdenklich. »Drüben in der Bibliothek. Dort hatte ich mich eine Weile versteckt, wissen Sie? Während des ersten Tages. Doch als ich merkte, dass Sie und Mr Chandler den Zu-gang entdeckt hatten, konnte ich es nicht länger nutzen. Ich durfte nicht Gefahr laufen, dort von Ihnen überrascht zu wer-den.«

Smart verstand. »Sie wollten Ihr Experiment nicht gefähr-den.«

»Ich dachte, mein kleiner Zusatz in Ihrer Suppe würde Sie eine Weile daran hindern, weitere Entdeckungen zu machen«, fuhr Bainbridge fort. »Denn mir war klar, dass die geheimen Gänge in den alten Mauern nun ebenfalls gefährdet waren. Wenn Sie *eine* verborgene Tür entdecken konnten, warum dann nicht auch andere? In meinen Augen war das nur noch eine Frage der Zeit. Und ich hoffte, Ihre kleine Unpässlichkeit würde Sie erst einmal ausbremsen.«

Unpässlichkeit ist gut, dachte Smart grimmig.

Er verkniff sich aber einen Kommentar. Manchmal kam man weiter, wenn man einfach nur zuhörte. Jeder Ermittler, der seinen Beruf ernst nahm, wusste das.

»Und für eine Weile stimmte das ja auch«, sagte der Lord. »Den ganzen Nachmittag und Abend über waren Sie quasi ruhiggestellt. Oh, schauen Sie mich nicht so fragend an, Sir! *Selbstverständlich* habe ich mich mit eigenen Augen davon über-zeugt. Ich musste doch sichergehen. Gleich zwei Mal war ich bei Ihnen, während Sie schliefen. Sie wirkten fiebrig und murmelten irgendwelche Worte, die ich nicht verstand. Vermutlich träum-ten Sie wild, ja? Sehen Sie, das dachte ich mir. Und ich hielt mich auch nie lange bei Ihnen auf. Ich kam kurz durch die Tür in Ihrem Regal, warf einen Blick auf Sie und verschwand sofort wieder. Sie haben mich nie bemerkt, das weiß ich. Andernfalls wäre ich selbstredend in den Gängen geblieben.«

Smart runzelte die Stirn. »Ich … Ich habe Sie sehr wohl gesehen, Mylord. Aber nur im Traum, dachte ich.«

»Das war kein Traum, Smart.« Chandler hob die Brauen. »Das war Ihr Unterbewusstsein. Ihr sechster Sinn, der Ihnen mitteilen wollte, was sich *wirklich* vor Ihrer Nase abspielt.«

Möglich, dachte der Inspector. »Falls ja, war ich zu geschwächt, um ihm zuzuhören. Bedauerlicherweise. Doch allmählich ist mir klar, worauf Sie hinauswollen, Mylord. Sie wussten, dass wir im Begriff standen, Ihnen auf die Schliche zu kommen. Erst mein nächtlicher Besuch im Keller, dann die Entdeckung der Tür in meinem Zimmer …«

Nun war Bainbridge es, der staunte. »Sie waren ein weiteres Mal im Leichenzimmer? Das wusste ich gar nicht. Normalerweise achte ich auf das, was Sie und Mr Chandler planen. Ich höre Sie recht gut, wenn ich in den verborgenen Gängen stehe. Die anderen Gäste natürlich ebenfalls. Deshalb konnte ich auch stets reagieren, wenn Sie sich zu den aufgebahrten Leichen begeben wollten. Ich war dann schneller als Sie und lag wieder an Ort und Stelle, bevor Sie eintrafen. Aber mit einem Besuch zu später Stunde hatte ich tatsächlich nicht gerechnet, das stimmt. Ehrlich gesagt, hatte ich angenommen, Sie wären mindestens noch bis zum Frühstück außer Gefecht gesetzt.«

»Die Leiche war fort?«, wunderte sich auch Chandler. Fragend sah er Smart an. »Heute Nacht?«

Der Inspector nickte. »Ich hatte vermutet, Branson hätte sie umgebettet. Allerdings wollte mir beim besten Willen kein plausibler Grund dafür einfallen, das muss ich zugeben. Zumal Mr Bellamy nach wie vor dort unten ruht.«

»Wie dem auch sei«, kam Bainbridge zu seiner Erklärung zurück. »Als Sie vorhin die Geheimgänge entdeckten, bekam ich auch das mit. Immerhin bewege ich mich seit Tagen nahezu ausschließlich in ihnen. Und mit einem Mal war mir klar, dass ich mich nicht länger vor Ihnen verstecken konnte. Wo denn auch? Draußen in der Eiseskälte? Auch da hatten Sie mich schon bemerkt, Gentlemen, richtig? Sie sogar bereits am ersten Abend, Inspector. Ich sah doch, wie Sie oben am Fenster standen und zu mir herunterschauten. Und ich kann von Glück sprechen, dass Sie meinen hektisch hinterlassenen Fußstapfen im Schnee damals nicht folgen konnten. Andernfalls hätten Sie sie auf direktem Weg in den Schuppen im Wald geführt. Und dann wäre alles zu Ende gewesen, noch bevor es richtig begonnen hatte.«

Dann hat diese Hütte also doch einen Zugang zum Netz der Geheimgänge unter Crannock Hall, kombinierte Smart. *Ich hatte bei meinem Besuch dort nichts gefunden, allerdings wusste ich da auch noch nicht von ihrer Existenz.*

Auch Chandler zog prompt diese Schlussfolgerung. »Wie weit gehen Ihre elenden Tunnel eigentlich?«, fragte er fast schon anklagend. »Und wo führen sie *nicht* lang?«

Bainbridge lachte. »Ja, die Frage wäre leichter zu beantworten als ihr Gegenteil, fürchte ich. Die Insel ist der reinste Schweizer Käse, Mr Chandler. Vor Jahrhunderten diente sie Schmugglern als Heimstatt, wenn ich richtig informiert bin. Sie schlugen diese Gänge ins Erdreich, um sich verstecken und flüchten zu können, falls der lange Arm des Gesetzes nach ihnen griff. Das war allerdings weit bevor meine Sippe hier Wurzeln schlug, mit Verlaub! Ich will nicht den Eindruck erwecken, meine Familie stamme von plünderndem Diebesgesindel ab!«

Der Lord räusperte sich kurz. »Als dann meine Ahnen herkamen und Crannock Hall errichtet wurde, nutzten die Erbauer das existierende Tunnelsystem gewissermaßen als Inspiration für ihr eigenes Werk. Die Geheimgänge in diesen Mauern spiegeln die Tunnel unter dem Haus wider, so kann man es wohl ausdrücken. Ich habe bereits als Kind liebend gern in ihnen gespielt, wenn ich auf der Insel war. Sehr zum Leidwesen meiner Gouvernante.«

Das passt, dachte Smart. *Es ist sogar typisch.*

Die Exzentrik schien bei Bainbridge keine Frage des individuellen Charakters, sondern eher eine der Genetik zu sein. Vermutlich fanden sich Männer wie er in allen Generationen seines Stammbaums, und ebenso vermutlich hatten auch jene früheren Vertreter ihr absonderliches Benehmen als vollkommen normal und angemessen empfunden.

Nein, korrigierte er sich innerlich. *Nicht bloß als angemessen. Als berechtigt. Bainbridge glaubt, all das stünde ihm zu. Dass er mit Menschen spielen kann, als wären sie Versuchskaninchen. Dass er eine Mordermittlung unnötig erschweren darf. Dass er sich erst offenbart, wenn er mit dem Rücken zur Wand steht … Er hat deswegen nicht einmal ein schlechtes Gewissen.*

Es gab vielleicht keine zwei Leichen in diesem Fall, wie anfangs gedacht, aber definitiv mehr als einen Täter. Das stand fest. Auch Bainbridge trug Schuld, zumindest im moralischen Sinne.

Und vermutlich nicht nur in dem …

»Also, Gentlemen«, kam der Hausherr von Crannock Hall zum Schluss. »Ich sitze vor Ihnen, weil ich nicht anders kann. Mehrere Tage habe ich es geschafft, mich erfolgreich vor Ihnen zu verbergen. Doch mit Ihren Entdeckungen dieser Nacht bleibt mir keine andere Wahl mehr, als Ihnen reinen Wein einzuschenken, ob ich es nun möchte oder nicht. Und Sie *wenigstens* inständig zu bitten, meine Wahrheit für sich zu behalten. Und sei es nur bis zum Ende meines Experiments.«

»Dann haben Sie sich noch immer nicht entschieden?« Chandler schnaubte. »Im Ernst? All die Zeit, und Sie wissen nach wie vor nicht, wen Sie zu Ihrem Erbprinzen krönen möchten? Wenn man mich und Mrs Tandy abzieht, bleiben doch ohnehin nur drei Kandidaten übrig! All der Aufwand für eine Wahl aus drei Leuten?«

»Zwei«, korrigierte Smart leise. »Es sind nur noch zwei.«

Der Alte im Sessel wirkte pikiert. »Ich gestehe offen und ehrlich, dass die Person, zu der ich ursprünglich tendiert habe, nicht länger verfügbar ist. Niemand bedauert das mehr als ich.«

Bellamy, verstand Smart. *Wer sonst ...*

Selbst nach einem Mord in seinem Haus war Bainbridge die Frage nach seinem Erben wichtiger als die nach Gerechtigkeit. Das stieß dem Inspector besonders übel auf. Der alte Lord war kein angenehmer Geselle, das stand fest.

»Und?« Bainbridge sah ihn auffordernd an. »Was sagen Sie, Chief Inspector? Können wir uns darauf einigen? Ich habe Ihnen alles gesagt, was zu sagen war. Kommen Sie mir ebenfalls entgegen und bewahren mein Geheimnis, solange es nötig ist?«

»Nötig für wen?«, brummte Chandler. »Doch wohl nur für Sie, Mensch!«

Smart hob eine Hand, bat stumm um Contenance. Dann setzte er zu einer Antwort an. »Lord Bainbridge, ich *werde* Ihrem Wunsch entsprechen.«

»Was?« Chandler hielt es nicht länger in seinem Sitz. Sichtlich fassungslos sprang er auf. »Smart, sind Sie wahnsinnig? Dafür gibt es doch keinerlei Grund! Dieser Irre hier hat ...«

Abermals bat Smart ihn mit Blicken um Geduld. »Ich werde Ihr Geheimnis bewahren«, wiederholte er dann an den Lord gewandt. Ein Plan formte sich hinter seiner Stirn, der nun immer klarer und offensichtlicher wurde. Er beschloss, ihn in die Tat umzusetzen. »Genau wie mein Freund Mr Chandler hier. Darauf gebe ich Ihnen mein Wort. Allerdings nur bis zum Morgen, Sir! Und nicht um Ihretwillen, sondern weil ich die wenigen verbliebenen Stunden dieser Nacht zum Nachdenken verwenden möchte! Sobald der Rest des Hauses erwacht, werden wir ihm reinen Wein einschenken. Das schulden wir nicht nur Ihren Gästen, Mylord, sondern auch dem bedauernswerten Mr Bellamy, dessen Mörder nicht zuletzt Ihretwegen, wegen Ihres ›Wettbewerbs‹ ...«

Bainbridges Augen funkelten zornig. »Inspector! Wagen Sie es bloß nicht, mir zu unterstellen ...«

Smart fiel ihm ebenfalls ins Wort. »Dessen Mörder auch Ihretwegen noch immer auf freiem Fuß ist. Hätten Sie sich uns gleich von Anfang an offenbart, wären wir vielleicht schon viel weiter. Unter Umständen wäre es sogar nie zu einem realen Mord gekommen!«

»Und wären Sie ein bisschen vernünftiger, Sie seltsamer Vogel«, brummte Chandler so leise, dass nur Smart es hören konnte, »wären wir alle gar nicht erst hier. Adlige, pah! Immer das Gleiche mit dieser Brut.«

Der Lord verschränkte die Arme vor der Brust. Seine Miene war ein Spiegel seiner Entrüstung geworden. Er wusste, dass er Smart nicht aufhalten konnte, und es missfiel ihm sehr. »Tun Sie, was Sie für richtig halten, Inspector«, sagte er, jede Silbe triefend vor Tadel. »Aber erwarten Sie bitte nicht meinen Segen.«

»Keine Sorge, Sir«, erwiderte Smart knapp. »Den erwartet hier niemand mehr.«

Dann nickte er Chandler zu, und gemeinsam verließen sie das Zimmer.

KAPITEL 15

In jeder Mordermittlung gibt es diesen Moment – den Augenblick, an dem es ein für alle Mal ums Ganze geht. An dem das Fragenstellen endet und Antworten folgen müssen. Definitive Antworten. Timothy Smart hatte schon oft an dieser Stelle gestanden, doch selten zuvor hatte er sich an ihr derart ratlos gefühlt. Alles in ihm schrie danach, die Akte »Crannock Hall« zu schließen. Sein eigener Instinkt signalisierte ihm, dass er alle dafür erforderlichen Zutaten beisammen hatte. Und doch: So lange er auch grübelte, so lange blieben die Fragezeichen.

»Es ist wie verhext«, murmelte er und stellte sich vor, seine geliebte Mildred würde ihm zuhören. »Ich komme einfach nicht weiter. Was ich auch versucht habe, ich war danach so schlau wie vorher.«

Er hatte sich von Chandler verabschiedet und erneut sein Schlafzimmer betreten. Bis zum Sonnenaufgang blieben zwar nur noch wenige Stunden, doch hegte er keinen Zweifel daran, dass sie diese in ihren jeweiligen Betten verbringen sollten. Sie brauchten ihren Schlaf, brauchten einen erholten und wachen Geist für die Aufgaben, die vor ihnen lagen. Trotzdem fand Smart keine Ruhe. Und ob er es nun anders wollte oder nicht: Mildred war fern.

Nachdenklich ging er durch das dunkle Zimmer. Der Mond war inzwischen weitergewandert, der Himmel über dem Anwesen wirkte wieder stürmisch finster und wolkenverhangen bis auf wenige Lücken. Schneeflocken schlugen gegen sein Fenster, wo sie achtlos verendeten. Die Welt jenseits der alten Mauern sah fast aus, als wollte sie im Ewigen Eis verschwinden. Jedenfalls so weit, wie Smart sie durch die Scheibe hindurch erkennen konnte.

»Und so lange ich auch gewartet habe«, fuhr er leise fort, »so wenig wurde meine Geduld belohnt. Nicht nur die Ermittlung steckt fest, sondern auch ich selbst. Ausgerechnet zu Weihnachten.«

Er wusste nicht, zu wem er da immer noch sprach. Zu sich selbst? Zu der unerbittlichen Nacht? Oder zu den Mauern des alten Anwesens, die ihm Geheimnisse verrieten und ihn doch weiterhin im Dunkeln tappen ließen? Vielleicht zu allen zusammen, erkannte er seufzend.

Es war einfach nicht fair. Das schönste Fest des Jahres stand unmittelbar bevor, und trotz aller Anstrengungen kam er ihm einfach nicht näher. Was Mildred wohl denken mochte? Smart hätte liebend gern mit ihr telefoniert, ihr erklärt, woran es haperte, und ihr versichert, dass er sich nichts sehnlicher wünschte, als zu ihr zurückzukehren. Nach Hause, zum funkelnden Tannenbaum, den Fleischpasteten und dem köstlichen Eggnog, der bestimmt längst auf ihn wartete.

Doch die Heimat blieb fern. Und wenn er seinem Ruf als Meisterermittler nicht bald gerecht wurde, dann würde sie es auch bleiben – Wetter hin oder her.

»Also noch mal im Schnelldurchlauf«, murmelte er. »Was wissen wir?«

Es gab keine zwei Toten auf dieser Insel. Zumindest das hatten Chandler und er inzwischen herausgefunden. Das war Fakt eins.

Fakt zwei ergab sich schon zwangsweise aus dem ersten: Längst nicht jeder hier sagte die Wahrheit. Bainbridge war quicklebendig, und Branson hatte die ganze Zeit über mehr gewusst, als er zugeben wollte. Im Auftrag seines Dienstherrn hatte der Butler die Mordscharade tapfer mitgespielt, trotz aller Umstände und Folgen. Auch das war klar.

Der dritte Punkt auf Smarts mentaler Liste betraf das Gebäude selbst. Crannock Hall war der Haus gewordene Traum eines jeden Schmugglers, voller verborgener Gänge und Zimmerchen. Bainbridge hatte während der vergangenen Tage ausgiebigen Gebrauch von ihnen gemacht, um sich vor den anderen Anwesenden zu verstecken und diese heimlich zu belauschen.

Smart blieb stehen. Ein plötzlicher Einfall lag ihm auf der Zunge. »Aber kann ein untoter Lord überall gleichzeitig sein?«

War das ein Lösungsansatz? Irgendwie spürte er, dass dieser seltsame Satz weit mehr bedeuten musste. Sein Instinkt schrie es ihm geradezu entgegen, auch wenn er den Grund dafür nicht ganz begriff. Was ließ sich daraus folgern, dass der Lord nicht überall zugleich sein konnte? Was war der nächstlogische Schritt?

Als Smart es endlich sah, war ihm, als schlüge eine unsichtbare Faust gegen seinen Bauch. Smart keuchte, taumelte tatsächlich einen Halbschritt zurück und sah ungläubig ins Leere. War das die Antwort? Konnte es so sein?

Mit einem Mal war das Kribbeln zurück. Wie meistens, wenn er sich der Wahrheit näherte, reagierte sein gesamter Körper darauf. Unzählige kleine Ameisen schienen über seine Arme zu krabbeln, unsichtbare Spinnen seinen Nacken hinabzuklettern. Sein Mund wurde trocken vor Aufregung und nahm zugleich einen eigenartig metallischen Geschmack an, fast als hätte er eine Handvoll Pence-Stücke verschluckt. Oder einen von Mildreds Nachtischlöffeln.

»Es *kann* die Antwort sein«, sagte er.

Vor seinem geistigen Auge sah er es nun, klar und genau. Einzelne Details blieben zwar vage, weil die erforderlichen Informationen fehlten und er sie nur vermuten konnte, doch das große Ganze ergab tatsächlich Sinn. Es passte zusammen.

»Ich muss es nur noch beweisen«, murmelte der beste Mann von Scotland Yard. »Und ich glaube, ich weiß auch, wie.«

Dann trat er auf das Bücherregal neben seinem Kamin zu. Die Nacht mochte noch immer nicht vorüber sein, doch an Schlaf war spätestens jetzt nicht mehr zu denken. Timothy Smart zog das verräterische Buch aus seinem Platz im Regal, hörte das leise Klacken des verborgenen Öffnungsmechanismus und wartete, bis sich der geheime Gang in den Mauern von Crannock Hall für ihn öffnete.

Einen Augenblick später ging er ins Dunkel.

Der Himmel über der namenlosen Insel wurde allmählich heller. Smart stand am Fenster des Kaminzimmers und schaute dabei zu, wie mehr und mehr Tageslicht durch die Risse in der grauen Wolkendecke brach. Die nächtlichen Winde hatten sich schon vor Stunden verzogen, und auch der starke Schneefall hatte zum Glück nachgelassen. Nicht mehr lange, und es würden nur noch sanfte Flocken zu Boden fallen. Es schien aufwärtszugehen.

»Heute gelingt's«, erklang eine Stimme in seinem Rücken. »Was, Smart? Heute kommen wir endlich von hier fort.«

Der Inspector drehte sich um. Robin Chandler war im Durchgang zum Flur erschienen und gähnte verschlafen. Der junge Freund wirkte zerknitterter als sonst, was fraglos an der frühen Stunde lag.

Und an der viel zu kurzen Nacht, dachte Smart.

Dann setzte er zu einer Erwiderung an. »In der Tat, alter Knabe. Die Wettergötter scheinen uns nicht länger quälen zu wollen. Durchaus möglich, dass die Fähre im Laufe des Vormittags hier wieder anlegt. Dann sollte einer von uns am Anleger sein und um Hilfe vom Festland bitten.«

»Oh, keine Sorge.« Chandler gähnte. »Da melde ich mich gerne freiwillig. Je früher ich von hier wegkomme, desto besser.

Und je früher Sie die polizeiliche Unterstützung erhalten, die Sie benötigen, desto eher lässt sich wohl auch dieser elende Fall endlich abschließen. Richtig?«

Smart hob eine Braue. »Ich will nicht zu viel versprechen, alter Knabe«, antwortete er. »Aber es besteht eine nicht gerade kleine Chance, dass sein Abschluss unmittelbar bevorsteht. Ah, Branson! Sie kommen wie gerufen.«

Der Butler ging gerade am Kaminzimmer vorbei. Sein Ziel war zweifellos der Speisesaal, wo das Frühstück vorbereitet wurde. Doch er blieb höflich stehen und sah zu Smart. »Guten Morgen, Inspector. Kann ich Ihnen behilflich sein?«

»Das will ich meinen.« Smart trat in den Flur. »Wären Sie so freundlich sicherzustellen, dass alle Bewohner des Hauses umgehend zum Frühstück erscheinen? Auch Mr Marlowe, meine ich, und die übrigen Angestellten?«

Branson stutzte kaum merklich. »Auch die Damen aus der Küche, Sir?«

»So ist es, seien Sie so gut.« Smart nickte. »Ich muss mit ihnen allen sprechen, und so ist es am einfachsten. Übrigens auch mit Ihnen, Branson.«

Der Butler deutete ein Nicken an. »Sehr wohl, Sir.«

Dann ging er los, der breiten Freitreppe entgegen. Smart blieb allein im Gang zurück, bis sich Chandler erneut zu ihm gesellte. Die Müdigkeit, die eben noch auf den Zügen des jüngeren Mannes gelegen hatte, war spurlos verschwunden.

»Smart!«, hauchte er. »Sagen Sie jetzt nicht, Sie haben das Rätsel geknackt. Noch dazu einmal mehr, während ich geschlafen habe!«

Smart tat es Branson gleich und nickte knapp. »Einverstanden. Dann sage ich es nicht.«

Er war sich nicht sicher, ob er wirklich richtiglag. Von daher war ein wenig Bescheidenheit durchaus angebracht, das war ihm klar. Dennoch konnte er seine Erleichterung kaum noch verhehlen. Nicht nur das Wetter machte an diesem neuen Morgen lang ersehnte Versprechungen, auch sein kriminalistisches Gespür schien seinem Ruf endlich wieder zur Ehre zu gereichen.

»Na, jetzt bin ich gespannt«, meinte Chandler gerade. Auffordernd schaute er Smart an. »Dann also nichts wie in den Speisesaal, richtig? Zur großen Finalszene mit allen Antworten und schockierenden Wahrheiten.«

Smart seufzte. »Sie und Ihr elender Hang zur Dramatik …«

Zwanzig Minuten später waren sie alle versammelt, Bainbridges Hausgäste und seine Angestellten. Der Tisch im Speisesaal war bereits mit Tellern, Tassen und Besteck gedeckt, einzig das Essen fehlte.

Simon Marlowe saß auf einem der hölzernen Stühle, die die Tafel säumten. Er hatte die Arme vor der Brust verschränkt und eine skeptische Miene aufgesetzt. Fraglos mit Absicht hatte er seinen Stuhl dicht bis an die Wand zurückgezogen, damit ihn ja niemand hinterrücks überraschen oder gar angreifen konnte, und der Blick, mit dem er die anderen Anwesenden musterte, sprach Bände über seinen Gemütszustand.

Neben ihm und kaum weniger kritisch ausschauend hatte Jemma Fitzpatrick Platz genommen. Sie trug an diesem Morgen einen dünnen Rollkragenpullover, der ihr sehr gut stand, und hatte das Haar zu einem jugendlich wirkenden Pferdeschwanz gebunden. Ungewöhnlich dunkle Ringe lagen unter ihren Augen, und sie tuschelte immer wieder verschwörerisch leise mit ihrem Sitznachbarn Marlowe.

Jessica C. Tandy blieb offenbar lieber stehen. Die Autorin lehnte nahe dem Weihnachtsbaum an der holzvertäfelten Seitenwand des Saales, die Goldrandbrille auf der Nase, und schien abzuwarten, was der Morgen bringen würde. Robin Chandler, die Hände in den Hosentaschen, leistete ihr dabei Gesellschaft.

Neben dem Weihnachtsbaum am Fenster standen Miss Abberton und die zwei Dienstmädchen. Ginny Braddock und Eleanor Jones wirkten wach und aufmerksam, wohingegen die Köchin in Fitzpatricks Kerbe schlug und schon bessere Vormittage erlebt haben musste. Ihre Gesichtszüge kündeten von einer mindestens unruhigen, wenn nicht sogar schlaflosen Nacht, und ihre dunkle Bluse war nicht ganz richtig geknöpft – ein Malheur, das ihr in ausgeschlafenerem Zustand sicher selbst aufgefallen wäre und das ihr mitzuteilen die beiden Mädchen gewiss nicht wagten.

Branson stand im offenen Türrahmen, die Hände hinter dem Rücken, und wirkte wie üblich wie der Fels in der Brandung. Mit keiner einzigen Muskelregung ließ er sich in die Karten blicken, und seine stoische Butler-Fassade blieb makellos. Auch als er sich nun räusperte.

»Also, Inspector? Ich glaube, alle sind gekommen – ganz wie von Ihnen erbeten. Kann ich Ihnen sonst noch helfen, oder ist damit alles so, wie Sie es brauchen?«

Smart, der bislang schweigend am vordersten Platz des Esstischs gesessen hatte, erhob sich und trat vor. »Nein danke, Branson. Wir wären jetzt so weit.«

»Na, Gott sei Dank«, murmelte Marlowe. Es klang grimmig und so, als wäre es nur für Miss Fitzpatricks Ohren gedacht gewesen, aber ein wenig zu laut über seine Lippen gekommen. »Gut zu wissen, dass wenigstens Smart bekommt, was er will.«

Der Inspector ließ sich nichts anmerken. »In einem Punkt muss ich Ihnen jedoch widersprechen, mein lieber Branson. Es sind mitnichten alle gekommen – *noch* nicht.«

Jemma Fitzpatrick runzelte fragend die Stirn. Mrs Tandy zog die Brille von der Nase. Ginny und Eleanor wechselten ratlose Blicke.

»Wenn Sie dann so freundlich wären, Sir?«, bat Smart mit lauter Stimme.

268

Nichts geschah. Einzig das Ticken der Standuhr verriet, dass die Zeit nach wie vor verging.

»Sir?«, wiederholte Smart – genauso laut wie zuvor, aber mit etwas mehr Strenge im Tonfall. »Jetzt, bitte!«

Abermals ließ das Ergebnis zu wünschen übrig. Erst nach einigen Sekunden erklangen plötzlich Schritte im Flur.

Branson, der verdutzt in die Richtung schaute, aus der das Geräusch kam, riss die Augen auf. »Mylord …«, murmelte er.

Lord Bainbridge trat an ihm vorbei und ins Zimmer. »So ist es, Branson«, sagte er mit hörbarem Missfallen. »Ob wir es nun wollen oder nicht – das Spiel ist mit sofortiger Wirkung beendet. Chief Inspector Smart bestand darauf.«

Ein spitzer Schrei stieg aus Fitzpatricks Kehle. Simon Marlowe starrte den Lord so ungläubig an, als hätte er ein ganzes Dutzend Marlocks vor sich, die mit Laserwaffen jonglierten. Tamsin Abberton hob entsetzt die Hand zum Mund, und Mrs Tandy schenkte Smart einen Blick, der voller Anerkennung war und ihm runterging wie Öl.

»Das …«, stammelte Marlowe. »Das glaub ich jetzt nicht.«

»Glauben Sie es ruhig, Simon«, meinte Chandler. »Denn es stimmt. Unser werter Gastgeber hat uns einen Bären aufgebunden – tagelang. Rauch und Spiegel, mein Lieber. Alles nur Rauch und Spiegel.«

Fitzpatrick hob den Blick. Hoffnung schlich auf ihre Züge, mischte sich unter den Schrecken und die Verwirrung. »Dann ist auch Mr Bellamy noch am Leben?«

»Da muss ich Sie leider enttäuschen, Miss Fitzpatrick«, antwortete Smart. »Der bedauernswerte Bellamy hat das Zeitliche gesegnet, und ich glaube, die Scharade, die Lord Bainbridge und Branson uns meinten vorspielen zu müssen, bauten das Fundament für seinen Tod.«

»Inwiefern, Inspector?«, erkundigte sich Jessica Tandy. »Wissen Sie etwa jetzt, wer der Mörder ist?«

Er nickte. »Davon gehe ich aus, ja. Meines Erachtens befindet sich die Person, die wir suchen, hier in unserer Mitte. Und ich kenne auch endlich ihren Namen.«

Das saß. Einen Moment lang herrschte Stille im Speisesaal. Tamsin Abberton wirkte regelrecht entsetzt. Branson sagte kein Wort, schenkte Smart aber einen indignierten Blick. Marlowe rückte näher an den langen Tisch, und Lord Bainbridge bat leise um eine Tasse Tee. Ginny und Eleanor sahen aus, als wüssten sie nicht, ob sie der Bitte überhaupt nachkommen durften.

»Und?«, sagte der Schauspieler. »Nun spannen Sie uns nicht auf die Folter, Mann! Raus damit, wer war's?«

»Ich würde Ihnen gern eine Geschichte erzählen, wenn ich darf«, begann Smart. »Sie ist nicht allzu lang, aber durchaus erhellend, wie ich finde. Und Ihr Tee, Mylord, kann gewiss so lange warten, finden Sie nicht auch?«

Eleanor, die schon auf halbem Weg zur Tür gewesen war, blieb sofort stehen und hörte mit gespannter Miene zu.

»Meine Geschichte beginnt weit weg von Crannock Hall«, sagte Smart. »Auf dem Festland. Es ist schon viele Jahre her, da lebte dort ein junger Mensch mit seiner Familie. Dieser Mensch, Ladies und Gentlemen, war die jüngste Person seines Haushalts, und das sogar mit einigem Abstand. Das ältere Paar, das unseren Menschen aufgezogen hatte, hatte sich stets redlich geplagt und jeden Pence dreimal umgedreht. Dennoch war das Bankkonto kaum der Rede wert. Das Leben kostet, nicht wahr, und als Mitglied der unteren Mittelschicht kann man sich in diesen unseren Zeiten abstrampeln, so sehr man will – man kommt doch keinen Schritt weiter. Erst recht nicht, wenn man alt und krank geworden ist. Wenn die Kraft fehlt, es einmal mehr aus eigenen Stücken schaffen zu müssen.«

Marlowe runzelte die Stirn. »Das klingt ja wie dein Lebenslauf, Jemma. Sagtest du nicht, deine Großeltern seien arm gewesen? Arm und krank, aber glücklich?«

Chandler und Tandy sahen die Frau aus Plymouth abwartend an. Ginny Braddock und Miss Abberton ebenfalls, wenn auch mit deutlich bleicheren Mienen. Es lag etwas in der Luft, das elektrischer Spannung glich. Jeden Moment konnte sie sich entzünden. Fitzpatrick blickte stoisch ins Leere.

»Doch auch kleine Leute haben Träume«, fuhr Smart fort. »Vielleicht sogar vor allem sie. Unsere Familie begegnete einem Mann, den wir alle kennen. Einem, der ihnen einen Weg aufzeigte, wie sie ihr bisschen Geld vervielfachen könnten. Einen, der ihnen das geben würde, was sie nach den Jahrzehnten voller Mühe und Anstrengung verdient hatten: einen Lebensabend ohne Not.«

»Mr Bellamy«, hauchte die Köchin.

Smart nickte bestätigend. »Unser Freund versprach ihnen das Blaue vom Aktienhimmel. Nicht aus böser Absicht; das will ich ihm nicht unterstellen, wenngleich die Möglichkeit durchaus besteht. Nein, ich denke schon, dass Bellamy an seine Worte glaubte. Und die Familie, von der ich sprach, glaubte sie ebenfalls. Sie glaubte *ihm*.«

»Francis Bellamy war ein Blender«, erinnerte sich Chandler. »In jungen Jahren, bevor er nach London kam, hat er einige Male danebengegriffen, und seine damaligen Kunden gingen daran bankrott.«

»Exakt, alter Knabe.« Smart lächelte grimmig. »Unsere Familie investierte bei Bellamy. Sie kaufte, was er ihr anbot, und steckte ihr letztes Geld in seine großen Versprechungen. Als die Seifenblase dann platzte, war das Geld natürlich samt und sonders fort.«

»Und Francis Bellamy ebenfalls«, murmelte Mrs Tandy. »So war es doch, Inspector, oder? Diese Typen verziehen sich schnell, wenn's hart auf hart kommt. Von denen bleibt keiner da und entschuldigt sich. Oder steht für den Schaden gerade.«

»In Bellamys Augen gab es dafür vermutlich nicht mal einen

271

Grund«, meinte Chandler. »Der hatte bestimmt einen Vertrag gemacht, und im Kleingedruckten stand dann irgendwas von wegen ›persönliches Risiko‹ und so.«

»In der Tat«, erwiderte der Inspector.

Aus den Augenwinkeln registrierte er, wie Jemma Fitzpatrick in Richtung Tür schaute. War das Nervosität auf ihren Zügen? Branson hatte den offenen Türrahmen soeben verlassen und war zu seinem Dienstherrn getreten. Der Weg zum Foyer von Crannock Hall war frei.

»Und es kam«, fuhr Smart fort, »wie es dann kommen musste. Ohne Geld keine Chancen. Unser betagtes Paar hatte plötzlich nicht einmal mehr den angesparten Notgroschen zur Verfügung. Und das Leben wurde immer schwieriger, die Rechnungen nicht kleiner. Erst recht mit all den Medikamenten …«

Wieder blickte Marlowe zu Miss Fitzpatrick. Die Tierpflegerin starrte Smart an, das Gesicht nahezu ausdruckslos. Selbst Bainbridge, der bislang stumme Ablehnung signalisiert hatte, horchte inzwischen merklich auf. Ginny stieß ein leises Schluchzen aus, das das Ticken der alten Standuhr unterstrich.

»Und dann, Inspector?«, fragte Abberton nach einer abwartenden Stille. »Was ist dann passiert?«

Smart seufzte leise. »Ich fürchte, meine Liebe, dann kam der Tod.«

Schmerz kannte viele Ursachen. Er wuchs auf dem Nährboden der Enttäuschung, auf dem der Aggression … und auf dem der Hilflosigkeit. Jeder Ermittler wusste das. Und selten fand Schmerz einen besseren Dünger als in den Mienen geliebter Menschen, die dahinsiechten, weil nichts und niemand ihnen mehr half. Weil das Schicksal – und ein aalglatter Mann mit schönen Worten – sie um das letzte Stück Hoffnung gebracht hatten.

»Sie haben getan, was Sie konnten, nicht wahr?« Smart wandte sich nun an die eine Person, die er meinte. Er sah sie nicht an, doch er wusste, dass sie ihm zuhörte. Sie alle taten das. »Sie plagten sich, kümmerten sich. Es waren doch Ihre Großeltern, verdammt. Die liebsten Menschen auf der ganzen Welt. Sie hatten Besseres verdient als Tränen und Ablehnung. All die Jahre hindurch hatten sie sich Ihretwegen angestrengt. Damit Sie es gut hatten, Möglichkeiten hatten. Und nun, da sich das Blatt wendete und sie selbst Hilfe brauchten? Nun war nichts und niemand mehr da. Nun gab es nur Sie als Schutzwall gegen den Sturm. Und Stürme können gnadenlos sein. Ist es nicht so, Miss?«

Die fragenden Blicke fast aller Anwesenden richteten sich auf Jemma Fitzpatrick, die noch immer reglos neben Marlowe saß.

Und Eleanor Jones lief los.

Der Schnee war eine Plage. Smart schnaufte bei jedem Schritt, kämpfte gegen die weißen Massen und schaffte es doch nicht, sein Lauftempo zu erhöhen. So sehr er sich auch anstrengte, Eleanors Vorsprung wuchs.

»Stehen bleiben!«, rief Chandler nicht zum ersten Mal. Der treue Freund wich auch nun nicht von Smarts Seite und hatte die Glock, die der Inspector ihm gegeben hatte, erneut gen Himmel gerichtet. »Halten Sie ein, oder ich schieße!«

Das Dienstmädchen dachte gar nicht daran. Mit einem Geschick, das den Umständen Hohn sprach, eilte sie durch den schneebedeckten Wald jenseits von Crannock Hall. Der Küste entgegen.

Chandler drückte ab. Laut hallte der Warnschuss durch die morgendliche Stille. Er scheuchte die wenigen Vögel auf, die es trotz der Witterung noch auf den Ästen hielt. Mehr tat er aber nicht, und Smart lief weiter.

»Wir müssen …«, schnaufte er, »sie einholen, Chandler! Wer weiß, was sie anstellt, wenn sie an die Klippe kommt?«

Seit bestimmt zehn Minuten verfolgten sie die junge Miss Jones nun schon. Eleanor war aus dem Herrenhaus geflohen, bevor sie auch nur jemand hatte festhalten können, und hatte schnurstracks auf das Dunkel des Waldes zugehalten.

Smart und Chandler hatten umgehend reagiert und sich an ihre Fersen geheftet. Dabei wusste der Inspector, dass drüben im Speisesaal des alten Lords noch immer fragende Gesichter auf ihn warteten. Die Erklärung, die er vorgetragen hatte, war noch nicht beendet – nicht für die Menschen, die nicht wussten, was *er* seit der vergangenen Nacht wusste. Doch sie würden warten müssen. Das hier war wichtiger, daran hegte er keinen Zweifel. Noch war das unnötige Sterben auf Crannock Hall nicht zu Ende.

Es sei denn, dachte er, wir *beenden es.*

Eleanor war inzwischen sicher satte zehn Meter voraus, wenn nicht noch mehr. Sie bewegte sich über den zugeschneiten Waldweg, als würde sie ihn wie die eigene Westentasche kennen. Zwar sackte auch sie immer mal wieder tief im Schnee ein, doch bremste sie das kaum aus. Falls Chandlers Warnung sie beeindruckt hatte, ließ sie es sich ohnehin nicht anmerken.

Dann bog sie nach links ab.

»Was in aller Welt …«, keuchte Smart. »Wo will die hin?«

»Gute Frage«, sagte sein Kompagnon grimmig. »Kennt sie eine Abkürzung?«

Sie liefen zu der Stelle, an der sie das Mädchen aus den Augen verloren hatten. Nun, da der Schnee nicht länger in dicken Flocken vom Himmel fiel und es sogar einige Sonnenstrahlen durch die Wipfel schafften, ergab eine Spurensuche deutlich mehr Sinn als zuvor. Smart brauchte nicht lange, um die schmalen Fußabdrücke im Schnee wiederzufinden.

»Hier entlang, alter Knabe!« Er deutete voraus ins Dickicht der Bäume und Büsche, die hier noch eine Spur wilder wucherten als an den Seiten des Weges. »Schnell.«

Er fror fürchterlich. Vor lauter Eile trug er weder Hut noch Mantel. Auch Chandler war in seinem legeren Salon-Anzug weit eher für ein gemütliches Frühstück vor dem Kamin als für eine Verfolgungsjagd gekleidet – noch dazu für eine, die durch nahezu kniehohe Schneeverwehungen führte. Mit ein wenig Pech würden sie beide das Fest im Krankenbett verbringen, mit Fieber und verstopfter Nase. Andererseits: Kälte allein machte noch keinen Infekt, oder? Kälte schwächte nur das Immunsystem. Smart beschloss, Gillicuddy danach zu fragen – bei nächster Gelegenheit.

Falls ich dann nicht schon ein Eisblock geworden bin. Missmutig schob er zwei dünne Zweige zur Seite, die ihm das Gesicht zerkratzen wollten, und hob die steifen Knie, um nicht über einen mächtigen umgestürzten Baumstamm zu fallen, der zu einem knappen Drittel aus der weißen Pracht ragte. Selbst die schroffe Rinde wirkte erfroren.

»Die will uns abschütteln, Smart.« Auch Chandlers Atem ging nun schwer. Dazu lag ein verräterisches Bibbern in seinem Tonfall. »Deshalb dieser Querfeldein-Parcours. Die denkt, hier zwischen den Bäumen verlieren wir sie schneller aus den Augen als auf dem Weg. Oder geben früher auf.«

»Mit beidem mag sie recht haben«, murmelte der Inspector. Warum endeten Ermittlungen immer wieder in diesen elend anstrengenden Wettläufen? Egal, ob man nun gegen die tickende Uhr kämpfte oder flüchtige Täter verfolgte, bevor sie sich aus dem Staub machen konnten – unterm Strich war und blieb es stets eine Frage der Kondition. Wer hielt länger durch? Wer reagierte schneller? Und wer war sportlicher unterwegs?

Smart war kein Schwächling und hatte trotz des Alters und der Leibesfülle schon so manchen Wettlauf dieser Art gewonnen. Als Sportskanone hätten ihn allerdings auch engste Freunde nie bezeichnet. Er liebte es gemütlich und gesittet, löste seine Fälle meist mit Grips statt mit Muskelkraft. Na und?

275

Reichte das denn nicht? Seine Erfolgsquote beim Yard war doch wohl der beste Beweis dafür! Und überhaupt: Das hier war immer noch Großbritannien, richtig? Die Heimat des gesitteten Miteinanders und der höflichen Zurückhaltung. Achtete man da nicht auf Stil und Etikette? Einer hektischen Verfolgungsjagd fehlte jegliche Würde, verdammt. Durch atemlose Eile erreichte man nichts, was man mit einem gesitteten Gespräch im Ohrensessel nicht auch hätte erreichen können.

Außer vielleicht einen Zug, dachte er in einem kurzen Anfall von Galgenhumor. Dann stieß seine Schuhspitze im Schnee gegen eine Wurzel, und er verlor das Gleichgewicht.

Sie stand tatsächlich an der Klippe.

Smart hatte schon nicht mehr darauf gehofft, aber es war so. Sie kamen nicht zu spät.

»Eleanor!«, rief Chandler. »Eleanor, warten Sie!«

Frischer Ostwind blies ihm vom Meer entgegen, kaum dass sie den Wald verließen. Der Wind verschluckte den Großteil seiner Silben vermutlich, bevor sie das Mädchen auch nur ansatzweise erreichen konnten.

»So wird das nichts«, entschied Smart. »Wir müssen zu ihr.«

Auch er spürte die Macht des Windes deutlich. Der Schnee fiel zwar nicht länger, und auch die Wolken verzogen sich zusehends. Doch auf den weißen Meeresfelsen schienen die Elemente noch immer kein Erbarmen zu kennen. Eisig kalt pfiff es Smart entgegen und zerrte an seiner Kleidung.

Bis zur Klippe waren es nur wenige Meter. Er schaffte sie binnen Sekunden.

»Eleanor«, sagte er dann.

Sie hatte sich noch immer nicht umgedreht. Ihr dunkles Haar flatterte im Wind, ebenso der Saum ihrer Schürze. Die schmalen Schultern unter der dunklen Bluse regten sich kaum, und auch sonst wirkte das Mädchen eher wie eine Statue als wie ein Mensch aus Fleisch, Blut und Leiden. Ihr Blick warauf die See gerichtet – oder auf irgendetwas dort draußen, was nur sie sehen konnte.

»Eleanor«, wiederholte Smart sanft. Er streckte die Hand aus, zögerte jedoch, das Dienstmädchen zu berühren. Das, fand er, musste von ihr kommen. Nur von ihr.

Bitte.

»Wir sind hier«, fuhr er fort, leise und doch fest. Verlässlich, wie er hoffte. »Lassen Sie uns helfen.«

Tatsächlich: Es genügte. Mit einem Mal drehte das Mädchen den Kopf zu ihm um. Ihre Augen schwammen in Tränen, und auf ihren Wangen glitzerten feuchte Spuren.

»Helfen?« Sie lachte, kurz und unendlich traurig. »Das kann niemand, Mr Smart. Was passiert ist, ist passiert.«

»Und dennoch muss nicht noch mehr passieren«, sagte er. Es war kein Widerspruch, denn den konnte es nicht geben. Aber es war eine Einladung. Zumindest hoffte er es. »Lassen wir es damit ruhen, einverstanden? Ziehen wir hier den Strich.«

Eleanor schnaubte. »Genau deswegen bin ich ja hier. Meinen Sie, ich stehe freiwillig an der Kante?« Ein Kopfschütteln, ruckartig und steif. Wie von einem Roboter. »Ich bedaure nicht, was ich getan habe. Verstehen Sie das? Es tut mir gar nicht leid.«

»Aber das hier«, erwiderte er sanft. »Das bedauern Sie. Sie wollten nicht, dass es so weit kommt. Sie *wollen* das nicht.«

»Sie hätten es nie herausfinden dürfen«, murmelte sie. »Es war doch der perfekte Plan. Sie alle hätten denken sollen, der Mörder des Lords hätte auch Mr Bellamy auf dem Gewissen. Niemand von Ihnen hätte auch bloß den geringsten Gedanken an mich verschwendet. Wer bin ich denn schon? Nur ein Dienstmädchen.«

»Sie sind die Enkelin von Sarah und Lester Jones«, sagte Smart. »Aus Watford. Zweier Menschen, die Sie fürsorglich aufgezogen haben, als Ihr Vater starb. Menschen, denen Sie im

Gegenzug nicht helfen konnten, als sie selbst in Not gerieten. Weil niemand das Alter stoppen kann, wenn es seinen Tribut verlangt. Erst recht nicht ohne Geld.«

Sie staunte nicht über sein Wissen, nahm es einfach hin. Ahnte sie, dass er es in den Computerdaten des Lords gefunden hatte? Oder dachte sie gar nicht so weit. Es spielte keine Rolle.

»Er hat sie über den Tisch gezogen«, sagte sie leise. »Ihnen das Blaue vom Himmel versprochen, Inspector, und sie dann allein gelassen – allein im Regen. Vor knapp fünf Jahren kam er an unsere Haustür, noch jung und grün hinter den Ohren. Aber auch damals schon sehr mondän in seinem Auftreten, sehr selbstsicher in seiner Körpersprache. Er konnte gut reden. Er wusste, was die kleinen Leute hören wollten. Dass sie ihr Lebtag lang geschuftet hatten und Besseres verdienten. Dass das bisschen Ersparte eigentlich viel zu wenig zum Leben war – und er mehr daraus machen konnte. Auf durch und durch legale Weise, versteht sich. Weil er für sie kämpfen würde, am Markt kämpfen.«

Wieder schüttelte sie den Kopf. »Es waren hohle Worte, Mr Smart, aber sie klangen schön. Meine Großeltern ließen sich dankend um den Finger wickeln, denn Bellamy verkaufte mehr als nur Investment-Möglichkeiten. Er verkaufte Hoffnung.«

»Wie viel haben sie ihm gegeben?«, fragte Chandler. Er stand auf der anderen Seite der jungen Frau, jederzeit bereit, sie festzuhalten, falls sie doch springen würde. Doch er wartete, hörte zu. »Wie viel Geld, Eleanor?«

»Alles, was sie hatten«, antwortete sie. »Alles, was noch übrig war nach sechs Jahrzehnten Arbeit und sechs Jahrzehnten Schicksalsschlägen. Siebentausend Pfund.«

»Viel Geld für Ihre Familie«, ahnte Smart.

»Aber nur Peanuts für so einen aalglatten Blender«, ergänzte sie. »Als die Blase platzte, warteten meine Großeltern buchstäblich neben dem Telefon. Sie gingen fest davon aus, dass der nette junge Mann sich melden und ihnen alles erklären würde. Ihnen versichern würde, dass sie sich keine Sorgen zu machen brauchten und alles ganz anders sei, als es aussah. Sie verstanden die Welt der Aktien und Kapitalmärkte ja nicht, aber Mr Bellamy war schließlich ihr Kämpfer im Ring. Das hatte er ihnen ja lang und breit versichert. Mr Bellamy würde das alles schon richten, ganz ohne Zweifel.«

»Doch der Anruf kam nie«, meinte Chandler.

»Zwei Wochen«, sagte sie leise. »Nach zwei Wochen gestanden sie es sich endlich ein. Dass sie verraten und verkauft worden waren. Dass der Vertrag, den sie ohne mein Wissen unterzeichnet hatten, eine schicke kleine Klausel enthielt, laut derer sie allein das Risiko trugen. Mr Bellamy *würde* nie anrufen, denn für Mr Bellamy war die Sache längst abgeschlossen. Vermutlich kannte er nicht einmal mehr ihre Nummer, von ihren Namen ganz zu schweigen.«

Sie schwieg kurz, war aber nicht fertig. Nach ein paar Sekunden fuhr sie fort. »Es dauerte, bis sie sich das alles eingestanden. Und es traf sie härter als alles zuvor. Es warf sie um.«

»Haben sie nie versucht, Bellamy zu erreichen?«, fragte Smart. Ihm war klar, dass es keinen Unterschied gemacht hätte, aber er wollte es wissen. »Ihrerseits?«

Sie sah ihn an. »*Ich* habe das versucht. Mehrfach, Inspector. Doch die Nummer, die auf dem Vertrag stand, war längst abgemeldet, und die Briefe, die ich an die Büroadresse schrieb, kamen als unzustellbar zurück. Bellamy war längst weitergewandert. Wir konnten nichts dagegen tun, es war sein gutes Recht. Juristisch gesehen, war es sein Recht.«

»Aber es gibt mehr als nur juristische Schuld«, murmelte Chandler. »Ist es nicht so, Eleanor?«

Sie schwieg wieder, wenn auch nicht lange. »Ich hatte mir oft ausgemalt, wie es wäre, ihm zu begegnen. Einfach so, auf der

Straße. Ihm ins Gesicht zu blicken und ihm zu sagen, dass Sarah und Lester Jones sich nie mehr von dem Schock erholt hatten. Dass Sarah krank geworden war vor Scham über sich selbst. Dass man auch an Entsetzen sterben konnte, an verlorener Hoffnung, wenn es einen nur hart genug traf. Trauer kann wie eine Reihe von Dominosteinen sein, Mr Chandler, wussten Sie das? Wenn irgendwo einer umfällt, kann das die komplette Reihe aus dem Gleichgewicht bringen, falls Sie Pech haben. Meine Großeltern hatten Pech. Und keinerlei Puffer mehr, das ohnehin. Als sie fielen, fielen sie durchs Raster. Und niemand fing sie mehr auf.«

»Dann kamen Sie nach Crannock Hall«, bemerkte Smart, als sie nicht weitersprach. »Und begegneten ihm tatsächlich.«

Sie schnaubte wieder. »Ich dachte zuerst, ich sähe einen Geist. Wirklich, Inspector. Es war absolut irreal. Zumal er mich kein bisschen wiedererkannte. Für ihn war ich bloß Eleanor, die ihm Sherry brachte und seine Kissen ausschüttelte. Unwichtig wie ein Möbelstück. Selbstverständlich. Aber für mich … Für mich war er der Mörder meiner geliebten Großeltern und die Begegnung mit ihm wie ein Rücksturz in die Vergangenheit. Verstehen Sie? In die schlimmste Zeit meines Lebens.«

»Planten Sie da schon, ihn zu töten?«, wollte Chandler ruhig wissen.

Das Mädchen verneinte. »Niemals. Ich dachte gar nicht daran. Reden wollte ich mit ihm, weiter nichts. Ihm nur sagen, wer ich war und was ich von ihm hielt. Aber dann … Dann war auf einmal der Lord tot. Ermordet, wie es schien. Und mir kam eine Idee. Glauben Sie mir, dass sie einfach so da war, einfach in meinem Kopf? Dass sie mich gar nicht erschreckt hat? Ich fand sie sogar logisch, das gebe ich zu. Logisch und richtig. Ist das schlimm von mir? Bin ich deswegen ein schlechter Mensch?«

Smart antwortete nicht. Auch Chandler blieb stumm. Und Eleanor fuhr fort.

280

»Ich sah einen Weg vor mir, so war das. Mit einem Mal wusste ich genau, was ich tun würde. An dem Abend, als er getrunken hatte, wusste ich es. Ich schlich in sein Zimmer, als er schlief, Inspector. Er merkte es gar nicht. Und ich sah das Kissen auf dem Boden, das aus dem Bett gefallen war. Ich hob es auf, drückte es ihm aufs Gesicht … Er wehrte sich gar nicht. Erst nach ein paar Augenblicken. Und dann so schwach, so wenig … Es ging leicht, Inspector. Es war gar nicht schwer. Und es tat gut. Mir tat es gut.«

Der Wind zog wieder an. Smart sah kurz aufs Meer hinaus und bemerkte einen kleinen Punkt am Horizont, der näher zu kommen schien. Die Fähre?

»Woher hatten Sie den Schlüssel?«, fragte Chandler. »Um in sein Zimmer zu kommen. War es nicht abgeschlossen?«

»Miss Abberton hat immer einen Ersatzschlüssel im Küchenschrank, falls wir Hausmädchen unseren mal nicht auf die Schnelle finden«, antwortete Eleanor. »Auch als Mr Smart die Schlüssel einsammeln ließ, gab sie den nicht her. Sie dachte wohl gar nicht daran. Ich aber wusste, wo er war. Und die Schlösser auf Crannock Hall lassen sich auch entriegeln, wenn auf der anderen Seite schon ein Schlüssel steckt. Das ist gar kein Problem. Mr Branson hatte uns das oft genug gesagt.«

Der Punkt am Horizont war inzwischen unverkennbar. Ihrerseits schien die LISSY auch die Personen auf der Klippe bereits ausgemacht zu haben, denn die Kapitänin ließ das Horn erklingen – ein fraglos fröhlich gemeinter Gruß, der mit dem Wind hereinkam. Nur noch Minuten trennten das lange erwartete Boot vom Inselanleger. Es war vorbei. Alles war vorbei.

»Kommen Sie, Eleanor«, bat Smart. Einmal mehr streckte er die Hand nach dem Mädchen aus. »Gehen wir zurück ins Haus, einverstanden? Rufen wir die anderen.«

Im ersten Moment schien sie nicht zu wissen, was sie tun wollte. Fragend starrte sie die Hand an.

»Es ist alles gesagt«, wandte Chandler sich ebenfalls an sie, sanft und ohne Druck in der Stimme. »Finden Sie nicht auch? Schließen wir das alles ab und fahren endlich nach Hause.«

Die Worte schienen den Ausschlag zu geben. Eleanor Jones ergriff Smarts Hand just in dem Moment, in dem die LISSY abermals freundlich grüßte. Smart spürte, wie sich Erleichterung in ihm ausbreitete und zu der Trauer gesellte, die er ohnehin verspürte. Denn eins war sicher, und er sah das Wissen auch in Chandlers Blick gespiegelt: Für Eleanor Jones würde es kein Zuhause mehr geben, auch nicht zu Weihnachten. Ihr Aufbruch von Crannock Hall führte direkt ins Gefängnis.

KAPITEL 16

Der Rest passierte nahezu von selbst. Kapitänin McGovern informierte die Wache auf dem Festland, und im Nu war ein weiteres Boot unterwegs zur namenlosen Insel. Smart half den Kolleginnen und Kollegen aus Cornwall, so gut er nur konnte, und auch Chandler und die übrigen Mitglieder ihrer kleinen Schicksalsgemeinschaft gaben ihre Aussagen zu Protokoll. Mrs Tandy musste einem der Kommissare sogar ein Buch signieren, was sogar Smart unpassend fand. Dann trug man die Leiche aus dem Haus.

Eleanor Jones wehrte sich nicht länger. Seit dem Moment an der Klippe schien sie mit allem abgeschlossen zu haben und ließ es fast teilnahmslos geschehen, als die Beamten ihr Handschellen anlegten und sie an Bord geleiteten. Smart versprach, sie gleich nach dem Weihnachtsfest zu besuchen. Doch er wusste nicht, ob sie es überhaupt noch hörte. Irgendwo in der jungen Frau schien ein Schalter umgelegt worden zu sein, und das Leben, das all die Tage lang in ihren Blicken gefunkelt hatte, war erloschen. Vielleicht würde es irgendwann zurückkehren. Vielleicht musste es aber auch so sein, wie es nun war. Mord kannte keine Feiertage, er veränderte zu jeder Zeit alles.

Smart und Chandler verließen die Insel mit der letzten Fähre des Vormittags. Sie teilten sich das Deck mit Branson, Ginny Braddock, Tamsin Abberton und dem Lord selbst, die allesamt aufs Festland gebeten worden waren. Niemand sagte ein Wort während der halbstündigen Überfahrt, und das war Smart auch ganz recht so. Er verstand den Schock, den die Bediensteten empfinden mussten, und wusste, dass sie ihn verarbeiten mussten – jede und jeder auf seine Weise. Und was Lord Bainbridge betraf, gab es ohnehin nichts mehr zu sagen. Er hatte sein Lager bereitet, nun musste er auch darin liegen.

Vom kleinen Hafen aus planten Smart und Chandler ihre Rückreise nach London. Zu Smarts großer Erleichterung ging am frühen Nachmittag noch ein Zug, der sie ohne Umstieg nach Paddington Station bringen würde. Dort brauchte er dann nur den vertrauten Regionalzug in seinen Vorort zu nehmen, und schon am Abend würde er bei Mildred sein.

»Wie einfach das ist, wenn man mal nicht irgendwo feststeckt«, meinte Chandler. »Was, Smart?«

»Sie sagen es, alter Knabe«, stimmte der Inspector ihm zu. Er wusste nicht, ob Chandler nur die Reisepläne damit meinte oder auch den Fall. Doch es spielte im Grunde keine Rolle. Beides traf zu. »*Erschreckend* einfach.«

Chandler nickte.

Der Weihnachtsmorgen begann mit Tee. Timothy Smart saß in Hausschuhen und Morgenmantel am Frühstückstisch, nippte an seiner Tasse und sah dabei durch die offene Tür ins Wohnzimmer, wo der prächtige Baum funkelte. Die roten Kugeln, weißen Glöckchen und auch der Stern auf der Baumspitze waren die reinste Augenweide – erst recht für ihn, der fast daran gezweifelt hatte, sie in diesem Jahr zu sehen. Seit seiner Rückkehr aus Crannock Hall war ein Tag vergangen, und Smart hatte ihn damit verbracht, sich gründlich aufzuwärmen. Die Kälte der namenlosen Insel loszuwerden – aus den Knochen ebenso wie aus dem Gemüt.

Und mit Mildred. Sie war erleichtert gewesen, als er plötzlich in der Tür gestanden hatte. Daran hegte er keinen Zweifel, auch wenn sie getan hatte, als hätte sie nichts anderes erwartet.

Stundenlang hatte er ihr erzählt, was alles geschehen war. Sie hatte zugehört, an den richtigen Stellen genickt und gelächelt. Herzlich, warm und gütig. So wie stets.

Auch jetzt lächelte sie wieder. »Ein Königreich für deine Gedanken, Timmy.«

»Hm?« Er blinzelte und begriff, dass sie schon zuvor etwas gesagt haben musste. »Entschuldige. Ich fürchte, ich war gerade woanders.«

Sie saß ihm gegenüber am Frühstückstisch, die Wand und die Uhr im Rücken. Das Licht der Morgensonne fiel ihr ins Gesicht und ließ ihr Haar nahezu weiß wirken. »Das habe ich gemerkt. Du hast den Baum angestarrt, als müsste ich eifersüchtig auf ihn sein.«

Seine Mundwinkel zuckten. »Auf gar keinen Fall. Ich … Ich bin nur froh. Über ihn, über *dich* und ohnehin. Froh, wieder hier zu sein, ausgerechnet heute, und hier sitzen zu dürfen. Zu Hause am Weihnachtsmorgen.«

Mildred griff in den Brotkorb, der in der Tischmitte stand, und nahm sich eine weitere Scheibe Toast. Bedächtig strich sie Konfitüre darauf. »Das klingt so dramatisch, Timmy. Hast du daran gezweifelt? Ich nämlich nie. Ich weiß doch, wie sehr du an den Feiertagen hängst.«

Er nahm ihre Hand mit dem Buttermesser, hielt sie kurz. »Nicht nur an denen. Längst nicht nur.«

Mildred schnalzte mit der Zunge. »Ts, ts, ts. Wenn das deine Leser wüssten. Dass du so emotional sein kannst. Allzu britisch ist das nicht, mein Lieber!«

»Es sind Chandlers Leser«, betonte er und nahm einen Schluck Tee. »Nicht meine. Und was die denken, kann und muss mir egal sein. Ich will mir gar nicht vorstellen, was der alte Knabe aus den Ereignissen der vergangenen Tage macht. Falls er sie zu einer neuen Geschichte verarbeiten sollte, komme ich in ihr ohnehin nicht gut weg.«

Nun hob Mildred das Kinn. »Ach ja?«

»Mit Sicherheit.« Smart grunzte ungehalten. »Einen Gutteil der Ermittlungen habe ich krank im Bett verbracht. Und wenn ich wirklich mal aktiv dabei war, sah ich mitunter den Wald vor lauter Bäumen nicht. Ich kam ja gar nicht erst auf den *Gedanken*, dass wir zwei verschiedene Sachen vor uns hatten. Die ganze Zeit hindurch habe ich mich gefragt, wer den Lord und Mr Bellamy töten würde. Dabei ging es gar nicht um beide Männer. Hätte ich das von alleine begriffen, wäre ich der armen Eleanor vermutlich viel schneller auf die Spur gekommen.«

»Wie hättest du das ahnen sollen?«, gab Mildred unbeeindruckt zurück. »Schließlich hattest du zwei Leichen. Auf engstem Raum. Da hätte doch jeder einen Zusammenhang erwartet. Deswegen brauchst du dir nun wirklich keine Vorwürfe zu machen.«

Doch das tat er, und das wusste sie so gut wie er. Er war nicht jeder. Er durfte es gar nicht sein. Seine Fälle – und deren Opfer – verdienten es nicht anders.

»Und überhaupt«, fuhr Mildred fort. »Das ist alles Schnee von gestern, Timmy. Buchstäblich sogar. Findest du nicht auch? Jetzt ist Weihnachten, wir sitzen gemütlich beisammen, und nachher gehen wir wieder mit den Carol Singers durch die Nachbarschaft. Hast du Lust?«

»Es gibt wenig, meine Liebe«, antwortete er, »auf das ich mehr Lust habe.« Erneut stieg wohlige Zufriedenheit in ihm auf. Sie hatte absolut recht, oder? Vorbei war vorbei, und auch ein spät gelöster Fall blieb ein gelöster Fall. Er konnte niemandem mehr helfen – weder dem Toten noch der Mörderin. Für den Moment konnte er nur eines tun.

Hier sein, dachte er. *Vor dem prächtigen Baum … und bei der prächtigen Mildred. Weihnachten geschehen lassen.*

Nun lächelte er ebenfalls, dachte an die kommende Zeit mit ihren Leckereien, Traditionen und der herrlich angenehmen

Stille. Ja, beschloss er. Er würde Weihnachten geschehen lassen. Alles andere konnte warten, und das würde es auch.

Dankbar schloss Chief Inspector Timothy Smart die Augen.

Eine Sekunde später klingelte das Telefon. Es lag neben Mildred auf dem Tisch, das wusste er, und noch bevor er die Augen öffnen konnte, hatte sie das Gespräch auch schon angenommen.

»Hallo? Ach, Sie sind es, Robin.« Mildred wirkte ehrlich erfreut. »Das ist aber schön, dass Sie sich melden! Frohe Weihnachten! Feiern Sie schön und …«

Schon als sie stockte, begriff Smart. Einen Herzschlag später wich die Freude aus Mildreds Zügen, und ihr Blick wurde ernst.

»Ach, ein Mord, sagen Sie? Bei Ihnen im Club, jetzt um diese Zeit? Du meine Güte! Ja, ich gebe Ihnen Timmy. Selbstverständlich.«

Smart griff nach dem Hörer und stieß ein leises Seufzen aus, bevor er ihn sich ans Ohr hielt. »Chandler, alter Knabe«, meinte er dann. »Seien Sie gegrüßt. Was führt Sie zu mir, nach der kurzen Zeit?«

Die Stimme seines dandyhaften Freundes und Gelegenheitschronisten klang gedämpft, als er antwortete. »Ein Fall, Smart. Bedauerlicherweise ein neuer Fall, gleich hier in meinem Club in der City. Ich weiß natürlich, wie schlecht das Timing ist, aber ich fürchte, die Situation bestätigt exakt das, was Sie immer sagen: Mord kennt …«

»… kennt keine Feiertage«, beendete Smart den Satz mit ihm zusammen. »Na bravo.«

Dann sah er ein letztes Mal zum funkelnden Weihnachtsbaum, drückte die Hand seiner verständnisvollen Mildred und machte sich an die Arbeit.